KB096371

이
만
큼

가
까
이

이만큼 가까이

초판 1쇄 발행 • 2014년 3월 14일
개정판 1쇄 발행 • 2021년 8월 20일
개정판 5쇄 발행 • 2023년 10월 31일

지은이 / 정세랑
펴낸이 / 염종선
책임편집 / 박지영
조판 / 박아경
펴낸곳 / (주)창비
등록 / 1986년 8월 5일 제85호
주소 / 10881 경기도 파주시 회동길 184
전화 / 031-955-3333
팩시밀리 / 영업 031-955-3399 · 편집 031-955-3400
홈페이지 / www.changbi.com
전자우편 / lit@changbi.com

이만큼 가까이

정세랑

장편소설

창비
Changbi Publishers

차례

이만큼 가까이

7

나는 인생의 가장 내밀한 진실을 비빔국수를 통해 배웠다. 실없이 하는 말이 아니다. 우리 집은 자유로 끄트머리에서 비빔국수집을 했는데, 손님들이 국수 먹는 모습을 지켜본 게 내 첫 기억이나 다름없다.

북창(北窓)비빔국수.

실향민들은 우리 집에서 열심히 국수를 비볐다. 태어난 곳으로 돌아갈 수 없다는 거대한 비극 앞에서 묵묵히, 동시에 그토록 리드미컬하게 국수를 비비는 사람들을 보며 나는 자랐다. 자연스럽게 체득할 수 있었던 거다. 도저히 어쩔 수 없는 단절과도 함께 살아갈 수 있다는 것을. 비극만큼이나 고명이나 양념도 중요하다는 것을.

한가지 손님들이 몰랐던 게 있다면, 우리 집이 입지상 원조처럼 보이지만 실은 체인점이라는 사실이었다. 그걸 말해주고 싶어 입이 간질간질해졌을 땐 단골분들 상당수가 땅에 묻혔거나 국수를 먹으러 올 형편이 아니게 된 후였다. 아무래도 상관없는 시대가 온 것이다. 아니, 어쩌면 아무래도 상관없어진 건 나였는지도 모른다. 고등학생이 된다는 건 그런 거니까. 손님들에게 말도 걸기 싫어지고, 비빔국수는 더더욱 쳐다도 보기 싫어졌다.

원조는 아니어도 우리 할아버지가 북에서 오긴 했으니 아주 사기는 아니었다. 동경 유학까지 다녀온, 그 시대 엘리트 중의 엘리트였던 할아버지는 혈혈단신 월남했다. 가족들을 다 두고 왔기 때문에 새장가를 들 수밖에 없었다는데, 딱히 엘리트는 아니었던 우리 할머니를 택했다. 워낙에 나이 차가 있었기 때문에 할아버지가 돌아가신 지 십년 가까이 지났지만 할머니는 여전히 정정하시다. 그러니까 북창비빔국수에서 국수를 삶는 저 포스 있는 할머니는 사실 반도 남단 중의 남단 출신이라는 게 또다른 아이러니다.

할머니는 처음엔 말을 걸어오는 손님들에게 그 사실을 밝혔던 것 같지만 이내 은근슬쩍 실향민 흉내를 내기 시작했다. 장삿속이라기보단 일일이 설명하기 번거로웠던 것 같다.

할아버지는 돌아가시기 한해 전에 이산가족 상봉을 하실 수 있었는데, 평생 별로 럭키하지 못했던 할아버지가 어째선지 말년에 추첨 운이 터졌고 연장자 우선이라는 기준도 적용되었기 때문에 아슬아슬하게 기회를 얻으셨던 것 같다. 평소 할아버지는 항상 무관심하고 무감각한 얼굴로 안쪽 방 등나무 의자에 앉아 계셨다. 등나무 의자는 원래 정원용이지만 할아버지 전용 의자로 실내에 두게 되었는데 몰래 앉아본 바로는 착석감이 별로 좋지 않고 딱딱했다. 할아버지는 그 의자에 「양류관음도」를 연상시키는 관조적인 자세로 하루 종일 비스듬히 앉아 계셨다. 삶은 그저 스쳐 흘러갈 뿐 내 것이 아니오, 얼굴도 몸도 얘기하고 있었달까. 그런 할아버지가 1순위에서 3순위까지 만나고 싶은 가족을 정하는 그 며칠간은 안절부절못하셨던 게 기억난다. 막상 만날 수 있었던 가족은 나이 차가 많이 나서 데면데면한 막냇동생뿐이었지만 말이다. 막냇동생을 붙잡고 할아버지가 통곡을 하셔서 모시고 다녀온 아빠는 좀 놀랐다고 했다. 그렇게 격하게 울 수 있는 사람인지 친아들도 몰랐던 거다. 그때는 상봉 장소가 금강산이 아니라 평양고려호텔이었는데 사방에서 주시를 하고 있어서 분위기가 격하다가 불편하다가 했다고 한다. 아빠 말로는 작은할아버지의 표정이 심드렁한 게 할아버지랑 많이 닮았다고 했다.

작은할아버지는 그때 특별한 선물을 가지고 나오셨다.

할아버지가 혼례날 입었던 저고리가 저쪽에 남아 있었다
는 건 사실 꽤 찡한 일이다. 그 저고리를 보관해온 그쪽 가
족들의 마음은 상상도 되지 않는다. 청년보다 소년에 더
가까웠던 할아버지의 저고리는 내가 입어도 맞을 만큼 작
았다. 할아버지는 특유의 무심한 표정으로 이미 반쯤 부스
러진 저고리를 내놓으시며, 돌아가시면 함께 묻어달라고
하셨다. 할머니는 그러마 하시곤 나중에 정말로 관에 넣어
드렸다.

문제는 할머니가 제대로 삐치셨다는 점이다. 할아버지
가 살아 계실 때도 할머니는 자주 분통을 터뜨리셨다. 평
생 유령처럼 여기 없는 듯이 살더니, 멀쩡한 자기를 후처
취급하고 뻔뻔하기도 저리 뻔뻔할 수가 없다고 치를 떠셨
다. 가끔은 할아버지 면전에서 터지기도 했다.

"이게 곰취인가."

저녁상에 올라온 머위를 보고 할아버지가 잘못 말씀하
시면,

"눈이 삐었네. 제대로 삐었구먼. 머위지, 머위지. 곰취랑
머위도 구분 못하문 이제 막 확 가버리소!"

팩, 토라지는 할머니였다. 사실 곰취랑 머위를 가끔 헷
갈리기는 나머지 가족들도 마찬가지였으므로 뜨끔했다.
할아버지는 끄응, 소리를 내곤 할머니의 늦된 분노를 태연

하게 받아냈다. 돌아가실 때도 오래 앓지 않고 삼사일 누워 계셨을 뿐이다. 호흡이 태엽 타이머처럼 가빠지다가 멈추었다. 할아버지가 돌아가셨을 때, 나는 문득 할아버지의 존재감이 그토록 희미했던 것은 여기와 저기 흩어져 존재했기 때문이 아닐까 생각했다.

"절대 합장하지 마라."

할머니의 단호한 유언이다. 하지만 한동안은 건강하실 것 같다.

아빠는 할아버지를 별로 닮지 않았다. 할머니처럼 화가 나 있지도 않았다. 그보다는 늘 즐거운 편이었다. 즐겁지 않아야 할 때도 즐거운 게 문제라면 문제였다. 아빠는 평생 작은 공들에 관심을 쏟고 살았다. 처음엔 탁구, 그다음엔 배드민턴, 스쿼시, 당구, 골프 순서였다. 어릴 때 탁구 선수가 될 뻔했다고 하나 이제는 배와 허리에 살이 좀 붙었고, 그 앞 종목들보다 골프에 깊이 빠져서 나를 박세리 선수처럼 만들고 싶어했다.

"어차피 공부도 못하는 거, 너도 골프 하자."

지금은 뛰어난 선수들이 한둘이 아니지만, 아빠가 그렇게 허망한 계획에 가슴 부풀었을 땐 박세리 열풍이 한창이던 1998년이었다. 나는 두달 정도 어설프게 골프를 배우며 아빠에게 장단을 맞춰주다가 혼신을 다해 도망쳤다. 외동 딸인 나는 아빠의 작은 공 컬렉션 중 하나였던 것이다. 아빠가 배우면 나도 무조건 배워야 했다. 시작할 때는 선택권이 없었으므로 적당한 때 잘 굴러서 도망쳐야 했다. 공부만 한 좋은 핑계가 없었겠지만 미지근한 석차여서 다른 핑계들을 애써 찾아야 했다.

여하튼 우리 국수집의 지하와 옥상은 아빠의 공간이었고, 엄마가 할머니와 가게를 꾸렸다. 조금 머리가 굵어진 다음에 엄마한테 물은 적이 있다.

"엄마, 안 힘들었어? 할아버지 할머니 모시고 사는 거?"

그러자 엄마가 쿨하게 대답했다.

"나는 꽤 운이 좋은 편이지. 제사도 적고, 친척들도 하나 없고. 이럴 줄 알았으면 내 친구들한테도 다 북에서 내려온 집에 시집가라고 했을 텐데 말야."

엄마가 찬물에 헹궈 말아둔 국수들은 크기도 모양도 완벽에 가깝게 균일했다. 언젠가 굉장히 할 일이 없으면 한 덩이마다 몇 그램에 몇가닥인지 재어보고 세어보려 마음먹었지만, 아직까지 기회가 없었다.

*

0001.MPEG

나   머리 색 예쁘다.

송이   (웃는다.)

나   너 항상 그런 색 머리 하고 싶어했었지? 오렌지
            갈색.

송이   (고개를 끄덕인다.)

송이를 클로즈업. 비스킷 빛깔의 머리카락 끝이 몇번 감아맨 니트 스카프 안으로 추슬러져 있다. 색색의 알록달록한 술이 작은 종처럼 달려 있다.

카메라를 내려 송이의 손. 포크를 쥐고 있다. 종류를 알수 없는 작은 딸기류 열매를 포크로 누른다. 붉은 즙이 접시에 번져나간다.

*

이 카메라를 산 건 어디까지나 일할 때 자료 수집을 위해서였다. DSLR이긴 하지만 보급형이며 우리나라에서만

십삼만명이 가지고 있는 카메라다.

그런데 몸담고 있는 업계 때문인지, 사진은 찍지 않고 동영상을 찍는다. 기대보다 훨씬 만족할 만한 화질이 나온다. 요즘은 방송도 작은 카메라로 찍는다는데 그럴 만하다.

사람들은 카메라를 보면 잠시 긴장하지만, 대충 내려놓고 괴어놓으면 이내 잊어버린 채 자연스럽게 웃고 이야기한다. 탁자 옆이나 남는 의자에 옷가지나 가방 따위로 각을 잡아두면 된다. 나는 대개 가족이나 친구들을 동영상 파일에 담았고, 그걸로 뭘 하려는 생각은 사실 없었다. 개인소장용 일기 같은 것이라고 설명하자 아무도 따로 묻지 않았다. 내가 아무것도 하지 않으리란 걸 직관적으로 아는 것 같았다.

송이를 찍은 파일엔 주로 내 목소리만 있다. 표정은 풍부하지만 말은 없는 송이의 파일이 가장 많다.

그냥 십대를 보내는 것도 쉬운 일이 아닌데, 세기말에 십대를 보내는 건 더 죽을 것 같은 경험이었다. 이상할 만큼 절망과 무력감, 비관적 전망이 우리를 감싸고 돌아서 우리는 그것을 잊기 위해 다 같이 피어싱을 해댔다. 물론 지금도 피어싱을 하는 사람은 많지만, 그땐 레이스와 퍼프소매를 입는 여자애들도 가리지 않고 귀에 구멍을 넓히는 데 혈안이었다는 걸 기억해내면 얘기가 달라진다. 여자애들은 주로 투명한 아크릴 틀을 넣었는데, 문득 돌아보면 피어싱 구멍 틀 가운데로 하늘이 보였다. 귀 사이로 하늘이 보이던 아이들은 지금 어쩌고 있을까? 아마 그렇게 넓어진 구멍도 다시 메울 수 있는 방법을 성형외과 의사들이 알아냈을 것이다. 비단 피어싱만이 아니다. 우리가 방학마다 갖가지 색깔로 머리를 물들이는 바람에 강한 염색이 다시 유행으로 돌아오기까지 거의 십년이 걸렸다.

나는 언제나 해골 티셔츠를 입고 있었다. 교복을 입지 않을 때에는 말이다. 정통 해골에서부터 눈이 하트인 해골, 스팽글 해골, 미키 마우스 해골, 도트 해골, 명화를 패러디한 해골, 사탕을 물고 있는 해골, 토끼 해골, 왕관을 쓴 해골, 핑크색 해골, 진주 목걸이를 한 해골, 얼굴 반쪽이 매릴린 먼로인 해골, 망사 해골, 야광 해골, 장미를 꽂은 해골…… 구제 옷이 많았기 때문에 종종 바퀴벌레 알이 묻어왔는지 커다란 바퀴벌레가 출현하면 엄마한테 등짝을 맞았다.

티셔츠도 좋아했지만 가장 좋아했던 건 해골 스타킹이었다. 검은 바탕에 하얀 다리뼈가 프린트되어 있어서 폴리츠스커트 밑에 입으면 유쾌한 기분이 들었다. 신발을 벗으면 발가락뼈까지 정교했다. 과격했지만, 그게 또 용인되는 분위기였다. 나는 까맸고 남자애처럼 엉덩이가 납작했으며 발목이 없는 일자 다리였다. 지금 와서 그때 사진들을 보면 약간 부끄럽지만 그래도 꽤 어울리는 차림이었다고 자부한다. 스타킹은 수입 제품이라 홍대 구석에 있는 가게에서 어렵게 구할 수 있었다. 그때 홍대까지의 길은 어찌나 멀었는지, 한번 나가려면 큰 결심을 해야 했다. 주차장 길에 노브레인 멤버들이 늘 서성이고 있었다.

대개는 서울까지 나갈 생각을 못했고, 동네에서 하릴없이 방과 후를 보냈다. 그때의 파주엔 우리가 숨어 놀 수 있는 공간이 충분했다. 그런 공간들 때문에 십대 출산율이 소폭 높아지지 않았나 농담들을 한다. 다행히 나는 연애보다 옆집 작업실에 더 관심이 많았다. 지금도 없는 건 아니지만, 그땐 가난한 조각가들이 단체로 파주에 작업실을 얻었다. 작업실이라 해봤자 난방도 되지 않는 슬레이트 창고들로, 여름엔 덥고 겨울엔 추운 조악한 공간이었다. 사람 손을 탄 야생동물처럼 기웃기웃 돌아다니다가 우연히 한 부부와 친해져서 그 작업실에 자주 기어들었다.

창용 오빠와 인영 언니의 작업실 냄새가 기억난다. 난로 냄새, 나무 냄새, 인스턴트 양념 냄새가 6대 3대 1 정도로 섞여 있었다. 조각가들 중에 제일 친절했고 가장 오래된 축이었다. 뜨내기들 싫어하는 동네 어른들 마음마저 얻어낸 부부였다. 나는 집에 들어가기 싫을 때면 늘 거기 있었다. 그런 내가 부담스러웠을 법도 한데, 두 사람은 전혀 개의치 않았다. 엄마는 묻지도 않고 가끔 그쪽으로 국수를 보냈다. 우리 집은 배달하는 집이 아닌데도 말이다. 하지만 나는 작업실에 쌓여 있는 컵라면을 선호했다. 염치도 없었다.

"너 같은 딸 있으면 좋겠다."

창용 오빠는 그때 지금의 나보다 몇살 많았을 뿐인데도 가끔 그렇게 말했다. 그럼 인영 언니는 싸늘하게 아무 대답도 하지 않았는데, 언니는 몇년 더 활동에 매진하고 싶었던 것이다. 예술가들에게도 경력 단절은 똑같이 부담이었을 테고, 끌과 정과 톱과…… 지금도 이름을 다 모르는 위험한 공구들 사이에서 갓난아기를 키우는 모습은 상상하기 어렵다. 아이는 물론 반려동물도 불가능한 환경이었다. 그래서 언니는 언니대로 동네 짐승 같은 나를, 그래도 대충 다 자란 나를 데려다 앞머리도 잘라주고 손톱도 발라주고 하며 뭔가를 키우고 싶은 욕구를 해소했다. 해소했다고 말하면 좀 이상한 듯해도.

천장이 높았고, 언제나 톱밥과 석고 부스러기와 돌가루가 날리고 있었다. 폐에는 매우 좋지 않고 미의식에는 굉장히 유익하던 나날이었다. 분명 어딘가에서 주워 왔을 소파에 늘어져 언니 오빠가 작업하는 걸 구경하다가, 가끔 가벼운 도구를 쥐여주면 하는 흉내도 내보다가, 만화책을 보다가, 늘어진 배처럼 아래로 휜 책장에 꽂혀 있는 화집들도 보다가 그랬다. 전혀 문화적인 토양이 없는 우리 집에서 내가 영화미술로 빠진 데는 언니 오빠 영향이 일부 있었다. 특히나 좋아했던 건 자코메티의 작품집이었다. 엉덩이가 없는 조각상에 감정이입을 했던 건지도 모른다. 흉하고 거칠게 마른 조각상들을 한번도 본 적 없으면서 좋아했다. 직접 보게 된 것은 아주 나중의 일이었다.

공기는 좀처럼 꼭대기까지 따뜻해지지 않았다.

*

0002.MPEG

출판단지 벤치에서. 주연이는 추리닝을 입고 있다. 영화관에서 사온 커다란 콜라 컵이 놓여 있다.

주연   이 콜라는 물이 반이네…… 내 생각에, 소원은 정
        말 조심히 빌어야 하는 것 같아.
나   왜?

주연 파주에 출판단지 막 들어섰을 때 말야, 건물이 워낙 예뻤잖아.

나 응, 지금처럼 낡기 전엔 더 그랬지.

주연 집에서도 가깝고 저기서 일하면 딱 좋겠다, 몇번 입 밖으로 말했었거든. 왜 그랬을까. 내가 미쳤지.

나 원래 책 좋아했잖아. 너희 집에 책 많았던 거 기억나. 그렇게 책꽂이가 많은 집은 처음 봤었어. 우리 집엔 딱 하나였거든. 그것도 내 키만 한 아동용.

주연 책 좋아하는 거랑은 전혀 다른 문제야. 우리 엄마 아빠가 나 이렇게 되라고 책 사줬겠니. 파주를 떠날 수가 없다니 믿을 수 없어.

나 처음에 파주 왔을 때도 힘들지 않았어? 적응하기?

주연 엄청 힘들었지. 파주의 파는 '파, 파 어웨이(far, far away)'의 파인가 고민했다니까. 게다가 독수리가 막 날아다니는 거야. 독수리라니. 서울에서 겨우 두시간 왔는데, 독수리라니. 머리통이 나만 한 독수리랑 눈이 마주쳤었어. 해외여행 갈 필요가 없다니까?

나 그렇지, 여기가 이국이지.

*

 2번 버스.

 그 망할 버스에 대해 이야기할 수밖에 없다. 그 버스를
빼놓고는 아무 얘기도 할 수 없다. 한시간에 한대, 그마저
도 제때 오는 적이 없는 버스가 신도시에 있는 고등학교로
가는 유일한 수단이었다. 다른 노선들은 귀신같이 어긋나
우리를 피해 갔다. 우리 여섯명은 곧 쓰러져 죽을 것 같지
않으면 매일 그 버스에 탔다. 누구 한 사람 타지 않으면 마
음이 불안해졌다. 버스를 놓쳤다고 해서 학교에 데려다줄
만큼 교육열 높은 부모님을 둔 친구는 없었다. 그 버스를
놓치면 두번 내지 세번을 갈아타야 했고, 학교에 도착하면
1교시 중간이거나 재수 없으면 아예 2교시였다.

 말도 안 되는 꼬불꼬불한 길을 갔다. 속이 안 좋을 때면
쏠렸다. 버스 자체도 워낙 낡아서 심지어 앞문 쪽은 철판
틈새로 미끄러지는 도로 바닥이 보였다. 버스란 건 정말
얇은 철판 박스구나, 실감하며 되도록 그 틈새를 들여다보
지 않으려고 애썼지만 자꾸만 눈이 갔다. 학교 가는 게 뭐
그리 중요한 일이라고 이 말도 안 되는 판때기에 태워 보
내는가. 나만 그렇게 아연해한 것은 아니어서 주연이는 가
끔 폭발했다.

"이따위 버스, 중고 수출도 못해!"

주연이가 폭발하면 상대적으로 차분해질 수 있었다.

"기사 아저씨 듣겠어."

"인도에서 한글 쓰인 버스 만나면 반가웠지만 이 차는 안 돼. 폐차만이 답이야."

눈이 오면 여지없이 버스가 퍼졌다. 상습 폭설 지역이라 수월한 날보다 고단한 날이 잦았다. 큰 도시, 큰길에서 벗어나면 도로 사정이 얼마나 좋지 않은지 아는 사람들은 알 것이다. 버스가 퍼져버리면 우리 여섯은 눈길을 헤치고 다른 길로 나가기 위해 애를 썼다. 운동화가 젖는 건 예사였다. 발가락이 얼어 떨어져나가지 않은 게 지금 와서도 다행이다. 그런 경험들이 우리를 우리로 만들었다. 2번 버스가 아니었다면 우리도 우리가 아니었을 것이다. 1번도 3번도 4번도 5번도 우리 동네를 지나지 않았다. 2번만 지났다. 나머지 번호의 버스들이 정말로 존재하는지조차 가끔은 의심이 갔다. 2는 그렇게 절대적인 번호이기엔 조금 힘이 빠지는 숫자다.

지나치게 밟은 버스 정류장 이름은 '가게 앞'이라든가 '물탱크 앞'이라든가 '창고 앞'이라든가 황당한 것들이 대부분이었다. 가게가 그것밖에 없는 것도 아니었고 물탱크가 그것밖에 없는 것도 아니었고 널린 게 창고였음에도 그랬다.

아직도 2번 버스는 다니고 정류장 이름들은 그대로다.

버스에 가장 불만족스러워했지만 주연이는 오리지널 버스 멤버가 아니었다. 오리지널 버스 멤버는 나, 송이, 수미, 민웅이, 찬겸이였다. 주연이는 학기가 끝나갈 때쯤 전학 와서 타기 시작했다. 내가 그 사실에 대해 말하면 주연이는 별로 좋아하지 않는다. 변두리 것들이 텃세를 부린다고 말이다. 하지만 내게는 주연이가 오기 전과 후가 너무나 다른 세계였기에 기억의 그 지점쯤 분명한 분절로 깃발이 꽂혀 있다.

송이, 우리의 송이는 송이만의 방식으로 늘 탁월했다. 그걸 미리 알아채지 못한 우리가 촌스러웠을 뿐이다. 스키니진이 유행할 기미 없이 부츠컷의 제국이었을 때도 혼자 다리통을 줄여 입었고, 애슬레저룩의 개념도 없을 때 적절한 아이템을 활용했고, 구할 수 없는 것은 직접 만들었다. 나도 수미도 주연이도 송이 없이는 뜨개질 실기를 통과하지 못했을 것이다. 나는 겉뜨기 안뜨기를 넘어서면 머리가 멈춰버렸는데, 송이는 혼자 배우지 않은 (어쩌면 송이 말고는 아무도 모를지 모를) 뜨개법을 만들어내기까지 하면서 우리가 엉망으로 떠놓은 장갑과 모자를 말끔하게 고쳐놓았다. 오류를 거꾸로 거슬러오르는 손가락에는 신성한 느낌마저 있었다. 알록달록한 순록을 짜넣은 발 토시를 교복에 아무렇지도 않게 하고 다닌 게 송이였다. 그땐 노르딕 패턴이 유행하기 한참 전이었는데도 말이다. 순록이라니, 얼마나 생소한가. 가끔 배가 고파서 민가까지 내려온 고라니는 봤어도.

송이는 어떤 옷이든 소화할 만큼 원체 비율이 좋았다. 송이뿐만 아니라 송이의 언니들과 여동생도 마찬가지였다. 송이는 딸 넷 중에 셋째였는데, 자매들뿐 아니라 어머니까지 똑같은 얼굴을 복사해놓은 것 같아서 처음엔 사실 충격을 좀 받았었다. 송이의 얼굴에 대해 말하자면 부드럽고 가는 머리카락 아래 말 그대로 달걀형 얼굴, 긴 실눈, 작고 약간 들린 코, 고르지 못한 치열이 뭐라 말할 수 없이 도깨비나 요정 같은 걸 연상시켰다. 귀염성 있는 얼굴인 건 분명한데 요괴과의 귀여움이랄까. 송이네 아버지를 봤을 때는 나도 모르게 내심 감탄했다. 요괴 다섯과 사는 것치고 엄청 행복한 얼굴을 하고 계시네, 하고.

송이네 부모님은 딸 넷 모두에게 치아교정을 시키는 건 불가능하다고 판단하셨는지 공평하게 아무에게도 해주지 않았는데, 그래서인지 송이네 자매는 유난히 과묵했다. 말도 잘 하지 않고 웃을 때도 입을 다물고 소리 없이 웃었는데, 그럼에도 송곳니 같은 게 곧잘 삐죽 튀어나왔다. 그 집에서 재미있는 일이 벌어지면 놀러 간 손님만 웃고 그 집 가족들은 백색 소음 같은 소리를 냈다. 그건 그것대로 유쾌했다.

송이는 돈을 벌자마자 쌍꺼풀 수술을 했고, 조금 더 모아서는 치아교정을 했다. 뭐라 말할 수 없이 독특하던 얼굴이 사라지고 지금은 표준형 미인에 가깝다. 미묘하게 들린 발랄한 코에까지 손을 댈까봐 염려되지만, 어머니나 자매들과 구분되는 얼굴이 된 건 다른 의미로 자연스러운 일인 것 같아 별말 하지 않기로 했다. 그렇게 같은 얼굴들이 버글버글 모여 있으면 이상하니까 오히려 이쪽이 자연스럽다고 말이다.

어릴 때나 지금이나 송이는 소리 없이 큰 사고를 잘 친다. 중학교 때였다. 그때만 해도 두발단속이 보편적인 일이었으므로(어떻게 그따위 일이 보편적일 수 있었을까?), 월요일 아침 운동장 가장자리에는 머리카락 뭉치들이 잔뜩 흩어져 있었다. 빗물 배수로를 덮은 시멘트 블록 위로, 마치 서부극의 굴러다니는 덩굴풀처럼 말이다. 송이도 한번 머리를 잘렸다. 나는 줄 뒤쪽에서 그 모습을 보았는데, 송이는 발작이라도 일으킬 것처럼 몸을 떨더니 학생주임을 향해 신고 있던 두 신발을 벗어던졌다. 그러곤 신발을 줍지도 않고 양말만 신은 채 다시 집으로 돌아갔다. 신발을 던지는 일이 아랍권의 흔한 모욕의 표시란 걸 아무도, 당사자인 송이도 몰랐을 때였으니 굉장히 본능적이었던 셈이다. 내가 신발을 주워서 하교 후에 갖다주었다. 중학교는 동네여서 다행이었다. 송이네 아파트까지 가는 길은 결코 양말을 신고 돌아가기 편한 길이 아니었다.

당연히 송이 어머니는 학생부의 호출을 받았지만, 가서는 송이와 똑같은 느긋한 요괴 얼굴로 두발단속이 그렇게 중요한지 모르겠다, 애 머리를 그렇게 해놓으면 어떡하냐, 내 딸이 좀 저 하고픈 대로 해 다니면 정녕 안 되느냐며 학주의 속을 뒤집어놓으셨다. 결국 송이는 졸업할 때까지 학주와 전쟁을 벌여야 했다. 험한 꼴을 겪을수록 송이의 패션도 보란 듯이 과격해졌다. 그때는 정말 괴상하다고 생각했는데, 요즘 아이돌들이 꼭 그때의 송이처럼 입고 있는 걸 보니 앞서간 게 틀림없다.

"형광색을 더 입었어야 했는데. 미친 것 같은 옷은 다 입어봤어야 했는데."

최근에 송이가 입을 열자, 우리는 모두 절레절레하며 동의하지 않았다.

"넌 충분히 입었어."

송이와 같은 아파트에는 찬겸이가 살았다. 논밭 한가운데 서 있는 한동짜리 아파트라니, 큰 도시 사람들은 이상하게 여길지 몰라도 의외로 흔한 풍경이다. 찬겸이네 집은 그 시끌벅적한 복도식 아파트에서 제일 조용했고, 찬겸이는 우리 중에서 공부를 가장 잘했다.

멋이라고는 하나 없이 빡빡 깎은 머리에, 통통한 체격이라 교복 바지가 위태로웠다. 키도 덩치도 크지 않으면서 통통하기만 해서, 게다가 유난히 피부가 분홍빛을 띠어서 아이들은 언제나 새끼돼지라고 찬겸이를 놀렸다. 일부러 숨을 들이켜며 꿀꿀 소리를 냈는데, 질리지도 않는 모양이었다. 놀리는 정도를 지나쳐 사태가 점점 폭력적이고 악의적으로 변해가자 당사자가 아닌 내가 성질이 나서 결국 그애들 책상을 걷어찼다. 책상에 명치를 부딪힌 애가 신음 소리를 냈고, 나는 지금은 기억도 나지 않는 욕설을 퍼부었다. 중학교 때까지만도 남자애들과 완력 차이가 그렇게 크지 않았겠지만 돌아보면 겁도 없었던 것 같다. 그때 이후 찬겸이는 공기가 불안해지면 내 주변에 와서 얼쩡거렸고 내 친구들하고 친해지려 애썼다. 송이와 나는 대수롭지 않게 이 똑똑하고 동그랗고 분홍색인 남자애를 끼워줬다. 너무 눈치 없이 끼려 하면 가끔 내쫓기도 했지만 말이다. 나중에 찬겸이가 고백했는데, 찬겸이네 부모님이 학교에 찾아가서 나나 송이와 같은 반에 넣어달라고까지 했다고 한다.

당시 경기도는 비평준화 지역이었으므로 찬겸이가 우리와 같은 고등학교에 갈 거라고는 생각도 하지 못했다. 제일 좋은 고등학교에 가리라 모두가 믿고 있었는데, 찬겸이는 큰 시험에 약했다. 대입시험의 축소판이나 다름없던 연합고사에서 큰 실수를 여러개 한 나머지 송이와 나를 따라 중간보다 아주 조금 나은 고등학교에 진학했다. 고등학교 때 찬겸이는 살이 빠졌고, 머리를 길렀고, 전보다는 놀림을 덜 받기 시작했다. 한번 연습을 해서인지 수능은 잘 봐서 치대에 입학했고 점점 더 길어지더니 라식 수술까지 해서 지금은 동네의 대표적 훈남이자 마스코트 '개천 용'이다. 딸 가진 엄마들은 "너 그때 걔 좀 미리 알아보지 그랬어!" 하며 닦달하지만 그 시절 우리에겐 그냥 돌아보면 항상 있는 분홍 생물체 같은 느낌이었다.

분홍빛만큼은 아직도 어쩌지 못했다. 본인은 뻔뻔스럽게 '고급스럽게 혈색 좋은 피부'로 밀고 있다.

*

0003.MPEG

믹서에 사이다와 아이스크림을 넣고 돌린다. 기분 좋은
소리에 이어 기분 좋은 색깔과 걸쭉함을 가까이 찍는다.

찬겸   학교 축제 때 크림소다가 진짜 맛있었어. 집에서
      하면 절대 그 맛이 안 나. 만들어 팔던 애한테 물
      어보기까지 했는데, 정말 이것밖에 안 들어간대.

*

수미는 버스에 타면서 우리와 친해졌다. 고등학교에 미
달로 붙었다고 하도 자랑스럽게 말해서 우리를 웃게 했다.
수미는 언제나 낙천적이고 편안한 얼굴이었지만, 수미의
어떤 상황들이 다른 친구들을 불편하게 만들곤 했다.
　주수미. 운명적으로 주꾸미라는 별명이 붙을 수밖에 없
는 이름이었다. 교복의 상의도 하의도 잘 맞지 않아 성의
없이 만든 허수아비를 연상시켰고 송이는 늘 고쳐주고 싶
어했었다. 수미와 수미의 남동생 수호는 할머니네 얹혀사
는 처지였다. 수미네는 전형적인 밀집형 공장식 양계장을
했다. 딱 한번 그 양계장 안에 들어간 적이 있다. 수미네 집
에서는 놀 일이 별로 없었기 때문에, 라면에 넣을 달걀을

가지러 간 그 한번이 다였다. 이제는 동물 복지 달걀도 마트에서 쉽게 찾아볼 수 있지만, 얼마 전까지 누가 닭들의 안위를 생각했던가. 달걀집이니까 달걀이 많겠지 하고 들어갔다가, 지독히 작은 철망에 층층이 갇힌 채 부리가 뒤틀리고 털이 반쯤 빠진 닭들의 지옥도를 목격하고는 그냥 뒤돌아 나왔다. 눈멀고 미친 닭들의 처참한 냄새와 소리가 문을 닫고도 따라왔다. 결국 수미가 다시 달걀을 가지고 왔고 나는 그날 라면도 제대로 먹지 못했다. 한동안 달걀도 닭고기도 쳐다보지 않았던 기억이 난다.

수미네 외삼촌은 항상 화가 나 있었다. 그런 사람이어서 양계장 상태가 더 유난했는지도 모른다. 세상이 언제나 자기를 부당하게 대한다고 믿고 있어서 누구와도 싸울 준비가 되어 있었다. 우울하면서도 호전적인 눈빛도 눈빛이지마는, 로션이고 뭐고 간에 보습 제품은 하나도 쓰지 않는 게 분명한 거칠고 상태 나쁜 피부가 그 닭들을 연상시켰다. 동네에서 누가 싸웠다 하면 꼭 한쪽은 수미네 삼촌이었다. 나머지 한쪽은 계속 바뀌었지만 말이다. 수미네 어머니와 나이 차이가 많이 나는, 결혼도 하지 않은 젊은 삼촌이었는데도 수미는 삼촌을 무서워했다.

수미 어머니가 가끔 돌아오는 날이면 분위기가 험해졌다. 수미 어머니는 짧게 요약할 수 없이 문제적인 인물로,

직업 또한 문제적이었던 듯하다.

"남의 얘기 하는 거 아니다. 여자 셋이 모이면 아들자식 중 하나는 도둑놈이고 딸자식 중 하나는 나가요니까."

엄마의 가르침대로 나는 자세히 알고 싶어하지 않았다. 자주 오는 해에는 분기별로 한번씩, 소원한 해면 상반기 하반기로 나누어 수미 어머니는 파주에 돌아왔다. 수미는 그 시기에 화를 내기도 하고 기뻐하기도 했지만 주로 안절부절못했다.

"어제는 할머니가 엄마 뺨을 때려서 엄마가 넘어졌거든. 근데 삼촌이 넘어진 엄마 목을 눌렀어."

태어나서 그렇게 끔찍한 말들은 처음 들어봤다. 우리 집에선 분쟁이라 해봐야 할머니의 삐침 정도인데 그와는 비교도 되지 않았다. 게다가 그런 말들을 털어놓는 수미의 얼굴이 워낙 심상해서 뭐라고 대답해야 할지 더 알 수 없었다. 그거 그렇게 익숙해지면 안 되는 일이야, 너 거기서 최대한 빨리 도망쳐야 해,라고 말할 만큼 나는 단단하지 못했다. 안온하고 좁은 세계에서 성장은 유예되고 만다.

"가족이라고 해서 무조건 사랑할 필요는 없어. 하나도 안 사랑해도 돼."

수미한테 그렇게 말한 건 민웅이였다. 마치 "그 가수 앨범의 모든 트랙을 들을 필요는 없어, 좋아하는 노래만 들

큰 도로가 그렇게 비어 있는 것은. 민웅이는 아주 신나 있
었다. 그 나이 남자애들에겐 모험이었을 거다.

해가 진 후 돌아올 때는 온통 깊이 땅을 파놓은 공사장
들 사이로 다른 단지보다 먼저 들어선 아파트에 반쯤 불이
들어와 있었다. 좁은 길 양편으로는 깊은 구덩이인 경우가
허다해서, 마치 절벽 사이에 길이 난 것 같았다. 아파트 단
지는 그 길 끝의 마왕성과도 같은 모습이었다. 나중에 입
주가 완료되고 나서도 신도시를 생각하면 그 기이하고 황
한 풍경이 떠오른다. 신도시에 사는 친구들은 파주가 기
…고 황량하다고 했지만 말이다.

웅이는 파주의 아이돌로 자랐다. 답답하면 밤늦게 혼
자 트랙을 달렸는데 달리고 나면 일찍 배운 담배를 피
…합해서 건강에 좋았을지 나빴을지 모르겠다. 당시
유… 굵은 흰 선이 들어간 추리닝을 입고 민웅이가 트
랙…걸 누가 보면, 여자애들 사이에서 쫙 퍼졌다. 열
정적…은 포카리스웨트 같은 걸 사들고 나갔다고 하
는데…웅인 잘 받아 마셨을 거다.

파…보이는 것과는 달리 질릴 정도로 생명력이
있는…경 예산이 부족해서 더 그렇겠지만 초목은
아슬아…를 침범하고 건물을 위협한다. 비가 오
면 수천…달팽이가 크고 작은 길에 올라와 사람

어" 정도의 말을 하듯 가볍게 말했다. 민웅이가 아니면 누
구도 그렇게 말하지 못했을 거다. 그런 말을, 사람을 구하
는 말을 아무렇지도 않게 하는 민웅이였다.

여하튼 사랑할 수 없는 가족들을 사랑할 필요 없다는 새
로운 지침은 수미에게 꽤 충격이었던 것 같다. 어떤 해방
감을 느낀 수미는 해방된 모든 사랑을 다 민웅이에게 쏟
기 시작했다. 부담스러울 만도 했을 텐데, 민웅이는 전혀
부담스러워하지 않았다. 그도 그랬을 것이, 그 무렵엔 누
구나 민웅이를 사랑했다. 민웅이는 아무 방어도 하지 않고
누구에게나 곁을 쉽게 주었고, 그래서 그 곁은 360도 사람
들로 가득 찼다. 모두의 골든 보이였다. 나나 송이조차도
가끔 민웅이랑 같이 버스를 타고 다닌다는 걸 좀 과시하고
싶어질 때가 있었다. 때 탄 초록 줄 버스가 파주 왕자의 마
차였다.

*

0004.MPEG

찬겸　어, 민웅이 왔다.
민웅　늦어서 미안.

찬겸   경기는 좋고?

민웅   늙은이처럼 무슨 경기를 물어.

주연   태풍 피해는 안 봤어? 심했잖아, 추석 전에.

민웅   그럴 줄 알고 사과를 반쯤 조생종으로 바꿨어. 이
      미 다 땄지. 나머지 반은 좀 상하긴 했지만, 뭐.

나   좀 마른 것 같애.

민웅   턱선 좀 살지?

송이   치워.

                           *

일찍 어른이 되는 남자애들이 있다. 민웅이가 딱 그랬다.
시끌벅적한 사촌형들을 따라다니다 그렇게 되기도 했겠
지만, 이미 초등학교를 졸업할 때 틀이 잡힌 얼굴이었다.

입이 컸다. 입안 공간이 남아돌아서, 웃으면 양쪽 끝에
깊고 검은 삼각형 동굴이 생길 정도였다. 온 얼굴로 웃으
면 한쪽 뺨에만 세로로 길게 보조개가 생겼다. 얼굴이 길
었다. 눈썹이 처졌고 짝눈이었다. 따져보면 잘생긴 얼굴이
아닌데 모두 잘생겼다고 생각했다. 목이 굵었고 일찍이 중
저음이란 강력한 무기를 얻었다. 학교 대표 높이뛰기 선수
였고, 도 대회에서 4등을 했다. 어릴 때부터 과수원에서 일

을 도왔기 때문에 원래 피부색은 알 수 없으나 늘 타 있었
다. 엉덩이 색은 하얗다고 주장하나 확인할 길이 없다.

"쟤 참 균일하게, 부자같이 타네."

나중에 주연이가 말했을 때 다들 동의했다. 축복받은 존
재는 타도 빈티 나게 타지 않는다. 돈 주고 태닝한 것처
탄다.

초등학교 3학년 때였을 거다. 민웅이의 사촌형들이
네 애들을 봉고에 몽땅 태우고 막 들어서기 시작한 신
로 나갔다. 사촌형들이라 해봐야 고등학생이었고, 무
였다. 봉고는 과수원 안에서만 쓰는 거여서 번호판도
고, 녹슨 레일 문도 본래 달려 있던 게 아니라 어디
맞춘 것이었다. 열고 닫을 때마다 손가락이 날아
풍까지 걸릴 것 같았다. 나는 괜히 따라왔다 싶
마했다. 시트 아래 스프링이 자꾸 등허리를
렇게 많은 애들이, 그렇게 위험하게 신도시
데 들키지 않았다니 아직도 믿을 수 없다
텅 비어 있었기 때문에 가능했을 것이다

새로 세운 신호등에는 불이 하나도
란 비닐이 높은 신호등에 친친 감
었다. 우리는 개통되지 않은 8차
세우고 우르르 내렸다. 이상한

과 차에 밟힌다. 으깨지고 눌린 달팽이들은 한자리에 오래 머물며 누가 뱉어놓은 가래침 점묘화 같은 꼴이 된다. 지렁이는 삼십 센티까지 자라 이무기 같고, 펼쳐놓은 연습장엔 밤새 커다란 나방들이 떨어져 있다. 뱀과 들쥐와 부엉이를 보는 게 그리 놀랍지 않은 곳이다. 임진강은 나일강도 아니면서 해를 걸러 범람했다. 바다의 오색 거품까지는 아니더라도 그 검은 흙에서 민웅이가 태어났다. 꿈틀거리는 생명력이 가장 근사한 형태로 빚어진 작품이었다. 민웅이는 그렇게 파주의 아도니스요, 줄리앙이었다.

버스에서 우리는 이렇게 앉았다.

기사님 바로 뒷자리, 찬겸이가 가로대에 영어 단어장이니 수학 공식집 따위를 걸치고 앉았다. 말도 안 되는 승차감이어서 눈만 더 나빠졌을 거다.

나와 송이가 앞뒤로 앉았다. 나란히 앉을 법도 했지만 어차피 각자 음악을 들으며 갔으니까. 괜찮은 게 있으면 가끔 서로 들려주었다. 나는 당시 흔했던 MD플레이어를 썼고 송이는 겨우 열두곡 남짓 들어가는 MP3를 썼는데, 그런 면에서 송이는 확실히 트렌드 세터다. MP3가 대세가 되다니, 그땐 정말 상상도 못했다. 스트리밍에 대해서는 더욱 어림도 없었다. MD의 시대가 십년 이십년 갈 줄 알

았다. 그래도 송이는 질린 노래를 지우고 새 노래를 채우
느라 꽤 부지런해야 했을 것이다.

나와 송이 뒤쪽으로 민웅이가 창가에 앉았고, 수미가 꼭
그 옆에 앉았다. 수미는 주로 민웅이가 좋아하는 과자를
들고 탔다. 두 사람은 까득까득거리며 과자를 먹었는데,
수미는 전날 본 TV 얘기를 하곤 했다.

여름이면 종종 배탈이 난 찬겸이가 버스에서 내렸는데,
논밭과 창고 사이에서 화장실을 어떻게 찾았을까 궁금하
면서도 물어보고 싶진 않았다.

*

0005.MPEG

민웅   너, 그 집에서 혼자 사는 거 안 무서워?
주연   안 쓰는 방은 다 닫아놨으니까 별로. 원룸에 사는
      기분이야.
민웅   그래도 외지잖아.
주연   언제는 안 외졌나. 항상 외졌지.

*

외지지 않았던 적도 있었다. 그 점을 지적하고 싶었다. 그 집이 그리니치천문대처럼 기준이고 중심이었던 적도 있다. 그렇게 반박하고 싶었는데, 가까스로 멈출 수 있었다. 지금까지의 인생을 집약하는 단어가 '가까스로'가 아닐까, 가까스로 생각한다.

적어도 이십년은 비어 있던 흉가가 허물어지고 새 건물이 올라가기 시작했을 때, 아무도 그게 사람 사는 집이 되리라곤 생각지 못했다. 물류창고나 작은 공장 같은 게 들어올 줄 알았다. 그런데 점점 드러나는 건물의 윤곽이 심상치 않았다. 노출 콘크리트에 거친 외장재, 통유리가 섞인 집은 요즘에야 흔하지만 그때만 해도 사람들의 이목을 끌었다.

"저거 대단하지 않아요?"

나는 신이 나서 창용 오빠와 인영 언니한테 물었다. 마침 작업실에서 그 집이 잘 보였다.

"안도 다다오 삘인데."

창용 오빠는 심드렁했다. 안도 다다오의 건축을 본 적 없었던 나는 꺾이지 않고 그 집을 계속 궁금해했다. 큰 골조가 세워지고 회색의 면이 채워지고 내부 마감을 하느라 밤늦게까지 불이 들어와 있는 것을 오래오래 쳐다보았다. 창용 오빠는 아예 망원경을 하나 사라고 놀렸다. 그러고 있을 때에도 그 집 안에 들어가볼 수 있으리라고는 기대하지 않았다.

이제는 그 비슷한 건물들이 우후죽순으로 들어섰고, 그 집은 전형적인 파주풍 건물에 지나지 않는다. 하지만 여전히 멀리서 보기만 해도 가슴 가운데가 쥔다. 낡고 관리되지 않아 아름다움을 잃어가도 여전히, 혹은 그래서 더더욱 말이다.

그런 면에서 아이언맨은 꽤 정확한 셈이다. 심장은 가슴 한가운데에 있다. 아주 약간만 왼쪽인데, 심장이 멎을 때 심실을 자극하기 위해 왼 가슴을 압박하는 것 때문에 사람들은 쉽게 착각하고 만다. 실제 심장은 이렇게나 가운데다. 그러니까 우리가 어떤 상실감 때문에 명치가 아프다면, 위나 다른 곳이 아픈 게 아니다. 정말 심장이다. 상심(傷心)이란 말을 매일 다시 배우며 산다.

그 집에 우리 또래의 여자애가 이사를 왔다. 그 집 사람들은 떡도 돌리지 않고 인사를 돌지도 않았는데, 어찌 알았는지 사람들마다 그 얘기를 나한테 전했다. 네 또래의 여자애가 왔다고, 마치 친구가 되라고 강요하는 것만 같았다. 반백의 신사와 우아한 사모님이 래시 같은 개를 데리고 오지 않을까 했는데 평범한 부부가 내 또래의 여자애를 데리고 왔다. 어찌되었든 친해질 수 없을 거라 여겼지만, 그 여자애가 2번 버스를 탔다. 같은 학년이라는 걸 바로 알았다. 한 학년 위였다면 버스를 일찍 탔을 거고, 아래였다면 한 타임 뒤의 버스를 탔을 테니까. 여자애가 웃지 않고 비참한 얼굴을 하고 있었으므로 호감이 갔다. 웃어주고 싶지 않을 때 웃지 않는 사람이라면 친해질 수 있을 것 같았다. 주연이는 그렇게 2번 버스 멤버가 되었다.

처음 그 집에 들어섰을 때, 현관부터 가장 안쪽까지 들어선 책꽂이들이 가장 큰 충격이었다. 장서의 질 같은 건 알 수 없었으니 어디까지나 시각적인 충격이었다. 나중에 세어보자 대형 책꽂이만 열여섯개였는데, 중후한 원목은 두께가 있고 그중 몇에는 유리를 덧대어 책 먼지를 막았다. 하드커버와 페이퍼백의 영어책이 다수였고, 이해하기 어려운 배열로 꽂힌 책들 앞에는 종종 이국적인 장식품들이 놓여 있었다. 아마 인도 물건이었을 것이다.

우리 집에는 내 키만 한 싸구려 MDF 책꽂이가 하나 있었다. 네층 여덟칸인 그 초라한 아동용 책꽂이는 그나마도 비스듬하게 기울어 있었다. 옆면에는 변신요정 스티커와 피자 쿠폰 등등이 덕지덕지 붙어 있었다. 그게 온전한 내

책꽂이냐면 그것도 아니었다. 온 가족의 책꽂이였다. 할아버지가 보시던 작은 일본어 책들, 엄마의 졸업앨범, 아빠의 교통지도책, 내 문제집과 팬시용품에 가깝던 십대 취향의 책들이 몇. 심지어 아빠의 교통지도책은 1986년에 발행된 것이다. 도로가 많이 바뀌지 않았느냐고 내가 버리려하자 아빠가 화를 냈던 게 지난 대청소 때의 일이다.

"하지만 왠지 책꽂이가 하나 있는 집에서 자란 사람의 머릿속은 건강할 거 같아."

주연이가 말도 안 되는 부러움을 표했을 때 처음에는 그게 대체 무슨 소린가 했고 나중에는 어느 정도 일리가 있다고 생각했지만 결과적으로 주연이나 나나 머릿속 건강은 무리한 바람이 되어버렸다. 주연이는 책꽂이 사이에서 태어났고 책꽂이 사이에서 죽을 것이다. 벗어나기는 애초에 불가능했고 출판사에 취직한 후로는 더더욱 물 건너갔다. 증식하는 책들을 보면 월급 대신 책을 받는 게 분명했다.

돌이켜 고백하자면, 그 집을 처음 방문했을 때 내가 느낀 가장 분명한 감정은 탐욕이었다. 읽을 수 없는 책, 접해보지 못한 문화에 대한 탐욕 말이다. 거기 서서 손끝으로 작은 코끼리 조각에 박힌 원석들을 건드려보며 역류한 위산 같은 따가운 감정에 이름을 붙이지 못하고 있었다. 탐욕인 줄 알았으면 덜 탐욕스러울 수 있었을까. 그 집에 드나든다는 것을 왠지 엄마에게 바로 말할 수 없었던 걸 보면 무의식적으로는 알고 있었던 것도 같다. 내가 누리지 못했던 것을 나도 모르게 간절히 원했다는 걸 말이다.

"짐만 많은 거지 부자는 아니야. 진짜 부자였으면 파주로 왔겠어? 인도 가기 전에 원래 살던 동네로 갔겠지. 재개발이 무산된 코딱지만 한 서울 아파트에 그 짐들을 다 끌고 도로 못 들어가니까 파주로 온 거야. 대단한 게 아니라니까."

주연이는 핵심을 이해하지 못해 무신경했다. 나는 그저 부유함에 감탄한 게 아니었다. 현관에 처음 발을 들여놓은 순간부터, 그 순간의 갈급으로부터 벗어나지 못한 나로서는 제대로 설명할 기회가 없었다.

그저 귀찮은 숙제를 같이 하려고 간 것이었다. 할 일이 없어서 조금 일찍 갔고, 환기 중인지 창문과 현관이 모두 열려 있었다. 파주 사람들은 도둑도 귀찮아서 파주까지 오지 않는다는 이상한 믿음이 있었고 그 믿음은 종종 배신당했다. 문단속에 대해 얘기해줘야지 하며 소리가 나는 방으로 향했다. 바닥의 진동을 따라갔더니 역시나 내가 다다른 방은 홈 시어터였다. 책꽂이보다 조금 폭이 좁은 선반에는 비디오와 DVD와 테이프와 CD가 꽂혀 있었다. 그렇게 폭넓은 매체를 애용하던 때는 이제 다시 오지 않을 것 같다.

다른 창문들은 다 열려 있었지만 그 방은 아니었다. 암막 커튼까지 드리워져 있어 갑자기 한낮에서 밤으로 걸어 들어가는 것 같았다. 벽면을 향한 프로젝터 빛 속에서 먼지가 불규칙하게 움직였다. 한국인 체구에는 별로 어울리지 않는 커다란 소파가 보였고, 주연이의 머리 꼭대기가 올라와 있었다. 주연이의 머리색은 옅었다. 원래 그 머리색인지 햇볕에 바랜 것인지 색소가 빠진 머리색이었다. 놀래주려고 일부러 큰 소리를 내며 옆에 털썩 앉아 한쪽 다리를 개 무릎에 올렸다. 곁에서 숨 삼키는 소리가 나서 웃으며 쳐다보니 주연이가 아니었다.

남자애였다. 어지간히 놀랐는지 앉은 자리에서 십오 센티쯤 튀어올랐다. 얼굴의 모든 구멍이 다 열린 것 같은 표정이었다. 아마 함부로 걸친 다리를 수습하던 나도 비슷한 얼굴이었을 것이다. 놀랍도록 닮은 걸 보니 형제가 분명했는데 왜 아무도 말해주지 않았을까. 그 순간에도 원망스러웠다. 그러다 인영 언니와의 대화가 떠올랐다. 언니가 이 집 발코니에 남자애가 서 있는 걸 봤다 했을 때 그거 내 친구라고, 애가 삐죽해서 그렇다고 말했던 것이다.

"……주연이 캐롤라인 가서 아직 안 왔는데."

남자애가 약간 정신을 차렸는지 나에게 상황을 설명해줬다. 캐롤라인은 취향 좋은 사장님이 운영하던 일산 시내의 음반사였다. 주연이는 사장님에게 인정받는 몇 안 되는 고등학생이었다. 사장님은 음악 좀 듣는다 싶은 애들에게 특별한 음반을 권해주기로 유명했다. 주연이는 별로 신경 쓰지 않았던 듯싶지만 캐롤라인 사장님과 친하다는 건 애들 사이에서 미묘하게 명예로운 일이었다. 거기서 늦게 출발한 모양이었다. 엉거주춤, 크기만 하고 딱딱한 소파에서 일어서려는데 침착함을 찾은 남자애가 말했다.

"기다리면서 같이 봐도 돼."

남자애의 목소리는 듣고 있으니 신시사이저를 연상시켰다. 갈라지는 전자음 같으면서도 별로 거슬리지는 않았다.

주완이에 대해 자주는 아니지만 가끔 이야기하게 되면, 어떻게 생겼는지 설명 좀 해보라고 사람들은 요구한다. 그럼 나는 폴 매카트니와 로저 테일러를 섞어놓은 것 같은 외모였어요, 하고 대답한다. 그러면 비틀스 팬은 비틀스 팬대로 퀸 팬은 퀸 팬대로 독특한 미남이었겠네, 하고 반응한다. 두 그룹의 팬들이 들으면 기가 막힐 말이지만 나는 사실 주완이를 만났을 당시엔 폴 매카트니도 로저 테일러도 알지 못했다. 그때 알았더라면 닮았다고 말해줬을 텐데, 그러면 아마도 기뻐했을 텐데 말이다. 앞 세대의 음악을 자연스레 함께 듣는 행운은 생각보다 쉽게 주어지지 않는다. 그것은 국세청 모르게 젊은 부자들이 물려받는 유산과도 같다.

둘 중에 어느 쪽이냐면, 그래도 폴 매카트니를 좀더 닮았다. 비틀스를 잘 알지 못했으므로 매카트니는 내 관심사가 아니었다. 가끔 해외 연예 가십에 뜨는 결혼을 자꾸 하는 영국 할아버지 정도였달까. 음악으로 먼저 만나지 못했다. 내가 폴 매카트니를 만난 건, 첫 배우자인 린다 매카트니의 사진집에서였다.

그리고 그 사진집을 꺼내든 건 멀고 먼 서점의 높고 높은 선반에서였다.

*

0006.MPEG

주연   가끔 기분이 염소 같아.

찬겸   할로겐 원소 Cl을 말하는 거야, 아님 음매애애 염소를 말하는 거야?

주연   그거 아무래도 음매 쪽이 먼저 나오는 게 보통 아냐?

찬겸 실생활에서 더 흔히 접하고 사용하는 건 Cl 쪽이
지. 일년에 동물 염소 몇번 봐? 클로린은 의약물,
폭발물, 산화제, 표백제, 소독제로도 쓰이고……

송이 왜 기분이 염소 같아?

주연 다들 착한 양처럼 순하고 순종적이고 사랑스러운
데 나만 그 사이에 낀 염소처럼 고집을 부리고 이
것저것 결정하려 들어.

민웅 그런 거라면 넌 흑염소네. (웃음)

나 뿔도 뾰족할 거야.

*

모두가 여행이 나에게 좋을 거라고 했다. 전문가이든 아
니든 나를 아끼든 아끼지 않든, 모두가 말이다. 따뜻한 권
고부터 냉철한 지시까지를 오가며 여행을 가라고 했다. 불
과 몇해 전인데도 지금보다 다른 사람 말을 잘 들었는지
나는 정말 여행을 갔다. 대개의 날들은 그 사람들이 다 틀
린 것 같았고 어떤 날은 수긍할 만한 점을 찾기도 했다.

송이는 나에게 유럽에 가자고 했다. 이미 계획을 다 짜
두었으니 몸만 오면 된다고 했다. 송이의 말을 믿었다. 그

런데 내가 생각하는 계획과 송이의 계획은 개념이 달랐다. 그 계획이란 게 비행기표와 유레일패스 달랑 두개인 줄 알았더라면 따라가지 않았을 것이다. 게다가 송이가 파리에서 만난 독일 남자애랑 사랑에 빠지는 바람에 남들은 남쪽으로 남쪽으로 가던 여름, 우리는 얼떨결에 독일 북부 해안에 도착해 있었다.

"독일에 바다가 있어?"

여기까지 이야기하면 많이들 묻는다. 있다. 심지어 아름답다. 북쪽 바다만이 가질 수 있는 아름다움이다. 파주의 아름다움과도 일맥상통하는 그런 유의 아름다움 말이다.

크리스티안이 송이를 머리 위로 안아들었다 바다에 던질 때 나는 조금 걷거나 서점에 갔다. 숙소는 오래 있을 곳이 못 되었기 때문에 밖에 나오긴 나와야 했다. 서점 창가에는 긴 의자들이 있어서 사람들이 잠들어 있었다. 배에 책이 얹혀 있는 사람이 대부분이었지만 아예 책이 없는 경우도 많았다. 서점에 자러 오는 건지, 자도 아무도 깨우지 않는지 묻고 싶었지만 독일어를 할 줄 몰랐다. 나도 의자를 하나 차지하고 앉아, 수입되면 값이 두배로 뛰는 아트 서적들을 보았다. 기원전부터 지난봄까지의 작품들이 연속적이었다가 불연속적이었다가 하며 꽂혀 있었다. 소도시의 서점인 걸 감안하면 충분히 연속적이었다. 언어의 한

계 때문에 다른 책은 볼 수 없었다. 하루 종일 그런 책들을 보다가 감각이 지나치게 자극받았다 싶으면 달력 코너로 옮겨갔다. 해가 바뀌려면 한참 먼 한여름인데도 거의 한층이 달력 코너였다. 개나 고양이 위주였지만 그밖에도 웬만큼 귀여운 동물들은 달력을 한권씩 다 찍은 모양이었다.

린다 매카트니의 사진집은 떠나기 전날 발견했다.

마지막에 펼친 책이어서, 단지 그 순서 덕분에 내 안 어떤 중심부에 생생한 지문을 남겼다고는 생각하지 않는다. 그 사진들은 특별했다. 폴 매카트니의 팬이 아니었지만, 책을 펼치자마자 나는 그와 사랑에 빠졌다. 음악을 모르면서 폴 매카트니에게 반한다는 것은 얼마나 바보 같은 이야기인가. 주완이와 닮아서만도 아니었다.

익살스러운 표지와 애니 리버비츠의 발문에 이어, 1960년대의 에센스를 담은 사진들까지는 가벼운 감탄으로 보았다. 린다 매카트니는 『롤링스톤』의 커버 사진을 찍은 최초의 여성 사진작가였고, 믹 재거와 재니스 조플린과 지미 헨드릭스와 어리사 프랭클린과 밥 딜런과 사이먼 앤드 가펑클이 나와도 훌륭하다는 감상이 들 뿐이었다. 그러다가 비틀스가 나오면서 개인적이 되었다. 개인적이 되는 걸 두려워하지 않는, 용기가 필요할 정도로 개인적인 사진이었다.

폴과 린다, 두 사람은 연결되어 있었다. 눈에서 눈으로 사슬 같은 게 매달리지 않았나 싶게 이어져 있었다. 사랑스럽다면 사랑스럽고 끔찍하다면 끔찍할 정도의 연결선이었다. 폴 매카트니가 카메라 이쪽의 린다를 볼 때에, 지금의 우리까지 덜컹할 정도라면 실제로는 더했을 것이다. 린다와 폴이 아직 사랑에 빠지기 전의 사진들만 봐도 뒤의 일들을 예감할 수밖에 없다. 렌즈도 존재하지 않고 시간도 존재하지 않는다. 찍은 지 삼십년, 사십년이 된 사진들인데도 그 모든 감정들이 훼손되지 않았다. 어두운 곳에 있는 폴, 빛을 받고 있는 폴, 멤버들과 있는 폴, 혼자 있는 폴, 무대 위의 폴, 휴가지의 폴, 턱수염을 기른 폴, 메이크업을 한 폴, 모자를 쓴 폴, 거품에 잠긴 폴, 가까운 폴, 원경의 폴, 그리고 두 사람의 아이들, 두꺼운 스웨터와 털북숭이 애완동물들.

뒤늦게 이해했다. 린다 매카트니가 1998년, 내가 주완이를 만나기 일년 전에 죽고 나서 폴 매카트니가 그녀를 닮은 여자들과 거듭 결혼해야 했던 이유를. 현명한 결정이 아니었음에도 자녀들이 폴 매카트니를 계속 지지했던 이유를. 그들이 세계에 남기고 있는 흔적들을. 두 사람과 같은 관계는 일생을 지배한다. 그런 사랑이 끝나면 끝나도 끝난 게 아니며 다시는 돌아갈 수 없다.

그리하여 기이한 순서로 나는 비틀스를 듣고 솔로 앨범을 듣고 윙스를 들었다. 「롱 헤어드 레이디(Long haired lady)」를 들을 때 린다 매카트니의 목소리가 들렸다.

*

0007. MPEG

접사로 촬영하는 내 오래된 CD플레이어. 돌아가고 있다. 더러워진 핑크색 케이블로 연결된 끝에는 MD플레이어.

*

그 집에 반했는지, 그 집에 사는 남자애한테 반했는지 확실치 않았지만 어쨌든 내가 자연스럽게 접근할 수 있는 방법은 주연이뿐이었다.

"하주, 나 CD 좀 뜨자."

나는 두 사람을 모두 '하주'라고 불렀다. 연이든 완이든 앞 두 글자는 같았으므로. 한번 오빠라고 불러봤지만 외국에서 살다 와서인지 반응은 신통찮았다. 연년생이라 주연이마저도 오빠라 불렀다가 "야"라고 불렀다가 오락가락했기 때문에 하주가 그나마 나았다.

"뭐 갖다줘?"

"아니, 내가 갈게. 가서 직접 고르고 싶기도 하고 학교에서 뜨면 CD 튀니까."

MD를 뜰 때는 CD가 튀지 않는 게 핵심이었는데, 충격 흡수 기능이 약했던 내 CD플레이어는 누가 건드리거나 책상이 흔들리면 엉망이 되었다. 좁은 책상 사이로 애들이 얼마나 부딪치며 지나다니는지 한번 녹음하는 게 일이어서, 대개 사물함이나 창턱 같은 데 올려놓기 마련이었다.

"귀찮잖아. 내가 갖다주고 집에서 떠오면 되지, 왜."

"CD 빌렸다가 케이스 기스 나고 이빨 나가고 그런 거 싫잖아."

나는 주연이가 완벽하고 투명한 CD 케이스 상태를 얼마나 좋아하는지 잘 알고 있었다. 하긴 그래, 하고 수긍하는 표정의 주연이에게 마지막 회심의 일격을 날려야 했다.

"일단 몇개, 네가 골라줘."

음악을 좋아하는 사람들이 얼마나 함께 듣고 싶어하는지, 얼마나 골라주고 싶어하는지 나는 영악하게도 잘 알고 있었다.

아주 자연스러운 이유로 나는 주연이와 주완이의 집에 드나들었고 그때 떠온 MD가 칠십여장이 넘는다. 몇장은 듣는 척 노력해보았고 어느 선에서부터는 한참 잊었다가 다시 발굴되곤 했다. 노래들은 처음 들어도 여러번 들어도 생소했다. 주연이의 음악 취향이 이질적이었는지도 모른다. 만약 MD 유저가 아니었다면 다른 접근 방식을, 핑계를 찾아야 했을 것이다. 그래서 연분홍색 MT66이 무척 소중해졌다. 그러고 보면 나는 그때도 MD에 마이크를 달아 친구들의 목소리를 녹음하곤 했다. 이것저것 말을 시켰다. 결국 크면 대단한 게 되는 게 아니라 애초에 하던 걸 본격적으로 하게 되는 거구나 싶다.

하주네의 무거운 가구들은 쉽게 흔들리는 나의 CD 플레이어를 완벽하게 받쳐주었다. 사탕 색깔의 조그맣고 네모난 MD로 노래들이 옮겨가는 동안은 주완이와 함께 영화를 보았다. 영화를 보다가 잠깐만, 나 CD 좀 갈고 다시 봐, 하며 얼른 일어나곤 했다.

처음 만났을 때 주완이가 보고 있던 영화에는 몰리 링월드가 나왔던 것 같다. 그다음에 찾아갔을 때에도 계속 80년대 하이틴 영화였다.

"이번 주의 테마야. 그러니까……"

주완이는 끝까지 말하지 않았고 쑥스러운 부연 설명이 없었는지 몰라도 나는 그것을 초대로 받아들였다. 영화 속 미국 10대들의 과장된 자유에 데면데면하게 접속했지만 하주 남매와 함께 있는 게 좋았다. 자막이 없어 두 사람이 번갈아가며 번역해주는 것조차도 특별했다.

몇번인가는 영화가 시작된 다음에 찾아갔지만, 언젠가부터 나를 기다리고 있었다. 주연이와 주완이가 나란히 앉아 있을 때도 있었고 주완이 혼자 있을 때도 있었다. 기다렸다고 말하는 듯한 주완이의 표정이 마음에 들었다.

여름엔 우리 가게에서 냉콩국수가 가장 잘 나갔으므로, 나는 엄마 몰래 국수와 얼음 콩국과 오이채를 따로따로 싸서는 하주네에 갔다. 타고난 성격치고는 대단한 정성이었고, 이후 이어질 식자재 절도의 시작이었다. 가는 길에 인영 언니를 만났는데, 언니가 요즘은 왜 작업실에 놀러 오지 않느냐 물었을 때 약간 부끄러웠던 기억이 난다.

하주 남매는 주는 대로 잘 먹었다. 식성이 다를 법도 했지만 뭐라도 주면 고마워했다. 둘 다 요리에는 꽝이었다.

"인도에선 도우미 아주머니가 서너분씩 늘 계셨으니까."

내가 뭘 싸가지 않으면 밥 위에 올리브 절임 같은 걸 올려줬는데, 그 올리브 절임에선 캔 냄새가 났다.

"이건 밥반찬이 아니야!"

내가 비명과도 같은 소리로 불평을 하자 주완이가 웃으며 말했다.

"올리브라도 있으면 다행이야. 그것도 없으면 치토스를 꽂아 먹거든."

"밥에?"

"은근히 간이 맞아."

"자갈치도 괜찮아."

한창 자랄 나이인 두 사람의 식사는 좀 방치된 감이 있었다. 일주일에 두번 오는 아주머니가 음식을 해두면 잠시 잘 먹고 또 먹을 게 없어졌다. 요리를 배웠다면 좋았을 텐데 두 사람 다 아무 관심도 의지도 없었다.

"여기가 이상한 거야. 음식점이 이렇게 없는 동네는 처음 봤어. 한국 돌아온다고 했을 때 이렇게 될 줄은 몰랐지."

그 여름에 나는 하주네 어머니를 딱 두번 봤다. 초여름에 한번, 방학 끝나갈 때쯤 한번. 미인이었지만 머리숱이 적고 피곤해 보이는 얼굴이었다. 여름 끝에는 남매 양쪽과 꽤 친해져 있었으므로 사정을 물어볼 만했는데도 함부로 묻지 못했다. 수미네 예에서 이미 남의 집 일은 되도록 묻지 말아야 한다는 걸 배웠기 때문이었다.

한참이 지나고 나서야 주연이가 말해줬다. 아버지는 귀국하지 않고 바로 인도네시아로 갔다고 했다.

"인도랑 인도네시아랑 가까워?"

"아니."

원래는 공기업에 다니다 그만두고, 주석의 수출입과 가공 사업을 하는 선배 회사를 도와주기로 했다는데 좀처럼 한국에 들어오실 시간이 없는 모양이었다. 어머니 쪽은 바쁠 때만 돕기로 되어 있었는데 이내 바쁘지 않은 때가 드물어졌고 덕분에 늘 지친 기색이었다. 잦은 비행도 여유를 앗아갔고 하주들은 둘만 남게 되었다.

나도 요리를 싫어했었다. 보고 자란 게 그것뿐이라 어설프게 흉내 낼 수 있을 뿐, 요리와 되도록 멀게 살고 싶었다. 불도 싫고 증기도 싫고 부엌 냄새도 싫었다. 마를 새 없는 물기 때문에 손등이 터지는 삶을 살고 싶지 않았다. 내가 충분히 싫어하면 그 삶이 나를 비켜갈 거라 마음먹고 늘 의식하고 있었다. 그런데도 하주들이 맛있게 먹었으므로 부지런히 식자재를 훔쳐 날랐고, 칼로 통통통 잔재주를 부리면서 두 사람을 홀렸으며, 불을 줄였다 올렸다 잘난 척을 했다. 포만감에서 비롯된 애정이라도 받고 싶었던 것이다.

그 집의 서늘한 창고를 열면 선반마다 저장식품이 가득했다. 편의점 창고를 연상시켰는데 그보다 더 컸다. 통조림과 건조식품과 밀봉된 유리병들과 감자칩과 소다 캔들이 줄을 지어 있었다. 냉장고보다 더 큰 냉동고를 열어보니 고기가 가득 들어 있어 놀라고 말았다.

"왜 이렇게 쌓아두고 먹어?"

"인도에서 살 때 습관이 아직 남아서."

소고기를 먹지 않는 인도에서 한국 사람들은 그렇게 소고기 미역국을 먹고 싶어한다 했다. 인도에서도 소고기를 구할 수 없는 건 아니지만, 어디서 도축되고 유통되었는지 알 수 없는 고기가 대부분이라 한국에 잠시 들어오면 커다란 아이스박스에 온 동네가 먹을 분량의 고기를 가져갔다고도 했다. 한 가족이 한국에 다녀오면서 다른 교민들에게도 나누었고 일종의 품앗이였다.

"방학하면 한국 들어와서 학원 다니고 친척들 만나고 그랬거든. 그땐 좋았는데 돌아갈 땐 너무 싫었어. 커다란 이민가방 가득 한국 음식이 들어 있었는데 나랑 오빠한테도 들게 했어. 우리 몸무게만큼 나가는데 말야. 비행기는 개인당 계산하니까 최대한 들게 한 거지. 얼마나 낑낑대고 다녔는지."

질려버렸는지 하주 남매는 고기를 별로 좋아하지 않았다. 몇번인가 해동해서 뭐라도 만들어보려 했지만 빙하 속의 매머드처럼 큰 덩어리들은 손대지 못했다. 아무도 녹이려 하지 않았던 그 고기들은 다 어찌 되었을까.

주연이는 최근에 채식주의자가 되었다. 커다란 냉동고는 코드가 뽑힌 채 비어 있을 것이다.

0008. MPEG

민웅   아는 노래가 듣고 싶을 때 있잖아.

나   응.

민웅   그럴 때는 맥스 3집이 최고인 거 같아.

나   (웃음)

민웅   포터블 카세트 들고 다니면서 수영장에서도 듣고
        눈싸움할 때도 들었는데.

나   아직도 테이프로 들어?

민웅   무슨 소리야? 스트리밍 다 돼.

*

  그 여름방학에 민웅이와 수미는 아르바이트를 시작했
다. 일산 시내 맥도날드에서였다. 민웅이가 먼저였고, 곧
수미가 따라갔다. 민웅이는 마감 담당이어서 열두시, 한시
에 끝나기 십상이었는데 수미는 늘 같이 기다리려고 했다.
수미 외삼촌이 제때 들어오지 않느냐며 한번 화를 낸 다음
에야 일찍 파주로 돌아왔다.

민웅이가 돌아오는 길은 꽤 험난했으리라고 생각된다. 버스가 다니면 다행이고, 끊기면 근처 유흥가에 있던 사촌형들의 봉고를 얻어탔다. 차례로 군대에 다녀오느라 네 명에서 여덟 명까지 줄었다 늘었다 했던 형들은 하나같이 자리를 잡지 못하고 시내를 어슬렁거렸다. 형들은 심야의 봉고에서 민웅이에게 이것저것 몰라도 좋을 것들을 많이 가르쳤다. 그래도 차를 얻어타는 날은 편한 날이었다. 그마저도 여의치 않으면 역 앞 자전거 거치대의 가장 낡은 자전거 한대를 끊어서 타고 왔다고도 했다. 아무래도 자전거를 끊어 오는 건 도둑질이라고 지적하자, 일부러 먼지가 심하게 앉은 것으로 고르고 다 쓴 다음 다시 묶지 않고 필요한 사람이 타고 가도록 그대로 둔다며 변명했다. 대체 혼자 자전거를 순환시켜서 어쩌겠다는 건지 머리가 아팠다. 그리고 그렇게 힘겹게 돌아오는 민웅이 손에는 늘 치킨버거 패티가 한봉지 들려 있었다.

어째서 치킨버거 패티였느냐면, 식었을 때도 그나마 맛있는 게 치킨버거 패티여서였다. 커다란 너겟에 가까웠다. 민웅이는 개학을 하고도 꾸준히 학교에 치킨버거 패티를 들고 왔고, 원래도 좋던 인기가 그야말로 치솟았다. 민웅이네 반은 물론 민웅이네 양옆 반까지 질리도록 먹었다. 아니, 영원히 질리지 않았다는 게 더 맞겠다. 맛없는 급식

대신 민웅이가 나눠주는 거대 너겟을 삼키며 아이들은 살쪄갔다. 살쪄가면서도 민웅이를 칭송했다. 기름 냄새를 풍기며 기분 좋게 엎드려 잠든 민웅이의 자세마저 조각 같았다. 덕분에 수미는 늘 불안한 얼굴이었다.

"같은 반 여자애랑 사귀면 어떡하지. 아니면 알바하다가 누구 만나면 어떡해. 여자친구가 생기면, 그럼 난 어떡해."

울상을 하고 수미가 말했지만, 우리는 수미를 위로하지 못했다. 일어날 일은 일어날 것이었고 수미가 막을 수 있을 리 없었다.

"민웅이가 새로운 사람들 만나는 게 싫어."

수미는 이미 민웅이와 같은 CA를 하고, 같은 단과학원을 다녔다 끊었으며, 알바도 같이 하고 있는 것이었다. 그런 수미한테 짜증을 내거나 불편해할 만도 한데 전혀 그러지 않았다는 게 민웅이다웠고, 나는 어쩐지 그 점이 더 불편했다. 설명하기 어려운 잔인함 같은 게 거기 있지 않았나, 이제 와서 생각한다. 그렇게 함께 다녀도 아무도 두 사람이 사귄다거나 하는 의심은 하지 않았다. 누가 봐도 그만큼 일방적이었다. 차라리 민웅이가 거리를 뒀으면, 그래서 주변의 다른 아이들이 수미를 말리거나 적어도 놀리기라도 했으면 낫지 않았을까. 매일 패티를 성체처럼 받아먹던 수미는 교복 치마가 팽팽해진 채 지치지도 않고 민웅이를 숭배하고 있었다. 모두 그 숭배가 위험하다는 걸 알고 있으면서도 방기했다.

"너 그거 자꾸 먹으면 여드름 나."

그나마 송이가 솔직했다.

송이는 사실 수미를 걱정할 여력이 없었다. 그때 송이가 바로 말해줬으면 좋았을 텐데, 우리가 모르는 새 송이는 반에서 따돌림을 당하고 있었다. 아직도 이유를 정확히 이해할 수는 없지만 아마 꽤 복합적이었던 듯하다.

다른 사람 눈을 신경 쓰지 않는 송이의 성격도 사람에 따라 얼마든지 거슬려 할 수 있는 부분이었고, 튀는 옷차림도 한몫했고, 여럿이 좋아하던 멀쑥한 반장 애가 연속해서 송이와 짝을 하고 있다는 것도 도움이 되지 않았고, 민웅이가 그 반에 자주 놀러 간 것도 문제였고, 반 여자애들 무리 어느 쪽에도 딱히 열심히 끼지 않은 것이 치명타였다.

송이는 그 학기에 학급일지를 맡았다. 글씨체는 아마 전교에서 제일 훌륭했을 거다. 꼼꼼하고 깔끔하게 잘 썼다고 각 반 학급일지 서기들에게 배부되기도 했었단다. 날짜와 날씨, 그날의 주번, 조회와 종례 내용, 전교 행사와 학급 행사, 수업 시간표 등 칸이 빼곡했던 게 기억난다. 솔직히 그게 그렇게 중요한 기록이었는지는 모르겠지만(정말 중요했다면 학생들에게 맡기지 않았을 거다), 디지털화 이전의 시대였기 때문인지 학급일지와 각종 일지들이 가득 꽂힌 커다란 나무 장은 엄격하게 관리되었다.

송이를 마음에 들어하지 않았던 아이들은 그 학급일지를 몰래 가져다 버렸다. 교실 뒤 쓰레기통이 아니라 학교 건물 뒤 쓰레기장에다가. 한번도 아니었다. 네번, 다섯번 집요한 무단투기가 이어졌다. 쓰레기장을 담당하던 기술 선생님이 몇번이나 학급일지를 도로 찾아다 송이에게 주었다.

"이게 왜 자꾸 버려지지?"

선생님도 몰라서 물은 것은 아니었다. 그렇게 묻는 선생님의 목소리에 안타까움이 묻어 있었다고 송이는 기억한다. 저질렀던 애들도 간 크게 찢거나 태우지는 않았다. 그러면 문제가 커진다는 걸 알고 있었을 것이다. 송이는 그 버려지고 찾아오는 과정이 좀 지겹다고 생각했으나, 최대한 태연하게 대처하려고 했던 듯하다. 심한 날엔 책상 속에 있던 문제집이나 필기 노트가 함께 버려지기도 했지만 송이는 끝끝내 버스 멤버들에게 털어놓지 않았다. 각자 성깔이 있어서 복잡해질 거라 생각했을 것이다.

정확히 누가 주도적으로 송이를 구석에 몰아갔는지 송이도 알지 못했다. 스쳐 지나갈 때 낮게 욕설을 중얼거리면, 그게 자신을 향한 것인지 아닌지 판가름하기가 애매했다고 한다. 친한 척 증명사진이나 스티커 사진 따위를 달라고 말한 다음, 청소시간 전에 슬쩍 바닥에 버리는 애도 있었다. 책상을 밀고 쓸면 쓰레기는 결국 뒤로 뒤로 오는데, 마지막 쓰레받기 당번은 송이였다. 바닥에 떨어진 스스로의 얼굴을 주우며 송이는 이제 아무에게도 사진을 주지 않겠다고 마음먹었다. 차라리 대놓고 공격해 오면 반격이라도 할 텐데 기분 나쁘게 뭉글했다.

가을이 깊어지기 전에 따돌림의 대상은 다른 아이가 되었다. 그래도 송이는 책상 속에 아무것도 두고 가지 않았고 사물함에는 튼튼한 자물쇠를 채웠다. 실내화도 늘 들고 다녔다.

다만 납땜의 귀재가 되었다. 매번 학급일지를 찾아주던 기술선생님이 고마워서 전교에서 가장 예쁘고 완벽한 납땜을 해냈다. 우리 중 유일하게 송이의 라디오만 작동했다. 그 라디오를 아직도 가지고 있다고 한다.

*

0009. MPEG

어두운 세트. 몇사람만이 남아서 일하고 있다. 드릴 소리가 들리고 멀리서 벽이 선다. 담배를 피우러 나갔던 감독이 돌아온다.

감독   어항 냄새 안 나?

조감독   네?

감독   온 세트에서 어항 냄새가 나. 관리 안 한 어항 냄새.

조감독   수돗물 냄새 같은 거 말씀하시는 거예요?

나   며칠 비 왔잖아요.

감독   그런가. 온 동네에서 나는 것 같기도 하고. 우리, 더러운 어항 속에 들어 있나보다.

*

주완이는 일주일 단위로 영화를 봤다. 감독별, 배우별, 나라별, 시리즈별, 테마별, 시대별, 장르별, 원작별로 그때그때 묶어 스케줄을 짰다. 그렇게 영화를 보면 어떤 정서에 흠뻑 젖을 수 있었다. 나는 주완이를 따라 이 연못에서 저 연못으로 서식지를 옮겨갔다. 효율적인 방식이었으나 가끔 집중력을 잃을 때도 있었다.

"저 개들은 뭐지?"

매릴린 먼로 주간이었는지, 고딕 호러 주간이었는지 모르겠다. 영화를 보고 있는 줄 알았는데 주완이의 시선은 나를 스쳐 덜 닫힌 커튼 틈새로 들판에 가닿아 있었다. 주완이가 이미 본 영화를 나를 위해 다시 봐줄 때 그런 일이 잦았다. 다시 보는 거라고 꺼내어 말한 건 아니었지만 어미 새가 소화시킨 것을 아기 새에게 주는 것과 비슷한 행위라는 걸 분위기상 눈치챘었다. 주완이가 천천히 익힌 영화의 코드, 더 크게는 문화의 코드들을 나는 급하게 기타를 배우는 펑크 뮤지션처럼 한꺼번에 받아들이고 있었다.

주완이의 눈길을 따라잡기도 전에 어떤 개들을 말하는지 바로 알았다.

"아, 앞에서부터 텁텁이, 누렁이, 작은개, 큰개야."

어디까지나 내가 부르는 이름이었다. 동네 사람들은 각자 제멋대로 그 개들을 불렀다. 아마 삽살개 계통일 텁텁이는 덥수룩한 털이 눈을 가리고 있어서 텁텁이였고, 누렁이는 중간 크기로 누렸다. 작은개는 시추 잡종인 것 같은데 네마리 중 가장 작았고, 큰개는 진돗개 계통으로 누렁이보다는 크고 텁텁이보다는 살짝 작았지만 어쨌든 큰 개였다.

"엄청 성의 없는 이름이네. 누가 키워?"

"누가 키우는 건 아니고…… 다 같이 키운달까? 돌아다니면서 여기저기서 얻어먹고 여기저기서 자는데."

"걔들은 보통 안 그러지 않아?"

엄마도 할머니도 개들이 가게 근처에 오면 기겁을 했으므로 나는 개의 생태에 대해 잘 알지 못했다.

"들갠가? 아니, 그거랑은 좀 다른데. 그냥 돌아다니는 개들이야. 여기선 원래 그래."

주완이는 '원래 그래'를 잘 받아들이지 못했다. 큰 범주로는 들개가 맞는지 몰라도, 그런 야성적인 이름이 어울리는 녀석들은 아니었다. 2차선 도로도 무서워해서 길을 건널 때는 네마리가 나란히 건넜으며, 무르익은 오후에는 양지바른 자리에 거의 카펫처럼 납작하게 배를 지지고 있었다. 그런 느슨한 존재들을 들개로 부르기는 어색했다.

"항상 저 네마리야?"

"응, 지난 일이년간은 그랬어. 그전엔 한두마리 더 있었던 것도 같지만."

개들이 멀어져 보이지 않는 각도로 접어들자 주완이는 화면 쪽으로 고개를 돌렸지만 별로 주의를 기울이는 것 같진 않았다.

"가까이서 보고 싶어?"

창용 오빠네 작업실 뒤편에도 밥그릇으로 쓰는 대야와 뭉쳐둔 담요들이 있어 개들이 자주 들르곤 했다. 며칠 가서 들여다보면 마주칠 수 있을 것이었다. 막상 주완이는 좀 망설이는 것 같았다. 그때까지 주완이가 밖에 나가는 걸 본 적이 없었다. 개학 후에도 계속 학교에 다니지 않았고, 난 그 이유를 묻고 싶었지만 묻지 못했다. 홈스쿨링 같은 걸 하려니 추측했을 뿐이었다.

주저하던 주완이의 옆모습을 떠올리자면, 세상에 그렇게 니트가 어울리는 남자애는 또 없지 싶다. 갑빠도 배도 없어서 가는 올의 니트가 축 떨어지는데 그게 그렇게 멋있었다. 아무것도 없는 민짜 남자애한테 반해버리다니 이상한 일이지만, 니트는 그런 체형에 어울린다고 여전히 생각하고 있다.

갈까, 하고 현관에 내려선 주완이는 슬리퍼를 신었다. 욕실에서도 신고 베란다에서도 신는 그런 종류의 슬리퍼였다.

"그거 신게?"

슬리퍼를 신기에는 슬슬 추운 날씨였다. 나도 모르게 주완이의 발을 오래 쳐다보았고, 발가락들이 쑥스러운 듯 안쪽으로 꼼지락거렸다. 키도 별로 안 컸으면서 발가락은 왜 그렇게 길었을까. 손발이 크고 그다음에 키가 큰다는 건 상식이지만 그때는 그게 신기해서 자꾸 쳐다봤다. 보지마, 주완이가 팩 핀잔을 줬지만 멈추지 않고 놀렸다.

"신발이 다 작아졌는데 사러 나갈 시간이 없었어."

그 말에 운동화를 사주고 싶다고 생각했다. 눈대중으로 사이즈를 재야 했기에 더 집요하게 발을 쳐다봤다. 내 시선을 뿌리치려고 주완이는 낡은 슬리퍼를 신은 채 뛰기 시작했다.

*

0010. MPEG

주연   그땐 멀리 나가기 싫어서 머리도 직접 잘랐는걸.
      신문지를 펼쳐놓고 거울 앞에 서서.
나   진짜? 뒷머리는?
주연   뒷머리는 내가 잘라줬어.
나   그래서 엉망이었구나.
주연   아냐, 꽤 괜찮았어. 나 발끈하게 하지 마. 사진이
      어디 있을 텐데.

*

주연이가 투덜거리면서 사료를 배달시킨 후로, 주완이

는 나와 함께 하루걸러 하루씩 창용 오빠네 작업실에 갔다. 대야에 개밥을 부어놓고 기다리면 개들을 만날 때도 있고 못 만날 때도 있었다. 주완이는 털이 엉키고 더러운 개들을 스스럼없이 만지고 함께 놀았다. 나는 개를 키워본 적이 없어서 주완이가 개들과 놀 때 창용 오빠네 부부와 시간을 보냈다. 두 사람이 나를 예뻐해준 것처럼 주완이도 받아들여줄 줄 알았는데 그렇지는 않았다. 특히 인영 언니가 그랬다. 언니는 방어적인 사람이었다.

"인영이는 내 앞에서도 안 취해."

자랑처럼 불만처럼 창용 오빠가 말한 적이 있다. 흐트러짐이 없는 사람, 이를테면 좀처럼 반응하지 않는 안정된 화합물 같은 사람으로 심지어 반대 성질을 감지할 줄도 알았다. 그래서 언니가 나를 앉혀놓고 말을 꺼내려고 했을 때 무슨 얘기를 할지 미리 알 수 있었다. 싫은 말을 하기 싫어할 때의 언니의 표정 정도는 나도 알았다.

"나는 개가…… 어딘가 아슬아슬해 보여. 애는 애다운 표정을 해야 하는데 그렇지가 않아서."

언니는 나와 불편해질 걸 각오하고 말하고 있었고 그래서 어린 마음에도 조금 고마웠던 것 같다.

"네가 너무 아깝다는 얘기지."

언니가 내 볼을 꼬집었다.

"남자친구도 아니에요, 아무것도 아니에요."

아마 그렇게 대답했던 것 같은데 앞은 맞는 말이었고 뒤는 거짓말이었다.

창용 오빠나 인영 언니가 귀띔한 것 같지는 않다. 엄마들은 원래 다 알아내기 마련이다. 아마 부엌에서 이삼인분의 음식들이 계속 없어지고, 내가 상기된 얼굴을 한 채 뭘 물어봐도 자꾸 대답할 타이밍을 놓친 게 힌트였을 거다.

엄마의 해법은 의외였다. 나는 조르지도 않았는데 생애 첫번째 휴대전화를 가지게 되었다. 사는 날엔 꽤 신났던 것 같다. 연둣빛이었다가 연보랏빛이었다 하는 펄이 들어간 폴립형이었고 조그만 액정엔 형광 초록빛이 들어왔다. 지금 생각하면 엄지손톱 두개만 한 작은 액정이라니, 기분이 이상할 정도다. 슬프게도 그 액정은 지각한 날 담을 넘다가 주머니에서 떨어지는 바람에 이주도 안 돼 금이 가고 말았다.

하주네에 간 날이면 엄마는 이유 없이 전화를 하곤 했다. 평소에 전화기를 가까이하는 사람이 아니라서 더 티가 났다. 엄마한테 전화가 오면 얼른 일어나서 주연이 방으로 뛰어갔는데, 주연이는 대개 책을 읽고 있거나 그 자세 그대로 구겨져서 자고 있었다. 내가 조용히 흔들면 엄마 전화를 건네받았는데, 잠들었던 티는 하나도 내지 않고 마치 성우처럼 전화를 받았다. 똑똑한 여학생 전문 성우처럼 말이다. 엄마도 그에 못지않게 교양 있는 멘트를 건넸다.

"우리 딸이 자꾸 거기 가 있어서 미안하구나. 형제가 없어서 그래. 저녁에 회 먹을 건데 너도 오겠니?"

그런 초대가 있을 때면 주연이와 나만 우리 집에 갔다. 주완이는 한번도 함께하지 않았다. 나야 좋아하는 남자애를 온 가족에게 보여주기 싫었으니 안심이었다.

*

0011. MPEG

엄마   (빨래를 널며 밀양아리랑을 부르고 있다.) 날 좀 보소, 날 좀 보소, 날 좀 보소오오. 동지섣달 꽃 본 드읏이이 날 좀 보소. 아리아리랑 쓰리쓰리랑 아라리가 났네에에. 아리라앙 고개에로오 날 넘겨 주소오오. 정든 임이 오시는데 인사를 못해애애 행주치마 입에 물고오 입만 벙긋.

나   엄마는 밀양이랑 연고도 없으면서 왜 맨날 그 아리랑만 불러?

엄마	글쎄, 늘 궁금하더라. 정든 임이랑 인사를 왜 못 하나?
나	당연히 부적절한 사이겠지. 임이 떠난 사이 딴 놈이랑 결혼을 해버렸다든지 뭐 그런.
엄마	아, 그거 그럴듯하다. (엄마가 손을 멈추고 갑자기 나를 돌아본다.) 너 그래서 그런 일을 하는구나.

*

엄마가 '그런 일'이라고 부르는 영화미술은 막상 종사하고 있는 사람도 무슨 일인지 딱 잘라 설명하지 못하는 일이다. 웬만한 건 다 하기 때문에 나처럼 시각디자인을 전공한 사람도 있고, 건축을 전공한 사람도 있고, 무대미술을 전공한 사람도 있고, 전혀 엉뚱한 걸 전공한 사람도 많다. 어떻게 하다가 이쪽으로 흘러들었나 서로의 이력을 늘 궁금해한다. 어느 직업이나 그렇겠지만 일을 하면서 내가 하는 일이 가장 중요하지 않게 여겨질 때도 있고 가장 중요하게 여겨질 때도 있고 그랬다. 하찮게 여겨지는 날에는 나를 이 세계로 보낸 주완이를 가볍게 원망하기도 했다.

나의 사수는 청사진을 정말로 청사진 기술로 찍던 시절의 세트감독이었다. 할아버지뻘이라고 하면 과장이고 아버지와 나이 차이가 많이 나는 큰아버지뻘 정도가 맞겠다. 모직 조끼와 팔 토시에서 내가 모르는 시절의 냄새가 났다. 이 꼼꼼한 어른에게 일을 배운 건 행운이었다. 제대로 된 사수를 만나는 것만큼 일을 시작하는 데에 있어 중요한 건 없다.

"뭐가 제일 위에 와야 하는지 알아?"

"데코 소품요?"

"그런 얘기를 하는 게 아니고, 뭘 제일 우선해야 하냐고."

어차피 맞힐 수 없는 문제였다. 그나마 그럴듯하게 대답하려고 하는데 힌트를 주셨다.

"이응 시옷. 맞혀봐. 이응 시옷이야."

"예술?"

"노 노 노, 예산이야, 예산이라고."

일을 더 배우면서 어떤 영화도 애초에 정한 예산 안에서 끝나지 않는다는 걸 깨달았지만, 그나마 근삿값이라도 맞추려면 끊임없이 예산을 생각하고 있어야 한다는 것도 알게 되었다. 손목 안쪽에 예산이라고, 그대로 쓰기 뭣하면 한자나 영문 레터링으로 새기고 싶은 기분이 들 때도 있었다.

곧 톱에 망치에 온갖 것들을 다룰 수 있게 되었지만, 처음 시작도 그렇고 가장 자주 하는 일은 소품 담당이다. 나는 세상에 그렇게 많은 종류의 대여점이 존재하는 줄 몰랐다. 가구부터 시작해서 온갖 패브릭, 유래를 알 수 없는 골동품들, 속이 텅 빈 가짜 전자제품들, 여러번 재사용되는 세트들, 문짝들, 이제는 별로 쓰지 않는 배경 사진들…… 나는 꽤 괜찮은 전문 대여꾼이었다. 촬영 스케줄에 맞춰 최소 비용으로 빌리고 제때에 반납하는 것. 어떤 것도 사라지거나 흠집 나지 않게 하는 것. 흠집이 나면 최대한 눈에 띄지 않게 수리하는 것. 익숙해질수록 세상에 빌리지 못할 건 없을 것 같았다.

물론 가끔은 꼭 사야 하는 물건들도 있었다. 영화에 거듭 참여할 때마다 짐이 늘었다. 엄마 아빠는 내가 온갖 잡동사니를 쌓아두는 걸 묵인해주었고, 괴상한 물건들이 지하실과 다락을 잠식해들어갔다. 특히 이태원 가구거리에서는 매력적이지만 집에 두기에는 다소 파격적인 물건들을 꽤 만날 수 있었다.

"이런 귀신 붙어올 쓰레기들을 돈 주고 사다니."

엄마와 할머니는 진절머리를 냈다.

감독들은 어쩔 수 없이 시각적인 동물이라 내가 괜찮은 소품을 얻어 가면 갑자기 작품을 관통하는 중요한 상징으로 채택하기도 했다. 조그만 알전구들이 달린 회전목마 오르골이나 잘못했다간 살갗이 까지는 녹 비늘 일어난 철제 침대 같은 것들 말이다. 그런 게 영화에서 클로즈업되고 오래 찍히면, 종종 평론가들이 그걸 보고 감독의 정신세계를 분석했다. 그냥 소품 담당이 럭키했던 거예요, 윙크를 해주고 싶은 심정이었다.

큰 영화에 참여하면 산중이나 벌판에 폐가 따위를 급조해 세트를 짓기도 하고, 작은 영화에선 평소엔 내 일이 아닌 일까지 하기도 했다. 예를 들면 가짜 피를 섞는 것. 만약 그게 배우의 입가에 한줄기 흐르는 정도라면 분장 담당이 만들지만, 세트 전체에 뿌릴 양이라면 내가 만든다. 적절한 점도와 붉기를 조절하는 데에는 경험이 필요했다. 나는 종종 물엿이나 밀가루 풀에 찹찹찹, 색소를 섞으며 내가 여기서 뭘 하고 있나 아연해했다. 감독이 유난히 유혈이 낭자한 걸 원하는 경우엔 더욱. 어떨 땐 그냥 몇방울 떨어진 피가 더 무서운데 그걸 이해 못하는 것 같았다.

"배우들한테는 왜 그렇게 관심이 없어? 이렇게 관심 없는 사람은 처음 봐."

골몰해 있다가 무려 그런 말까지 듣고 말았지만, 아니다. 나는 배우들이 대단히 멋진 존재라고 생각한다. 다만 내가 하는 일이 배우를 제외한 모든 것과 연결되어 있다보니 자연스레 신경이 쏠리지 않게 된 것뿐이다.

*

0012. MPEG

송이   잭 스나이더 광팬인 남자하고 만나면 골치 아픈
      것 같아.
민웅   그게 누군데?
주연   「300」 감독.
찬겸   「왓치맨」은 나쁘지 않았고「써커 펀치」는 나빴지.
나   그보다 왜?
송이   내가 짧은 치마를 입은 날엔 되게 친절하고 꾸미
      지 않은 날엔 반응이 없어.
주연   ……알 것 같아.
찬겸   그거야말로 시각적인 동물이구나.

*

  찬겸이는 그해에 나쁘기도 했고 좋기도 했다. 실력보다
한참 못한 고등학교에 입학했기 때문에 이변 없이 첫 중
간고사부터 전교 1등을 했다. 쉬는 시간에도 공부하는 녀
석이었기 때문에 찬겸이네 반에 자주 놀러 가진 않았던 것

같다. 시험 전에는 버스에서 늘 압축 강의를 해주었는데 때로 찬겸이가 예상한 문제가 그대로 나오는 일도 있어서 득을 봤다.

그러나 모두가 찬겸이를 좋아했던 것은 아니어서 어느 날 사층에서 떨어진 화분을 맞았다. 같은 학년 교실의 화분이었는데도 학교에서는 단순 사고로 처리했다. 증거도 목격자도 없었으니까. 다행히 제때 팔로 막아서 팔만 부러졌는데, 그게 하필 오른팔이었고 기말고사 일주일 전이었다.

"어떡하냐, 시험 바로 앞인데."

우리 모두 안타까워했다. 하지만 기말고사 성적이 나왔을 때는 기도 안 차서 걱정했던 걸 물어내라고 하고 싶은 심정이었다. 찬겸이는 왼손으로 마킹을 해서도 전교 1등을 했다. 약간 괴물 같았다. 뛰어넘을 수 없는 클래스라는 게 있구나 탄식하며 새삼 찬겸이의 동그란 뒤통수를 바라보고 말았다.

여름 내내 깁스에서 냄새를 풍겼던 찬겸이는 2학기 들어 키가 확 컸다. 볼살이 빠지며 팔다리가 주욱 길어졌고, 특징적이던 엉덩이가 작아졌다. 그러고 보니 체격이 좋진 않았지만 비율이 좋았다. 최고 인기인이 된 건 아니어도 더이상 우습게 보이지는 않았다. 자신감이 생긴 찬겸이는 무려 학교에서 제일 예쁜 여자애한테 고백도 했는데, 모두의 예상대로 단칼에 거절당했다.

고백을 거절하느라 내내 바빴던 이유진에 대해 이야기해야겠다. 우리 동창들은 물론 아래위로 함께 학교를 다닌 이들은 어디서나 유진이란 이름을 들으면 다 그앨 떠올릴 거다. 같은 이름을 가진 사람이 평범할 경우 의아한 느낌이 들 정도로, 흔한 이름 하나를 완전히 차지할 정도로 예쁜 애였다. 나는 처음 핑크 마티니의 「헤이 유진(Hey Eugene)」을 듣고도 그 유진이를 떠올렸다.

같은 반은 아니었지만 합동 체육시간에 이유진을 가까이서 본 적이 있다. 모공이 빛나고 있어서 깜짝 놀랐다. 피구를 하고 나서였는데 노폐물이 쌓이는 것 따위는 용납하지 않겠다는 듯 잔잔한 땀이 콧등에서 반짝거렸다. 그린 것 같은 눈썹에 속눈썹에 눈 코 입도 물론 완벽했지만, 나를 감탄시킨 건 모공이었다. 미인은 모공 같은 작은 단위에서 결정된다는 걸 그때 알았다.

이유진은 찬겸이뿐만 아니라 수십명을 거절했다. 다른 학교 애들까지 포함하면 백 단위였을 수도 있다.

"걔 똑똑했지. 나랑 같이 과학반 활동을 했어."

찬겸이가 회상하자 역시 성적 우수자였던 주연이가 약간 갸웃했다. 주연이가 한국지리와 한문에서 죽을 쑤지 않았더라면 성적이 찬겸이랑 비슷했을 것이다. 국내 정규교육 과정을 받지 않으면 비는 부분이 있었다.

"이유진? 별로 똑똑하지 않았어. 착실했지. 그거 두개는 달라."

그런 평가엔 냉정한 주연이다.

아무리 민웅이라 해도 착실하기까지 한 그 이유진이랑 사귈 수 있을 줄은 아무도 몰랐다. 가장 예쁜 여자애랑 가장 인기 좋은 남자애가 사귀는 건 언뜻 당연해 보이지만 그렇게 당연하지 않았다. 그만큼 이유진은 범접할 수 없는 존재였다.

섣부른 고백 같은 건 없었다. 민웅이는 그저 뛰었을 뿐이다.

가을 체력장은 학교 행사 중 낭만과 제일 거리가 먼 행사라 할 수 있을 텐데 어디서 그런 아이디어를 얻었을까. 이유진네 반 여자애들의 오래달리기 순서가 오자 민웅이가 갑자기 자기 반에서 이탈해 함께 뛰기 시작한 것이다.

"저놈 왜 저래? 어? 저놈 보래?"

체육선생님이 어이없어하며 민웅이한테 소리도 지르고 손짓도 했지만, 육상부에서 사랑받는 민웅이였다. 이미 한 번 뛰어놓고 더 뛰다니 저런 바보가 있나, 결국 내버려두게 되었다. 민웅이는 영 속도를 내지 않고 뛰었는데 곧 선생님들도 애들도 민웅이가 누구에게 맞추고 있는지 알게 되었다. 이유진이었다.

이유진은 착실했지만, 심폐지구력이 좋지는 못했다. 오래달리기는 뛰고 나면 기침에서 피 맛이 나는 종목이었으니 옆에서 민웅이가 같이 뛰는 게 신경이 쓰이기도 했을 것이다. 민웅이가 이유진에게 뭐라 뭐라 말하는 게 보였기 때문에 처음 환호인지 야유인지 모를 것들을 외치던 애들도 입술을 읽느라 집중하며 조용해졌다. 남자애들은 질투로 타올랐고 그래도 설마 이유진이 넘어가겠느냐, 저들끼리 이야기하다가 그래도 민웅이면 인정할 수 있지, 미묘한 수긍에 이르렀다. 여자애들 몇이 화장실에 울러 갔다. 수미는 끝까지 둘을 보고 있었다고 나중에 송이가 말해줬다.

마지막 이백 미터에서 민웅이가 이유진의 소매를 잡고 같이 뛰었다. 백 미터를 남겨두고는 이유진의 팔꿈치를 살짝 감싸며 밀었다. 손을 덥석 잡거나 하는 미숙함을 보이지 않고 민웅이는 그렇게 이유진과 사귀기 시작했다.

수미의 괴로움을 달래느라 친구들은 바빴지만, 나는 내심 주완이가 학교에 다니지 않는 게 그렇게 기쁠 수가 없었다. 세상에 이유진 같은 여자애들이 몇명이나 될까. 한 학교에 한명씩이면 우리나라에만 몇명인가 헤아리며 짧은 안도감에 젖어들었다.

좋아하는 남자애가 갇혀 있길 바란다는 점에서 나는 굉장히 십대 여자애였다.

*

0013.MPEG

할머니가 마늘을 찧다가 문득 고개를 든다. 카메라를 보더니 뭐라도 말해줘야겠다고 생각하신 모양이다.

할머니 친구가 돈 빌려달라고 하면 '없어'랑 '몰라' 그 두마디면 된다. 다른 말은 할 것도 없어. 없다는데 어쩔 거야? 모른다는데 어쩔 거야?
나   할머니, 내 친구들 중에 내가 젤 돈 없어.
할머니 넌 관상이 돈 붙을 관상은 아니지. 복 없어, 얼굴이 영. (한숨)
나   할머니, 옛날에 곗돈 떼인 거 그렇게 속상했어?
할머니 내 돈 떼어간 년, 언젠가 버스 정류장에서 딱 마주쳤다.
나   언제?
할머니 그것도 한 십년 됐지, 뭘.

나   뭐랬어?

할머니   남의 돈 처먹고 잘살 줄 알았냐는 말 나올 줄
        알았는데, 막상 보니 남의 돈 처먹고도 못살면
        쓰냐는 말이 나오더라.

                        *

    돈을 빌려달라는 친구는 없었다. 심지어 다단계에 들어
간 친구마저 나만 쏙 빼놓고 전화를 돌렸다. 영화계에서
일한다는 게 이런 식으로 가끔 좋다. 꺼림칙한 연민은 겪
어도 곤란한 입장은 겪을 일이 없었다. 핀란드 영화인들은
일을 쉬는 달엔 실업급여가 나온다는데, 그것까진 바라지
않고 받을 돈만 제대로 받아도 소원이 없겠다.
    친구들이 나를 찾을 땐, 대개 지금 좀 와줄 수 있느냐는
부탁을 할 때다. 아마 영화에 들어가지 않을 땐 시간이 많
다는 걸 들켰기 때문일 것이다. 가볍게 움직일 수 있는 몸,
묶인 것 없는 시간. 그것마저도 없는 가난이 아니라 다행
이다.
    오늘밤은 주연이가 나를 소환했다. 소화제 있으면 챙겨
와달라는 문자에 활명수에 베아제에 한방 소화제까지 골
고루 들고 나섰다. 파주의 까만 밤, 깨진 보도블록이 많아

조심해야 한다. 다른 동네에선 예산 챙기려고 멀쩡한 보도 블록들을 간다는데 여긴 잘못하면 발이 쑥 빠진다. 밤에도 위험하고 눈이 많이 내리고 난 다음도 위험하다. 그리고 안개가 낀 날은 인도도, 도로도 가릴 것 없이 위험하다. 안개라기보다는 거의 강이 침범해 온다는 느낌이다. 내가 이만큼 가까이 있었어, 그런 과시를 하며 강의 기분 나쁜 영혼 같은 것이 몸에 밀착해 오는 것이다. 냄새에서 건강에 좋지 않은 안개라는 걸 확신할 수 있다.

왜 문이 그냥 열려 있을 거라 생각했을까. 문고리가 돌아가지 않자 나도 모르게 당황했다.

"하주."

어쩐지 초인종은 누르기 어색해서 문을 두드린다. 한참 걸려서야 주연이가 기어나왔다.

"나 다 토했어."

가글 냄새가 확 끼쳤다. 그 와중에 가글을 하고 나온 주연이가 가상했다. 주머니 가득 든 약들을 꺼내 거실 탁자에 늘어놓았지만, 주연이는 막상 집어들 기색이 없었다.

"물까지 토하고 나니까 좀 낫네."

의존적인 다른 사람도, 스스로가 의존적이 되는 순간도 견디지 못하는 주연이 성격에 그 정도로 아프지 않았다면 부르지 않았을 것이다.

"회사 많이 힘들어? 최근에 내시경은 언제 했어?"

"지난봄에…… 나 사실 핫윙 먹고 탈난 거야."

"채식한다며?"

"내 말이. 버릴 것 같아서 먹었더니 닭이 저주했나봐. 네 이년, 안 먹는다더니 잘도 처먹는구나, 당해봐라, 하고."

집이 전체적으로 써늘해, 여러장 쌓여 있던 담요 중에 하나를 집었다. 슬슬 냉기가 올라오는 계절이다.

"난방 좀 해. 그러니까 탈 나지."

"아직은 좀 그렇잖아, 가을인데. 이상하지 않아? 난 분명 이 동네에서 봄도 살고 여름도 사는데 되돌아보면 가을 이랑 겨울만 기억나."

"나도 그래. 난 여기서 태어나 쭉 살았는데도 갈대랑 눈 밖에 기억이 안 나."

주연이가 입고 있는 짙은 베이지색 맨투맨 티와 카키색 면바지는 이 동네의 빛깔인가 싶었다.

"……난 분명 이러다가 출판단지에 있는 모든 회사를 다 다니고 말 거야."

소파 팔걸이에 앉은 주연이가 시무룩하게 말했다. 역시 핫윙보다는 회사가 문제였나보다. 회사 문제에 보태줄 조 언 같은 건 별로 없어서 난감해진다. 회사 비슷한 것에 나

가본 것은 아르바이트가 전부였고 그다음부터는 영화판 계약에서 계약으로 뜀뛰기였다.

"오늘 내가 무슨 얘기를 들었는지 알아?"

내가 고개를 젓자, 하주는 내가 잘 모르는 사람의 성대모사를 하기 시작했다. 아마 전에 말했던 꼰대 팀장인 것 같았다.

"하주연 씨, 당신이 그렇게 우습게 생각하는 한국사회에는 싫어도 해야 하는 일들이 있어요."

"팀장이 그랬어? 그 사람이 할 만한 말이네."

"나는 도대체 이해가 안 가. 꾸역꾸역 나쁜 방향으로 가기만 하면 뭐가 되나? 아니다 싶으면 아니다 하는 게 건강한 거 아냐?"

체제 순응 같은 건 불가능한 친구의 등을 잠시 두드려줬다. 미국인 학교를 다닌 주연이 안의 미국인이 불쑥 나올 때마다 힘들겠다 싶기도 하고 왠지 부러울 때도 있다.

"이번엔 뭘 안 한다고 했길래 그런 소릴 들었어?"

"사장 딸 영어 토론 대회 대본을 쓰라잖아. 가도 너무 갔지."

나도 모르게 어이쿠야, 하는 탄식이 나왔다. 그건 안 하겠다 할 만했다. 영화나 출판이나 후지긴 매한가지구나. 이렇게 후지니까 어디 가서 직업 말하기가 싫어지고 만다.

"나는 그래도 나아. 마케팅부 선배들은 사장 이삿짐도 옮기고 리모델링 공사에도 불려가. 이사는 또 왜 그렇게 매년 다니는지 모르겠어. 심심하면 사람 자르면서 차는 점점 더 좋아져. 좀 있음 배트카 타겠어."

"너희 사장 옛날에 유명한 진보인사 아니었냐?"

"그러니까 말야. 변질되면 더 나빠."

"더럽네."

"더 더러운 게 뭔지 알아? 동기가 나더러 그냥 발로 써주래. 나 때문에 다 같이 불편하다면서."

"우리 하주는 불편한 게 매력인데 개가 모르네."

그 말에 주연이가 나를 살짝 안았다. 어깨뼈에 와 닿는 주연이의 턱이 꼭 주완이 것 같았다.

"화낼 일에 함께 화내주지 않으면 친구가 아닌 거야, 그치?"

"그만둬."

"그만둘 거야. 그만두고 이 집도 팔아버리자 할 거야. 요즘 부모님은 거의 들어오시지도 않고. 가끔은 이 짐들이 너무 지겨워. 내가 돌 해태처럼 짐들을 지키고 있는 것 같아."

새삼 주연이가 혼자 이 집을 지키고 있다는 걸 알았다. 어릴 때도 그랬고 지금도 홀로 책임을 지고 있다. 잘 유지

하고 있느냐면 그건 아니어서 집은 낡고 좁아졌다. 좁아질 크기의 집이 아닌데 원래 있던 책들에다 출판사를 다니면서 늘어난 책들이 집을 미로로 만들었다.

"책을 좀 정리하면 되겠네."

"응, 다 갖다버릴 거야."

나는 속이 아픈 하주가 먹을 게 있나 보려고 부엌 불을 켰다. 전등 세개 중 하나에만 불이 들어왔다. 역시나 아무것도 없었다. 바퀴벌레도 살 수 없을 부엌이지 싶었다. 죽이라도 끓여주려고 쌀통을 흔들어보니 쌀도 거의 바닥나 있었다. 다음에는 약이 아니라 쌀을 들고 와야겠구나 싶었다. 그새 주연이가 욕실에서 다시 토하는 듯했다.

쌀을 한주먹 불려두고, 주연이가 양치질하는 소리를 들으면서 주완이 방 앞에 가보았다. 주연이가 알아채지 못하게 주의하면서 문을 밀어보았다.

열리지 않았다. 하지만 이번에는 열리지 않을 걸 알고 있었다. 열어둘 리 없었다.

귀를 대고 서서 방 안의 기척을 들으려 애써보았다. 내가 알고 있는 그 방의 풍경을 그렇게 확인할 수 있을 것처럼. 하지만 박쥐가 아닌 바에야.

0014. MPEG

옥상의 오렌지빛 빨랫줄.

내 해골 티셔츠 스물몇장이 거풍 중이다. 나는 최대한 카메라를 흔들지 않으면서 클로즈업으로 한장 한장을 찍는다.

다시 멀리서 찍으니 옥상이 해적선처럼 보인다.

나 (내레이션) 하지만 이 티셔츠들을 입지 않은 지 오래되었다. 적나라한 표지 없이도 죽은 것 냄새가 난다면 굳이 티 내지 않아도 된다. 어떤 나이가 지나고 해골 티셔츠들은 방치되었는데, 친구들은 그것도 모르고 자꾸 세계 곳곳에서 해골 티셔츠들을 사온다.

*

수미가 며칠 학교에 나오지 않더니 그다음엔 나와서 엎드려 있었다. 평소에 우리가 일으키고 휘말리는 드라마에 별 관심이 없던 찬겸이마저 수미한테 신경을 썼다.

"차라리 연예인을 좋아하는 게 낫지, 민웅이가 뭐 그렇게 잘생겼냐?"

무신경한 위로라 할 수 있겠지만 의외로 송이가 그 말에서 힌트를 얻었다. 송이는 수미가 민웅이 다음으로 좋아한 아이돌 멤버를 기억해냈다. 그래서 수미를 꼬드겨 7교시를 쨀 다음 여의도로, 콘서트나 팬미팅장으로, 그 아이돌의 부모님이 차렸다는 음식점으로, 기획사 앞으로, 연습실로 부지런히도 나갔다. 출발할 때는 일산이요, 돌아올 때는 파주니 결코 짧지 않은 길이었다.

수미는 사실 아이돌을 따라다녔다기보단 송이를 따라다녔다. 얼떨결에 더 빠진 것은 송이였다. 송이처럼 남다른 감각을 가진 애가 왜 그런 포대 자루 같은 비닐 옷을 입고 분수 같은 머리를 한 아이돌에게 빠졌는지는 아직도 의문이다.

튀는 운동화나 백팩 때문이었는지 아니면 유니크한 송이의 얼굴 때문이었는지, 몇번 갔더니 그 아이돌도 송이를 알아본 모양이었다.

"너희 날라리지? 학교 제대로 안 다니지? 상장 같은 거 하나 받기 전엔 오지 마."

아이돌의 짓궂은 면박에, 송이는 반은 울컥하고 반은 칭찬받고 싶어서 한동안 교내 공모전이란 공모전은 다 응모

했다. 결국 입상한 것은 소비자 의식 고취 표어전이었다. 주연이와 나까지 동원해 동상을 탔고, 주연이는 절대 자신의 참여를 밝히지 말라고 못박았다. 그런데 막상 그 아이돌 앞에 어렵게 탄 상장을 팔랑팔랑 펼쳐 보이자 이랬다고 한다.

"이거 네가 만들었지? 뺑치지 마."

그날로 그 아이돌은 팬을 하나 잃었다. 아니, 둘을 잃었다. 송이가 발길을 끊자 수미도 다시 혼자 침잠하기 시작했다.

후에 그 아이돌은 각종 사기사건에 휘말려 추문이 되었다. 추문이 되기에는 지나치게 젊은 나이였는데, 믿어야 할 걸 믿지 못하고 엉뚱한 걸 믿었던 게 틀림없다.

그 대단한 민웅이도 수미의 변화에 아주 태연할 수는 없었다. 최대한 예전처럼 대했지만, 수미는 일상적인 대화조차도 제대로 받아내지 못했다. 그저 마음에 든 애와 사귀었을 뿐인데, 민웅이는 죄인처럼 되어버렸다. 수미는 민웅이를 그렇게 만드는 자기 자신을 더 싫어했다. 그러잖아도 불편한 버스가 더 불편해졌고, 앉는 자리가 바뀌었다.

찬겸이는 여전히 기사님 바로 뒷자리에 프린트물을 보며 앉아 있었고, 민웅이도 원래 앉던 이인석 창가 자리에 앉았다. 다만 민웅이의 옆자리가 비었다. 수미가 앉던 자리에 민웅이는 가방을 두었다. 언제나 반쯤 열려 있고 흐물대는 가방이었다. 그 대각선으로 나와 주연이가 앉고, 그 뒤에 송이와 수미가 앉았다.

한달 정도 그렇게 앉았던가. 갑자기 수미가 맨 뒷자리로 갔다. 말도 안 되는 승차감의 2번 버스에서 맨 뒷자리라니, 거기 앉느니 서서 가는 게 나았을 것이다. 하지만 송이는 묵묵히 뒤따랐고 나랑 주연이도 한칸 더 뒤로 갔다. 뒤에서 두번째 자리로 말이다. 수미가 민웅이로부터 최대한 멀리 앉고 싶었던 건지, 아니면 더 높은 자리에서 민웅이를 보고 싶었던 건지 잘 모르겠다.

나는 내심 민웅이가 죄지은 것도 없이 안됐다고 생각하다가, 무신경하게 굴더니 고소하다고 생각하다가 하며 날마다 오락가락했다.

양배추 케첩 샌드위치를 만들어줬더니 주완이가 큰 케첩 방울을 티셔츠에 흘렸다. 갈아입을지 말지 잠시 고민하더니 일시정지 버튼을 누르고는 자기 방으로 갔다. 나도 모르게 따라 일어섰다.

"옷 갈아입는데 너는 왜 와?"

"방 구경하게. 한번도 못 봤으니까."

"별거 없어."

그러나 별것이 있었다. 가구가 거의 없는 방은 온 벽이 메모로 뒤덮여 있었다. 나는 메모판도 아닌 메모벽을 마주하고는 눈을 떼지 못했다. 내 손이 닿지 않는 높이에서 무릎 아래까지 덕지덕지 이면지가 붙어 있었고 영어가 반이었다. A4 한장에 빼곡히 작은 글씨로 쓴 것도 있고 대충 뜯은 종이에 단어 하나만 쓴 것도 있었다. 때로는 하나의 메모지와 다른 메모지가 거칠게 그은 마커 선으로 이어져 있기도 했다. 잘 그렸다고는 말할 수 없는 스케치들도 적지 않았다. 내가 모르는 도시의 풍경도 있었고 동물들도 많았다.

"이러면 안 혼나?"

"다음번에 벽 칠할 때 없애면 되지."

"예쁘게라도 좀 해놓지. 너 포스트잇이라는 위대한 발명품을 모르니?"

"주연이가 하도 이면지를 많이 만드니까. 학교 숙제 한다고."

"무슨 내용이야? 이어지는 내용이야?"

"그렇기도 하고 아니기도 하고. 다른 사람은 봐도 몰라."

돌아보니 내가 메모벽을 보고 있을 때 주완이는 이미 옷을 갈아입은 상태였다. 편한 척하고 있었지만 편할 리가 없었다. 주완이가 안절부절못하든지 어쩌든지 이번엔 옷걸이 쪽을 탐색하기 시작했다. 다양한 톤의 무채색 옷들이 걸려 있었다. 흰색부터 시작해서 검은색으로 끝났는데 대개는 회색이었다. 회색이 따뜻해졌다 차가워졌다 밝아졌다 어두워졌다 할 뿐이었다.

"왜 다 이런 색이야?"

"신경 안 써도 아래위로 맞춰 입기 편하니까."

나는 티셔츠를 한장 한장 넘겼다. 한 사람의 티셔츠 컬렉션은 그 사람에 대해 얼마나 많은 것을 알려주는가. 주완이의 티셔츠 중엔 탐나지 않는 것이 없었다. 언뜻 똑같아 보이던 회색 티들이었는데 각기 촉감이 다르고 품이 다르고 세련된 디테일이 있다는 걸 깨달았다. 심지어 가슴께에 조그만 해골 마크가 있는 티셔츠도 발견했다. 언젠가 그 티셔츠를 훔쳐야지, 결심했다.

아마 달라 그랬으면 줬을 텐데 그런 간지러운 요구는 할 수 없었다. 입던 티셔츠를 주고받는 사이에는 어마어마한 친밀감이 필요하고 우리의 친밀감에 대해 입 밖으로 꺼내 말해도 될까, 확신이 들지 않았다.

그날 돌아와서 나도 메모벽을 만들었다. 도배한 지 십년은 되었으니 뭘 해도 크게 혼나지는 않을 것 같았다. 하지만 막상 뭘 쓰거나 붙이려니 소심해졌다. 일단 하주네랑

본 영화 제목들을 정리하기로 했다. 제목을 써놓으면 기억이 날 테고 그럼 소장한 것이나 다름없을 거라고 말이다. '태양은 가득히'를 철썩 붙이면서도 나는 내가 주완이를 따라 하고 있다는 것에 대해 별로 깊이 생각하지 않았다.

뭘 겹겹이 붙여도 주완이의 것처럼 부글부글한 느낌은 나지 않았다. 막 태어나려는 아이디어들의 위험한 느낌 같은 건 없었다. 불온한 생명력으로 메모들이 깃털처럼 비늘처럼 늘어선 방향을 바꾸던 주완이의 벽을 촬영하고 싶다. 주연이가 그 문을 열어준다면. 방이 그대로라면.

하지만 나는 그 메모들이 사라졌을 것을 안다.

*

0015. MPEG

아빠가 컴퓨터 앞에 앉아 있다. 오래되고 느린 컴퓨터다. 화면에 펼쳐져 있는 것은 구글 지도.

나   아빠 뭐 해?

아빠   땅 찾아봐.

나   무슨 땅?

아빠   우리 땅.

나   우리 땅 있어?

아빠   북쪽에. 다행이다, 무슨 폐기물 처리소를 지었다
        더니 우리 땅 아니네.

나   그게 무슨 우리 땅이야.

아빠   또 모르지. 나중에 줄지.

나   에에이이.

                        *

    창용 오빠랑 덕이동에 운동화를 사러 갔었다. 파주에 화
려한 아웃렛들이 들어오기 전에는 덕이동이 최고였다. 지
금도 어쩐지 덕이동이 더 좋다. 번드르르한 아웃렛 건물들
보다 슬레이트가 이어지는 풍경이 편한 것이다.

    "어떤 거 사게?"

    창용 오빠가 물었다. 인영 언니는 함께하지 않았다. 여
전히 내 걱정을 하고 있으며 동의할 수 없다는 것을 그렇
게 표현했는지도 몰랐고, 아니면 그냥 정말 바빴을 수도
있다.

    "걘 회색 좋아하던데. 그런데 신발까지 회색이면 좀 그
럴 것 같기도 하고요."

결국 고른 것은 네이비 바탕에 빨간 로고가 들어간 나이키 코르테즈와 크림 베이지 바탕에 초록 삼선이 들어간 아디다스 슈퍼스타였다. 둘 중 어느 쪽으로든 도저히 좁혀지지 않았다. 나도 창용 오빠도 우유부단한 데가 있어 한참을 그러고 있으면서 역시 인영 언니가 왔어야 했다는 것에만 서로 동의했다.

결국 주연이에게 전화를 걸었다.

"있잖아."

왜 그렇게 쑥스럽고 말하기 힘들었을까. 주연이는 어차피 다 알고 있었는데 말이다.

"하주 운동화를 하나 사주고 싶은데, 이제 슬슬 발가락도 춥고."

"응."

"두개를 골랐는데 뭘 사야 할지 모르겠어."

"말해봐."

주연이는 슈퍼스타를 골랐다. 그러고는 이렇게 덧붙였다.

"오빠 산책 좀 자주 시켜."

마치 레트리버 한마리를 맡기는 듯한 말투였다. 그런 무심함으로 우리 둘을 내버려둬주었던 것이다.

주완이는 굉장히 기뻐했다. 처음 받아들고는 뭐 대단한

걸 받은 것처럼 스티치 하나하나, 밑창의 빗금 하나하나를 살피더니 마음에 든다고 했다. 그 흔한 모델의 운동화를 그렇게 구석구석 뜯어보기도 힘들 것 같았다. 바로 마음에 든다고 말하는 것보다 신빙성이 느껴지긴 했다. 운동화 끈을 세번쯤 끼웠다 풀었다 조였다 느슨하게 했다 하더니 그날 저녁 내내 실내에서 신고 있었다. 소파와 침대 위에 운동화를 신고 올라가 있는 모습이 외국인 같았다. 당시 내 용돈 사정을 고려해도 그다지 비싼 운동화는 아니었는데, 에어라도 좀 들어간 걸 사줬으면 나는 시늉이라도 했으려나 싶다.

"신고 나가자."

"싫어."

"실내화도 아니고."

"실내화야."

"야!"

"내일."

그렇게 일주일이 갔다. 그 이상은 나도 기다려주지 않았기 때문에 결국 운동화엔 흙이 묻었다. 아무리 조심히 디뎌도 묻을 수밖에 없었다. 그걸 또 헌 칫솔로 털고 앉아 있는 모습이 궁상맞아서 또 사줄 테니 그러지 말라고 했지만 말을 듣지 않았다.

"새거 티 나는 건 촌스럽다며? 적당히 낡고 몸에 익은
게 좋다며?"

"그래도 운동화는 하얀 쪽이 좋아……"

"다음번에 사줄 때는 갈색이다. 밑창까지 모조리."

나는 기쁘면서도 신경질을 냈다.

그 무렵 우리가 했던 것은 산책이라기보다는 개들을 쫓
아다니는 것에 가까웠다. 텁텁이는 나이가 많이 들어서 점
점 확연히 몸이 안 좋아졌고 작은개는 아무래도 새끼를 가
진 것 같았다.

"아빠가 누구지?"

"큰개 아니면 누렁이겠지."

"의외로 집에서 키우는 개들이나 다른 동네 개일 수도
있어."

"태어나봐야 알겠네."

텁텁이와 작은개만이라도 머물게 하고 싶었다. 삭막한
시멘트 마당에라도. 하지만 개들은 약속이라도 한 듯이 결
코 머물지 않았다. 저는 다리와 늘어진 배를 끌고 느리게
라도 돌아다녔다.

"진짜 이상하지 않아? 주인한테 보살핌 받으면서 한곳
에 사는 걸 왜 거부하지?"

"자기들끼리 좋다는데 어떡하겠어. 다시 늑대가 되고 싶

은 걸까?"

그래서 우리도 개들을 따라 멀리멀리 걷곤 했다. 그렇게 걷다보면 흙먼지로 신발도 바짓단도 더러워졌다. 부츠컷의 바지들은 지금보다 길어서 더 그랬다. 주완이는 운동화가 원래 색으로 회복될 가능성이 아주 사라진 다음에도 돌아오면 바로 못 쓰는 칫솔로 흙을 털어냈다. 궁상스럽고 귀엽고 그랬다.

어느날은 운동화 끈으로 땋아 만든 팔찌를 내밀었다.

"이거 뭐야?"

"여분 끈 안 쓸 거 같아서 만들었어."

내가 학교에 가고 없는 시간, 하주가 혼자 운동화 끈을 꼬고 있었을 걸 생각하니 웃음이 났다. 굳이 묻지는 않았지만 여분 끈은 두개니까 하나 더 만들었을 텐데 그럼 커플 팔찌네, 나는 귀가 뜨거워졌다.

귀가 뜨거워진 날은 후드를 쓰고 잤다. 비밀이 새어나가지 않도록, 머릿속의 따뜻한 공기가 그대로 머물도록.

왕가위 주간이었다. 왕비가 춤을 추고 있었지만 온몸의 신경섬유 다발이 옆으로 옆으로만 쏠렸다. 작은 화살표들처럼 주완이를 가리키고 있었을 거다.

"너 저 배우랑 좀 닮았다."

하도 말도 안 되는 말을 해서 기가 막혔다. 내가 팩하고 움직이는 바람에 주완이가 사레들려, 삼키기 직전의 웰치스 포도주스를 그대로 뿜었다.

"아끼는 티셔츠인데."

"그러게 드럽게 왜 뿜어."

그때 나는 갑자기 신사임당이라도 썸 듯 가위를 달라고 했다. 그러곤 조심스럽게 심장 형태로 티셔츠를 뚫었다. 하트 모양으로 뚫은 게 아니라 정말 좌심방 좌심실 우심방 우심실을 나누어 오려냈다. 그렇게 하면 웃길 것 같았고 막상 해보니 꽤 그럴싸했다. 포도주스가 물든 부분이 하나도 남지 않게, 하주가 입고 있는 그 상태로. 어떤 부분이 남고 어떤 부분이 떨어져나가야 하는지 보였다. 포도주스 냄새가 나는 입김이 앞머리에 와 닿았다. 피부가 조금만 얇았으면 형편없이 빨개졌을지도 모른다.

"……겹쳐 입으면 예쁘겠네."

주완이가 좋아하는 사이, 나는 가위를 내려놓지 않은 채 주완이에게 키스했다. 내가 했다기보다는 내 안의 작은 화살표들이 눈 깜짝할 사이에 저지른 짓이었다. 가위 때문에 주완이는 더 움직일 수 없었을 것이다. 웰치스와 왕비를 보면 늘 첫 키스가 떠오른다. 다행히 웰치스와 왕비는 그렇게 자주 마주치지 않는다. 왕비는 이제 왕페이로 불리는데, 그럼 난 또 「카우보이 비밥」의 페이 발렌타인을 생각하고 만다. 페이라는 이름을 가진 여자는 좋아할 수밖에 없다.

주완이는 그때 가만히, 내 어깨를 잡았다. 그리고 내가 키스할 수 없는 각도로 고개를 틀었다. 생각해보면 느리게 밀어낸 것도 같다. 내가 막 상처받기 전에 하주가 말했다.

"난…… 맬펑션(malfunction)해."

불행히도 영어 단어를 열심히 외우지 않았던 나는 말풍선이 뭐 어쨌다는 건지, 혼란스러워졌다.

"망가졌어. 제대로 기능하지 않아. 나빠. 너한테 나쁠 거야."

번역기처럼 말하는 주완이의 눈이 가까웠다. 십오 센티만 더 멀었으면 보지 못했을 거다. 나는 그 눈 안에서 나를 거부하는 어떤 것도 찾지 못했고 오로지 어떤 가까스로의 절제만을 보았으므로, 두 손을 털어내며 두번째 키스를 했다.

엄마 말이 맞았다. 남자애랑 단둘이 있으면 위험하다.

남자애가 아니라, 내가 위험했다.

돌아오는 길에 수미 동생 수호를 만났다. 고등학생이 돌아다니기에 늦은 시간은 아니었지만 초등학생이 돌아다니기엔 늦은 시간이었다. 학교에서 돌아와 가방도 풀지 않은 듯 그대로 메고 있었다. 그런 수호에게 먼저 말을 걸었던 적은 원래 없었지만, 그날 나는 지나치게 흥분한 상태였다.

"집에 안 가? 너네 누나 집에 있어?"

수호는 들은 척도 하지 않고 그대로 지나갔는데 잠시 저자식이, 싶었지만 저것도 재주다 하고 두번 말 걸지는 않았다. 그렇게 가까이서 말을 거는데도 표정 하나 바꾸지 않을 수 있으려면 연습이 필요하다. 나는 수호가 겪었을 그 연습 과정을 상상하고 싶지 않았다.

어차피 수미에게 정말로 전화할 건 아니었다. 누구에게 막 말하고 싶었지만 마음만 그랬을 뿐 할 수 없을 걸 알았다. 주연이에게도 수미에게도 할 수 없는 말이었으니까. 한다면 송이였겠지만, 단축번호에 손가락을 얹고도 누르지 못했다. 젤리 같던 키패드가 잠겼다 올라올 때의 소리와 그 위에 돋을새김된 숫자들의 미미한 감촉을 모두 기억한다면 아무래도 그 기억은 거짓일 가능성이 높겠다.

*

0016. MPEG

내가 쓰는 가위들을 찍는다. 접사로 초점을 바꿔가며.

문방구 가위, 왼손용 가위, 세라믹 가위, 핑킹 가위, 눈썹용 가위, 재단 가위, 무쇠 가위, 손톱 가위, 독일 가위, 미국 가위, 일본 가위, 수술용 가위, 쪽가위, 미용사용 가위.

나 (내레이션) 이백만원어치의 가위들.

이어지는 클립은 내가 가위를 쓰는 모습들. 나는 오리고, 찍고, 파내고, 조각내고, 찢고, 비틀고, 조이고, 문지르고, 찌르고, 끊는다.

나 (내레이션) 그러니까 나는 그날 첫 키스를 했을 뿐
아니라, 손에 감기는 도구 하나를 발견한 것이다.
그전에 나는 내가 가위를 그런 식으로 다룰 수 있다
는 걸 전혀 알지 못했다. 공포영화 세트에서 가위로
열심히 커튼 하나를 손본 후로 사람들이 나를 뒤에
서 '가위년'이라고 부른다는 걸 나중에 알았다. 멸
칭이지만 사납게 들리는 건 마음에 들었다.

*

목가적인 풍경이나 사랑스럽고 온화한 실내 같은 것도 잘 작업할 수 있는데, 어째선지 자극적이고 어두운 내용의 영화들이 연이어 들어왔다. 최근에 맡았던 영화는 두 자매가 나오는 심리 스릴러였는데 내용인즉슨, 무른 성격 탓인지 꼬이는 남자마다 질이 좋지 않은 언니를 위해, 국민 여동생의 계보를 잇고 있는 배우가 동생 역을 맡아 아기 같은 얼굴로 잔혹한 복수를 해댄다는 것이었다. 언니는 지금껏 자기를 학대했던 남자들을 순수한 기억으로 남아 있는 첫사랑이 몰래 해치운 줄 알다가, 마지막에 이르러서야 그게 여동생 짓인 걸 깨닫는다. 자매는 영화 종반부에 극적인 대면을 하게 되는데, 바로 이 장면 촬영을 앞두고 감독이 무리한 걸 요구해 왔다.

"손이 필요해."

"손이요?"

대본을 보니 언니의 추궁에 동생이 냉동고 속에 얼어 있는, 자기가 마지막으로 죽인 남자의 손을 꺼내 먹는다고 되어 있었다.

"아이…… 이런 건 특수분장 회사에 외주 주셔야죠. 저 진짜 잘하는 회사 사장님이랑 친해요. 잘 말씀드려볼게요."

"피 칠갑을 원하는 게 아냐. 알잖아, 우리 영화 분위기. 실루엣이면 돼. 구체적으로 내가 원하는 건 셔벗 같은 느낌이야. 아삭아삭, 반얼음 소리를 내면서 먹어야 하거든. 자기가 좀 직접 만들어줘. 어차피 어둡게 찍을 거라 잘 안 보여. 소리만 좀 신경 써주면 돼."

"어떻게 해도 사람 손에서 그런 소리 안 나죠. 그냥 소리 입히세요. 그보다 얼리면 단단해서 못 먹지 않을까요?"

"그러니까 그런 건 영화적으로 좀 용인되지 않겠니. 셔벗으로 부탁해."

결국 예산을 아끼려는 게 아닌가. 셔벗 좋아하시네, 셔벗은 무슨 얼어 죽을 셔벗이야, 욕을 하면서 만들어야 했다. 파티용품 가게에서 파는 고무손 윗부분을 뜯어내 색소를 입힌 얼음 가루와 시럽으로 채우고 펙틴으로 덮었다. 진하게 칠하고 손톱 밑을 더럽혔더니 그럭저럭 손 같아 보였다. 배우는 감독의 요구대로 정말 셔벗 소리를 내면서 손을 먹고는 카메라를 똑바로 바라보며 대사를 했다.

"언니, 내가 미워?"

스태프들이 카메라 이쪽에서 입 모양으로 대답했다. 아니, 안 미워. 미울 리가. 나는 그런 스태프들을 보며 단체로 폭주해버렸다고 생각했지만 만족스러운 장면이기는 했다. 여분으로 만들어놓은 손 몇개는 쓰일 일이 없이 오케이가 났다. 다시 이딴 거 나한테 시키기만 해봐라, 매번 독을 품지만 닥치면 또 하게 된다.

배우가 손을 내려놓으며, "단맛이네" 하고 중얼거리는 걸 들었다. 달지, 그럼. 단결로 만들었으니.

예상한 대로 배우의 주가는 높아졌지만 아무리 좋게 꾸며도 인육을 먹는 장면이 들어갔으니 작품 자체가 흥행에 성공할 리는 없었다.

감독들과는 늘 별로 사이가 좋지 않았다. 나쁘다는 건 아니고 애틋하지 않다는 의미에서다. 감독들이 대부분은 함께 지내기 매우 힘든 사람들이어서도 그렇지만, 내가 권위에 별로 반응하지 않는 타입인 게 더 컸다. 좋은 어른은 좀처럼 권위를 내세우지 않고 나쁜 어른은 내세울 권위가 없다. 그러니 원활히 작동하는 권위란 건 좀처럼 목격하기 어렵고 그런 의심으로 나는 어른을, 감독을 무서워하지 않았다.

다른 나라는 어떤지 몰라도 우리나라의 수직적인 구조에서 감독들에 대한 나의 냉랭한 태도는 다른 스태프들에게 호감을 살 정도였다. 굽히는 사람이 아니다, 아부하는 사람이 아니다, 실력으로만 승부하는 사람이다, 그런 평판을 얻었다. 사실 그건 여차하면 그만두고 엄마랑 할머니

밑에 기어들어야지 하는 건성의 마음 때문이었지 실력이랑은 별로 상관없었다. 어차피 영화 해서 나오는 돈은 너무 적어서 뒤늦게나마 받을 때마다 코웃음이 나왔다. 떼이지만 않으면 다행인 그런 돈 때문에 안 그래도 매머드만 한 감독들의 에고를 더 키워주긴 싫었다. 한 사람쯤 아부를 안 해줘야 덜 쿵쾅거린다.

거짓된 평판이란 건 거품을 끼고 데굴데굴 몸을 키워서 어느새 경력이 된다. 남들도 다 그렇게 지내는 것 같아서 나도 가만있었다. 정말로 실력파인 것처럼.

언젠가는 함께 작업한 감독에게 이런 얘기를 들은 적도 있다.

"추악한 것에서 눈을 피하지 않는 그런 느낌이 있어. 자기가 해놓은 걸 보면 말이야. 누구한테 배웠어?"

당신으로부터.

세계로부터.

그렇게 대답하고 싶었지만 그냥 말았다. 감독들이 못나봤자 더 나쁜 악당들은 따로 있었다. 당신이나 나나 이 진창에 같이 있지, 생각하며 말을 줄였다.

"어째서 나만 평범한 회사원이 되었을까?"

언젠가의 주말, 나와 주연이와 민웅이만 있을 때였다.

주연이가 그렇게 말했다. 내 어깨에 기대며 "너는 좀 재밌어 보여" 하고.

"너도 재밌어 보여. 똑똑한 사람들 만나는 거 아냐?"

나 대신 민웅이가 주연이를 위로했다.

"그래, 글로 읽었던 사람들 실제로 만난다는 거 좋을 거 같은데."

나도 보탰으나 주연이는 고개를 절레절레 저었다.

"책만 읽는 게 훨씬 나아. 실제로 만나면 영 별로야."

"그건 영화계 사람들도 그래. 다리나 달달 떨고 입술에 담배를 덜렁덜렁 달고 있고, 양아치들이 더 많아."

"저자들은 죽은 저자가 제일 좋고 해외 저자가 그나마 견딜 만한 것 같아. 해외 저자들도 굳이 한국 온다고 하지 않았으면 좋겠어. 멀리서 좋아하게. 책이 사람보다 나은 거야 당연한 일이겠지만, 기대했는데 만나보니 시들시들한 음담패설이나 해대면 추접스럽지."

"요즘 세상에 음담패설을 해?"

"리비도가 입에만 몰려가지구 아슬아슬한 선 위에서 어떻게든 해보려 하더라고."

"리비도가 뭐야? 어디서 많이 듣긴 들었는데."

민웅이가 커다란 입으로 웃으며 물었다. 주연이는 엎드린 채로 설명을 하려다가 귀찮았는지, 검색해보라는 손

동작을 했다. 민웅이가 화면을 들여다보다가 고개를 끄덕였다.

"아, 재밌네. 입으로 시끄러운 인간들 까보면 별것 없지."

"나불대게 하는 건 아마 열등감일 거야."

셋 다 고개를 끄덕였다.

"뭔가 될 줄 알았어."

하주의 한쪽 눈꺼풀이 바르르 떨렸다. 알려진 바와 달리 무기질 부족 때문이 아니라 스트레스 때문이라고 한다.

"뭐?"

"이거 말고 다른 거. 경멸하지도 받지도 않아도 되는 거."

"그래도,"

여전히 옛날처럼 빛나는 미소로 민웅이가 말을 이었다.

"뭐가 될 줄 알았는데 젤 안된 놈은 나지."

빨리 리액션을 했어야 하는데 나도 주연이도 늦었다. 뭔가 덧붙이긴 했지만 타이밍이 완전히 늦어버렸다.

*

0017. MPEG

삼각대를 받쳐놓고 가게 옥상에서 오후의 습지를 찍는

다. 구름의 움직임, 갈대의 흔들림, 지나가는 새떼…… 그런 흔하디흔한 풍경을.

나　(내레이션) 이런 풍경들은 오래 찍어서 빨리 돌리면 꽤 그럴듯해 보이지 않을까. 습지의 끄트머리에 대형 아웃렛이 생긴 뒤로 습지가 예전만 못해 아쉽다. 친환경 시공을 했다고는 하는데 그럼에도 알기 어려운 어떤 변인을 건드리고 만 것이 틀림없다. 독한 모기들 때문에 습지가 지겨울 때도 있었지만, 그렇다고 시들어버리길 원한 것도 아니었다.

*

만약에 이유진이 그 계절에 파주에 오지 않았더라면, 이후의 일들도 벌어지지 않았을까?

그날 이유진은 우리와 함께 하교했다. 정확히는 민웅이와 함께였지만, 어쨌거나 한 차를 탔다. 수미는 그날 버스를 타지 않았다. 송이가 먼저 귀띔을 했기 때문에 쇼핑몰에 들렀다가 한시간 뒤 다음 차를 탔다.

처음엔 나들이라도 하러 가는 듯한 들뜬 분위기가 나와 송이, 주연이에게까지 못마땅하게 밀려왔지만 교통 정체

와 더불어 창밖의 풍경이 기대했던 것과 다르게 흘러가자 이유진의 어깨가 굳는 게 보였다. 뒤에서 봤으니까 얼굴은 모르겠고, 어깨가 굳어갔다. 가늘고 곧은, 발레리나 같은 어깨가.

민웅이는 무슨 생각이었을까. 사과를 다 따고 난 과수원은 별로 아름다울 구석이 없었다. 사과가 달려 있을 때도 그렇게 근사한 풍경이 아니었다. 나중에 『폭풍의 언덕』을 읽었을 때, 나는 그 모든 이야기를 파주를 배경으로 떠올렸는데 위화감이 없었다. 그러니까 아마 이유진은 다른 사람의 이야기라면 몰라도 자기 이야기로는 삼고 싶지 않은 세계로 발을 디딘 느낌이었을 것이다.

신도시도, 아웃렛도 들어오기 전의 우리 동네는 야생의 자연과 누추한 사람살이가 안개가 없는 날엔 지나치게 분명하게 보이는 곳이었다. 포장재와 검고 푸른 비닐이 여기저기 흩어진 과수원에서, 이유진은 민웅이에 대해 다시 생각했을 것이다. 고등학생이고 대단한 미래를 약속할 만한 사이가 아니라 해도, 여자애들 마음속엔 어떤 경보장치 같은 것이 작동하곤 한다. 이를테면 명절마다 제수음식을 하는 친척 어른들의 얼굴에 떠오른 불행의 반점 같은 것에 반응하는 센서 말이다. 이놈이나 저놈이나 똑같으니 돈 많은 놈이나 고르라고 말할 때의 체념과 섞인 맡기 싫은 기름 냄새, 식을수록 싫은 기름 냄새.

그렇구나, 자칫 잘못하면 인생이란 거 아주 쉽게 비루해지는구나. 아니, 웬만해서는 비루함을 피할 수 없구나.

여자애들은 두려워하며 자란다. 아주 작은 신호에도 과민하게 반응하게 된다. 부스럭거리는 소리만 들려도 달아나는 먹이사슬 하위의 동물들처럼…… 피하고 싶은 인생이 순식간에 덮쳐오는 것을 알기 때문이다. 아마 그런 두려움이 그날 이유진의 마음을 뒤흔들었으리라 나는 추론한다. 그때는 파주에 한번 다녀가고는 곧 민웅이랑 헤어져버린, 내가 태어나고 자란 곳에 대해 질색해버린 그애가 고깝고 원망스러웠지만 이제는 이해할 수 있다.

그 경솔한 초대는, 마치 히아신스처럼 천진하고 낙천적인 민웅이의 본성에서 비롯한 것이었다. 원반에 이마를 맞고 죽어버릴 줄을 모르고. 꼭 히아신스가 아니라도 비극적인 그리스신화에 나오는 다른 소년들 같은 무지함으로 해선 안 될 초대를 했고, 그 초대로부터 많은 것들이 비틀려나갔다.

그리고 그리스 운운하는 나는 정말이지, 하주의 외장 하드나 클라우드의 백업파일 같다. 영혼을 백업하려면 취향을 백업하면 된다. 전부는 아니더라도 꽤 많은 부분이 문제없이 저장될 테다.

나는 백업파일이다.

인정하면 많은 것들이 편안해진다고 하던데, 정말이다.

*

0018. MPEG

송이   수미가 이름을 바꿨대.

찬겸   뭘로?

송이   안 가르쳐줄래.

찬겸   그래, 그게 낫겠다.

나는 내내 민웅이의 얼굴을 클로즈업하고 있다.

*

민웅이와 이유진이 헤어졌다는 소식을 들었을 때, 나와 송이와 주연이는 수미의 얼굴을 쳐다보고 있었다. 수미는 어떤 표정도 짓지 않았다. 그런데 그게 꼭 모든 표정을 다 짓고 있는 것 같은 느낌이었다. 수호랑 달리 수미는 무표정일 때가 없었다. 남매는 닮았지만, 수호 쪽이 어린 두

꺼비같이 무거운 얼굴인 반면 수미는 큰 이목구비를 활용해 언제나 이모티콘처럼 분명한 표정을 짓고 있었다. 평생에 걸쳐 온갖 폭력적인 사태를 목격하고 당하면서도 그 얼굴을 유지해왔는데, 고작 몇주간 사귄 십대 커플이 수미의 표정들을 지워버린 것이다. 다른 친구들이 우려했던 일이 결국 일어나버렸다.

수미는 당장 야자를 신청했다. 야자는 2학년 때부터가 필수였고 1학년 때는 선택이었으므로 신청을 해야 할 수 있었다. 우리에게 표정을 숨기는 것과 민웅이에게 표정을 숨기는 것은 단계가 다른 일이었을 테니까, 나는 수미가 거리 두기를 택한 것이 기뻤다.

그런데 그 영리한 전략은 일주일 동안 소용이 없었다. 민웅이는 결별 첫 주에 가출을 한 것이다. 그것이 충격이었던 것은 민웅이가 학교를 별로 대단히 생각하지 않으면서도 출석률에 대해서는 상당한 자부심을 가지고 있었기 때문이었다.

"우리 형들도 나도 개근상은 일년도 빠지지 않고 받는다고."

그 말을 자주도 들었다. 그랬던 민웅이가 일주일 동안 사라진데다, 무단결석 정도가 아니라 집에도 들어오지 않았으므로 걱정을 하지 않을 수 없었다. 고등학교에서 아이들은 많은 것을 배우지만, 모두 결국은 거절당하는 법을 배운다. 좋아하는 상대에게 거절당하기도 하고 공부에 당하기도 하고 재능과 미래에 당하기도 하고…… 그러니까 민웅이는 이전엔 거절이란 걸 모르고 거기까지 왔던 것이다. 파주는 민웅이의 왕국이었고, 왕국이 통째로 부정당하는 경험은 최초였다. 우리의 골든 보이는 완전히 좌절한 채 사라져버렸다.

전화기는 꺼져 있었고 공원으로, 막 문을 연 상가들로 민웅이를 찾아다녀봤자 찾을 수 있을 리가 없었다. 민웅이의 다른 친구들 전화번호를 다수 가지고 있는 것은 수미였으나 수미는 이 수색작업에 열의를 보이지 않았다. 속이 타들어가는 것은 우리 중에 가장 심했을 텐데도.

"아, 쪽팔리게."

민웅이의 사촌형들도 민웅이를 찾고 있는 것 같았지만 대수롭지 않아하는 티가 그대로 났다. 그때는 신기한 집안이라고 생각했지만 지금 생각해보면 대수로워하지 않으려 안간힘을 쓰고 있었던 게 아닐까 싶다. 그때의 오빠들이 지금의 우리보다 어렸으니까.

어쨌거나, 놀랍게도 민웅이를 찾아 집으로 데려온 건 찬겸이였다. 감정을 소모시키는 사건들에 최대한 관심을 두지 않으려 하는 찬겸이였지만 위기가 닥치면 해결의 한 수를 두는 것도 찬겸이었다. 찬겸이는 어느 저녁, 혼자 공부할 걸 잔뜩 싸들고 민웅이가 일하던 맥도날드에 갔다. 세트 메뉴를 먹고 두시간 뒤 프렌치프라이를 하나 더 먹고 콜라를 리필해 공부를 하며 마감 시간이 될 때까지 기다렸다. 그리고 일층과 이층을 잇는 계단에서 잠복을 하다가 남는 음식을 가지러 들른 민웅이를 붙잡았다. 알바하는 친구 집에 숨어 있었던 모양이었다. 대체 뭐라고 설명했는지 알바 쪽은 휴가 상태였다.

찬겸이가 민웅이를 '붙잡았다'는 말은 좀 과장된 표현일 수도 있겠다. 민웅이는 찬겸이를 손가락 하나로 따돌릴 수 있었다. 그날밤 귀가가 이루어진 것은 그러므로 다분히 스스로의 의지였다. 두 사람은 택시를 타고 파주로 돌아왔고 물론 택시비도 찬겸이가 냈다. 택시 안에서 무슨 얘기를 나누었는지는 모르지만 그즈음 해서 두 사람의 관계가 조금 바뀐 것은 사실이다. 전까지는 늘 민웅이가 찬겸이를 돌봐주는 느낌이었다면, 어느새 찬겸이가 민웅이를 돌봐주는 형국이 되었던 것이다.

물론 그후로도 몇번이나 엎치락뒤치락하는 일들이 있었다. 누가 형이냐는 남자애들 사이에서 꽤 중요한 문제인 것 같다.

민웅이가 돌아왔고, 나는 다시 마음 편하게 주완이와 시간을 보낼 수 있게 되었다. 그간 벌어진 일들에 대해 시시콜콜 얘기하기도 했는데, 주연이가 그런 얘기를 별로 하지 않기 때문인지 주완이는 흥미롭게 들었다. 그러나 어떤 논평을 덧붙이진 않았다.

"왜 아무 말도 안 해?"

"글쎄, 내 친구들이 아니니까?"

그 거리감이 괜히 좋았다. 나머지 애들은 주완이의 친구가 아니다. 나만 주완이의 친구다. 친구보다 친밀한 어떤 것이다. 이만큼 가까워, 우리는. 여자친구보다도 더 친밀한 어떤 것이 어느날엔가는 될 수 있을지도 몰라. 가까워지고 가까워지다보면 분리가 불가능한 사이가 될 거라고, 나는 주완이의 곁에 캐주얼하게 앉아 음험하고도 창대한 계획을 세웠다.

안온했던 우리 두 사람과 어울리지 않게 그 주는 히치콕 주간이었다. 영화를 보고 있자니 바보인 나도 어디가 뛰어난지 알 수 있을 것 같았지만, 그래도 좋아지진 않았다. 뛰어난 것과 내가 좋은 것이 일치하지 않을 수 있다는 걸 그때 알았다. 굉장히 기분 나쁜 누군가의 머릿속을 보는 것 같아서였는데, 훗날 「새」의 티피 헤드런이 히치콕에게 성추행과 학대를 당했다고 고발한 것을 보고는 '역시'라고 생각하고 말았다. 나쁜 사람, 좋지 않은 사람에게 천재성과 권력이 주어지는 일이 종종 있다는 것을 안다. 가학적인 천재들은 늘 묵인을 받는다. 묵인뿐만 아니라 칭송을 받기도 한다. 어쩐지 칭찬해주기 싫어, 감탄하기 싫어, 나라도 좋아하지 않을래…… 어느 부분이 꺼끌거리는지 지금처럼 분명하게 생각했던 건 아니었다. 하지만 영화를 계속 보고 싶은가 보고 싶지 않은가 정도를 결정할 자아의 싹이 간질간질 돋아나고 있었다. 히치콕이 미술감독 출신이라는 것도, 내가 영화와 영화미술을 하게 될 줄도 꿈에도 모른 채 나는 정지 버튼을 눌렀다.

"그만 볼래."

나는 히치콕을 끄고, 주완이의 니트를 잡아당겼다. 목이 늘어나지 않게 하려고 주완이가 따라오리란 걸 알았으니까. 이번엔 주완이가 가볍게 키스해주었다.

"누구였어?"

나는 나 전에 주완이에게 키스했던 사람이 어떤 맛이라도 남기고 간 것처럼 신중하게 가늠하며 물었다.

"누가?"

주완이가 주저하며 물었고 나는 웃었다.

"괜찮아, 말해봐."

"한 학년 위 누나였어."

"인도에서 다녔던 학교?"

"응."

"어떤 사람이었어?"

"음, 햇빛 알레르기가 있었어."

"그건 고생이었겠는데?"

"그래서 그늘에서 자주 마주쳤지."

"무슨 이야기를 했어?"

키스보다도 그쪽이 더 신경 쓰였다.

"자기 나라 이야기를 많이 해줬어. 얼마나 돌아가고 싶은지. 어디가 멋지고 뭐가 맛있는지 두고 온 친구들은 누군지."

"너는?"

"별로 할 이야기가 없어서 언제나 진 것 같았는데, 이기고 싶었던 적도 없어서."

"하지만 듣고 있는 게 싫지는 않았구나?"

"응."

"네가 했어?"

"아니, 그쪽이."

"갑자기?"

"부모님의 파견 근무가 연장된 날이었어. 이년 더."

"햇빛을 이년 더 견디게 되어버렸구나."

"내가 좋았다기보단 그때 그늘 속에 있었던 게 하필 나였던 건데 그게 필요했대, 자기한테."

"키스가?"

"응, 키스가."

나는 잠시 장면을 떠올려보았다. 햇빛 알레르기가 있는 여자애가 햇빛이 강한 도시에 의지와 상관없이 머물게 되었다면 선크림만큼이나 키스가 필요할지도 몰랐다. 사람에게 그때그때 필요한 것들이란 그때에 가보지 않으면 알 수 없으니까. 질투가 날 줄 알았는데 하나도 기분 나쁘지 않은 이야기였다.

'하주랑 자야겠다'고 나는 생각했다. '하주와 자고 싶다'고 생각했는지도 모른다. 아니면 '하주랑 자는 게 필요해질 것 같다'는 예감이었을지도. 하주랑이라면 전혀 기분 나쁘지 않을 거라고 말이다.

*

0019. MPEG

계산서를 향해 손을 뻗는 찬겸. 주연이가 찰싹 손등을 때린다.

주연 왜 맨날 네가 내려고 해?

찬겸 사주고 싶으니까?

주연 우리도 벌 만큼 벌어. 됐어.

찬겸 하지만 난 고액 과외로 축적한 돈이 아직도 있어.

주연 흥, 사교육계의 부정한 돈이라면 기꺼이 얻어먹
      어주지.

                              *

  지브리 스튜디오 주간과 구로사와 아키라 주간을 지나,
웨스턴과 스파게티 웨스턴 주간을 지나는 동안 송이는 목
도리를 짰다. 물론 송이 솜씨에 내내 그리 오래 짠 것은 아
니고, 몇번인가 짰다 풀었다 해서였다.

  "앵무새 같네."

  그게 모두의 일관된 반응이었다. 요즘이야 울긋불긋한
색실 종류가 많고 그때도 없었던 것은 아니지만 송이의 마
음에는 차지 않았던 것이 틀림없다. 송이는 굵기는 같고
색깔은 다른 실들을 잔뜩 사서 뭐라 말할 수 없이 앵무새
같은 목도리를 짰다. 색깔만 변하는 것이 아니라 패턴도
변했다. 줄무늬에 체크에 다이아몬드 모양을 거쳐 알파벳

도 있었고 꽃무늬까지 들어갔다. 송이는 여러 시도들에 골몰해 있었다. 머릿속의 목도리를 현실에서 깨우기 위해 손가락이 바빴다.

미완성인 상태에서 목도리는 엄청나게 길어졌다. 송이 목을 두번 감고도 땅에 끌릴 만큼.

"너 그런 거 하고 다니다 버스 문에 끼기면 죽어. 죽는다고."

주연이가 대표해 말리고 나서야 송이는 길이를 수정했다. 여전히 꽤나 길었지만, 송이는 교복 위에 그 목도리를 잘도 소화해냈다. 코도 귀도 일부만 쫑긋 보일 만큼 얼굴이 푹 파묻히는 목도리였다. 겨울이 시작되고 있었다. 희미한 중성색만 남은 파주의 겨울에 송이의 목도리만이 형형했다. 발산하는 목도리였다. 그 목도리 자체가 중요한 사건이었던 것은 아니지만, 어쩐지 빠뜨릴 수 없는 이미지가 되었다. 다른 애들이 그 비슷한 것을 만들어보려 했지만 처참하게 실패했던 기억도 난다.

우리는, 나와 주완이는, 목도리도 하지 않고 목이 휑한 채 돌아다녔다. 이상할 정도로 추위를 타지 않았고 얇은 옷으로 버텼다. 언제나 기분 좋은 열이 났다. 다음을 위해 에너지를 저장하지 않는다는 점에서 우리 몸은 어렸다.

텁텁이가 사라졌기 때문에 산책을 하며 개들을 쫓기도 하고 개들과 멀어지기도 했다.

"어쩌면 코끼리처럼,"

주완이가 풍경을, 풍경 속에서 움직이는 점들을 가늠하며 말했다.

"자기가 죽을 자리를 찾아갔는지도 몰라. 늙은 코끼리들은 그런다고 했어."

"코끼리 많이 봤겠네? 인도에는 많지?"

"응, 하지만 가까이에서 볼수록 코끼리들은 우울해 보였어. 사람들하고 지내기엔 너무 똑똑한 동물이니까."

"아…… 그럼 죽을 자리를 찾아간다는 늙은 코끼리들은 사람들하고 지내는 코끼리는 아니겠네."

"사람들이랑 지내는 코끼리는 그렇게 늙기 전에 사람들이 죽이겠지."

그 늙은 털보 개가 어딘가에 죽어 있을 생각을 하며 슬펐던가. 아니, 별로 그렇진 않았던 것 같다. 모두가 다 죽고 사라지고 지구가 온통 파주같이 변하고 거기 나와 주완이만 남아도 상관없다고 생각하고 있었다. 나는 텁텁이를 열심히 찾지 않았다. 텁텁이를 찾아내버리면 함께 걷는 시간이 줄어들 것 같았기 때문이다. 그 개가 죽었다면 조용하고 오목한 곳에 평화롭게 죽어 있기를 바랐던 것도 같다.

원래는 무슨 색이었을지 모를 텁텁이의 짙은 먼지색 털이 진짜 먼지가 되는 시간은 그리 길지 않을 것 같았다. 사랑받지 못했지만 갇히지도 않았던 개의 삶을 헤아리기엔 어렸다.

주먹밥 같은 걸 주로 싸갔는데, 초등학교 때 쓰던 도라에몽 도시락 통을 보고 주완이가 웃었다. 추운 곳에서 먹는 주먹밥에 주완이가 체하면 검지와 엄지 사이 부드럽기도 하고 뭉치기도 하는 그 부분을 눌러주는 게 좋아서 계속 주먹밥을 고집했다. 그토록 이기적이었다.

*

0020. MPEG

홍대 주차장길.
명동 중앙로.
코엑스몰.
뱅뱅사거리.
가로수길.
신촌 지하철과 기차역 사이.
영등포 지하상가.

로데오거리.

카메라를 잠시 세워둬도 아무도 상관하지 않는 스폿에서 찍은 분량에는 카메라 앞을 오가는 그때 우리 나이 아이들이 가득.

나 (내레이션) 정말로 놀라운 건, 종종 내 친구들과 똑같은 얼굴의 아이들과 마주친다는 것이다. 친척도 아니고 아무도 아니다. 아무 관계도 없이 그렇게나 똑같은 얼굴로 태어난다. 누군가 이 세계에 같은 얼굴들을 계속 채워넣고 있는 게 아닌가 하는 생각도 든다. 두려운 것은 그 닮은 얼굴 뒤의 거의 다르지 않을 이야기들이다. 우리는 유일하지도 않고 소중하지도 않으며 끊임없이 대체된다. 모두가 그 사실에 치를 떨면서.

*

버스에 오르는 수미의 눈가가 찢어져 있었다. 우리가 그에 대해 뭐라고 하기도 전에 수미가 먼저 말했다.
"날 때리려고 한 게 아니야. 옆에 있다가 실수로 맞은 거야."

수미네 엄마가 와 있다고 했다. 겨냥한 게 수미가 아니라고 괜찮을 리가 없어, 주연이가 신경질적으로 아직 젖어 있는 머리를 털었다.

"난 괜찮아. 수호가 더 다쳤어. 학교도 안 가려나봐."

"왜? 너희 삼촌 근처에 있으니 나 같으면 학교에 가겠다."

이례적으로 뒷자리에 와 앉은 찬겸이가 끓어오르는 목소리로 말하더니 다시 덧붙였다.

"내가 왜 미친 듯이 공부하는 줄 알아? 너희 삼촌 같은 사람 안 보고 살고 싶어서야. 너희 삼촌이랑 같은 동네에 살기 싫어서라고. 깡패 없는 동네에 살고 말 거야."

사실 그건 수미에게 열을 올릴 문제는 아니었고, 그때의 찬겸이는 사회적 지위가 높은 망나니들도 얼마든지 있다는 걸 깨닫지 못한 상태였다. 그저 공부를 잘하면 더러운 세계에서 벗어날 수 있을 거라 믿었다. 송이가 찬겸이의 어깨를 지그시 눌러 그만하라는 신호를 주곤, 파우치를 열어 연고와 작은 밴드를 꺼냈다.

"약 아까 발랐어."

수미가 거부하려 했으나 송이가 한번 더 발라, 하면서 면봉으로 덜어 처치해주었다. 송이의 파우치엔 없는 게 없었다. 아마 약은 여드름을 짜고 나서 바르려고 들고 다닌 거겠지만.

눈가의 광대뼈가 꺼져들기 시작하는 지점이었다. 주완이에게도 비슷한 곳에 흉터가 있었다. 수미와는 다른 쪽 눈이었지만, 흰 선이 남아 있었다. 주완이도 누구에게 맞았던 걸까. 일방적으로 맞은 걸까, 다른 누구를 때리려다 그랬던 걸까. 수미의 저 상처도 그런 흰 선으로 잘 아물까. 그렇게 가늘고 희미하게 아물기 전에 또 다치지 않을 수 있을까. 내가 너무 오래 수미를 쳐다봤는지 수미가 고개를 돌렸다. 고개를 저쪽으로 젖히자 수미의 교복 칼라가 눈에 들어왔다. 그다지 깨끗한 상태가 아니었다. 우리 엄마가 봤더라면 난리를 치며 세제를 풀어 담가놓을 만한 상태였기에 나도 고개를 돌렸다. 해결할 능력이 없는 문제라고 외면한 채 이어폰을 꺼버렸다.

민웅이는 내내 한마디도 하지 않았기 때문에, 아무도 민웅이가 그날 오후에 저지를 일을 예측하지 못했다.

수미네 집 앞에서 민웅이가 몇시간 동안 기다리고 있었는지는 모르겠다. 그다지 멋지지 않은 디테일은 빼놓고 말하는 게 민웅이니까. 수미를 기다린 건 아니었다. 수미네 삼촌을 기다렸다.

수미네 삼촌이 백 미터쯤 밖에서 걸어오고 있을 때, 민

웅이는 천천히 수미네 삼촌 트럭으로 다가가 주머니칼로
타이어를 긋기 시작했다. 수미네 삼촌은 처음엔 무슨 일이
벌어지고 있는지 깨닫지 못했던 것 같다. 발밑만 보고 걸
었을 테고 멀리 누군가 쭈그리고 앉은 것도 설마 자기 트
럭인가 싶었을 것이다. 상황을 파악하고 익히 알려진 분노
제어 불가능 상태가 되어 뛰기 시작했을 때, 민웅이는 네
개의 타이어에 볼일을 다 보고 칼을 접어넣으며 수미네 삼
촌을 돌아보았다. 삼십 미터쯤 남겨두고 수미네 삼촌은 민
웅이의 얼굴을 알아보았고, 그것이 전날 수미의 눈가에 생
긴 상처와 관련된 복수임을 깨달았으며, 어디까지나 추측
이지만 민웅이네 사촌형들을 떠올렸을 것이다. 수미네 삼
촌과 민웅이네 형들은 그다지 사이가 좋지 않았는데, 수미
네 삼촌에겐 적이 많은 반면 민웅이네 형들은 동네 젊은이
들의 중심이었다. 형들은 쾌활하고, 의리 있으며, 때론 창
의적이기까지 하고, 자주 있는 일은 아니었지만 응징이 필
요한 상황에서는 몸을 사리지 않았다. 무법의 세계에서 태
어날 수 있는 가장 바람직한 프로타고니스트들이었다. 민
웅이를 건드렸다간 어떤 일들이 따라올지, 달려오던 수미
네 삼촌의 머릿속이 바빴을 것이다. 이내 수미네 삼촌은
속도를 늦추고 민웅이가 걷다시피 천천히, 도발적으로 멀
어지는 모습을 바라만 보았다.

나는 민웅이의 물 흐르는 듯한 무용담을 나중에 듣고, 수미네 삼촌은 사실 분노를 잘 제어할 수 있는 게 아닐까 생각했다. 정말 분노를 조절할 줄 모른다면 그때 민웅이를 공격했어야 했다. 초래될 결과를 가늠할 수 있다면, 그래서 상대를 골라 때린다면 광기가 아닌 비겁함만이 관여했을 뿐이다.

수미는 그 이야기를 나보다 더 늦게 들었고 수미네 삼촌은 한마디도 하지 않았을 테지만, 다음 날 아침 트럭 바퀴 꼴을 보고 바로 민웅이를 떠올렸을 것이다.

그래서 수미는 야자를 그만두었다. 돌아오는 버스에 다시 멤버들이 전부 차게 되었다. 우리는 잠시 기뻤던 것 같다.

*

0021. MPEG

도서관에서 찾아낸 그날 신문의 날씨 부분 클로즈업.

1999년 11월 25일 목요일.

전국이 흐리고 중부지방과 전라남북도 지방에 오전 한

때 비 또는 눈이 온 후 점차 개겠다. 강원 영동 지방과 서해
안 지방은 흐리고 한때 눈 또는 비가 오는 곳이 있겠다. 바
람이 다소 강하게 불겠다.

아침 최저기온은 2도에서 9도 사이.

낮 최고기온은 4도에서 15도 사이.

*

바람 때문에 우산을 써도 다 맞을 수밖에 없는 비였다.
나는 수미가 늘 쓰던 청록색 체크무늬 우산이 과수원으로
움직이는 걸 상상한다. 손잡이 부분은 두꺼운 나무고 칙칙
하게 바랜데다 살이 조금씩 휜 우산이었다. 무겁고 낡은
우산이었기 때문에 나는 몇번인가 수미에게 우산을 선물
할까 말까 망설였었다. 결국 선물하지 않은 것은 그게 꼭
'네 우산이 보기 싫어'로 여겨질까봐서였다. 그렇게까지
고민하지 않고 그냥 사줬으면 됐을 텐데. 수미는 어쩌면
그날 그 우산을 쓰지 않았을 수도 있다. 어차피 날리는 비
였다.

아마 형들 중 한명이 민웅이가 있는 창고를 가르쳐주었
을 것이다. 민웅이는 형들의 유쾌함을 피해 그곳에 있지
않았을까. 이전까지 크레파스로 그린 그림처럼 단순하고

건강하던 민웅이의 머릿속엔 그 계절부터 가는 선들이 그어지고 여러 단계의 농담이 생기고 그림자의 방향이 바뀌기 시작했다. 그 목요일에 일어난 일은 민웅이 머릿속의 크레파스 월드가 무너지면서 벌어진 일이었다고 생각한다.

수미가 기억하는 것은 민웅이가 계절에 맞지 않게 반바지를 입고 있었다는 것, 습기 때문인지 창고에서 사과술 냄새가 났다는 것, 민웅이가 지금보다 훨씬 부드러웠을 손바닥으로 수미의 눈가를 쓰다듬었고, 손가락이 그대로 푸슬푸슬한 머리카락을 파고들었고, 수미는 민웅이가 입은 후드에서 땀내와 소금기를 느꼈지만 그게 싫지 않았고…… 어떻게든 두 사람 사이의 일을 아름답게 상상하려 해보아도 쉽지 않다.

두 사람은 했다.

함께 잠들지 않았으므로 잔 것이 아니고, 서로 사랑하지 않았으므로 사랑을 나눈 것이 아니다. 그냥 했다.

어쩌면 하다 말았다,에 가까울 짧고 허망한 행위를.

솔직히 말하자면 그 일을 두고 나는 몇년 정도 민웅이를 원망했다. 민웅이가 그러지 말았어야 했다고 말이다. 방심하면 가시 같은 말들이 민웅이를 향해 튀어나갔다. 마치 나중에 닥친 모든 불운이 민웅이 탓인 것처럼.

그러나 사실 불운은 늘 기분 나쁘게 도사리고 있었다. 잠시라도 잊으면 말도 안 되게 끔찍한 짓을 저질러 우리를 환기시키면서. 아주 가까이에 있어. 이만큼 널 흔들어놓을 수 있어. 쉽게 죽일 수도 있어. 그런 식으로 난데없이 공격받으며 살아가지만 따지고 보면 우리는 그런 불운으로부터 비롯된 존재이기도 하다. 내가 삼팔선을 넘은 할아버지의 불운에서 태어난 것처럼. 나의 뿌리는 불운이요, 나를 키운 것도 불운이요, 내가 끝내 다다를 결말 역시 불운이다, 말할 수 있는 사람은 적겠지만 말이다.

민웅이가 담배 때문에 폐에 물이 차서 고생하는 걸, 한 번도 아니고 여러번 보고 나서야 마음이 풀렸다. 민웅이는 어렸고 어쩌면 아직도 어리다. 민웅이만 수미에게 상처를 준 건 아니었고, 그 빌어먹을 사과 창고에서 두 사람은 동시에 다쳤다.

나는 민웅이의 폐에 대해서는 알았지만, 수미와 수미의 다친 부분이 어찌해나가고 있는지는 오랫동안 알지 못했다. 알고 싶었다고 말한다면 그것도 거짓말일 것이다. 주수미든, 바꾼 이름으로든 통증 없이는 부를 수 없었기 때문에. 수미와 민웅이 중에 민웅이를 고른 건 아니었다. 그 모든 일은 그런 식으로 일어나지 않았다. 선택이 아니었다.

주연이가 수미네 반에 놀러 갔다가 교실 뒤 거울 아래 폐지함에서 수미의 다이어리 속지들을 발견했다. 수미의 다이어리는 거의 성경책만 했다. 중학교 때부터 증식해온 것이라 잘못 만지면 오래된 반짝이 풀이 떨어지곤 했다. 잡지에서 오린 연예인들, 색이 금방 빠져서 코팅해놓은 스티커 사진들, 온갖 종류의 티켓들, 친구들과 주고받은 쪽지며 편지, 노래 가사와 이런저런 시 베낀 것들로 불룩했다. 민웅이 관찰기라 불러도 좋을 일기 한뭉치는 작은 집게로 봉해져 있었다. 과장하면 외장형 뇌라고 해도 좋았다. 그것이 묶인 채로도 아니고 뿔뿔이 흩어진 채로 폐지함을 가득 채우고 있었으므로 발견하지 못했다면 오히려 이상했을 것이다.

더하여 수미가 일주일 넘게 아무에게도 편지를 보내지 않은 것도 일종의 증거가 되었다. 수미는 쉴 새 없이 편지를 쓰는 아이였다. 심지어 수업시간의 대부분도 편지를 쓰며 보냈다. 학교에는 중앙계단 쪽 복도에 학년별 우체통이 있었고, 학교 안에서만 통용되는 우표도 있었다. 수미는 여러 반에 흩어진 우리에게 돌아가며 편지를 썼다. 학교 우편으로도 보내고 직접 들고도 왔다. 도통 답장이라곤 하지 않던 찬겸이까지 달에 한번은 수미의 편지를 받았으므로 여자애들의 경우 수미의 편지로만 서랍 하나를 채울 수 있을 정도였다. 내용이 특별하거나 새롭지는 않았다. 보통 두세장이지만 요약하자면 '나 너무 심심해, 넌 왜 나한테 편지 안 써?' 정도였고 문구점에서 귀여운 인형을 봤는데 돈이 없다, 하지만 사고 말 거다, 같은 무해한 계획 같은 것도 가끔 있었다. 한창 음성 메시지가 유행이던 시절에는 사서함이 수미가 녹음해놓은 노래들로 늘 꽉 찰 정도로 수미의 성격은 일관됐다. 민웅이에게뿐만 아니라 우리 모두에게 끊임없이 뭔가를 전송했다. 그즈음 다소 뜸해졌다 해도 편지가 아예 뚝 끊긴 건 이상했다.

열심히 심문하지도 않았는데 수미는 펑펑 울면서 털어놓았다. 누구보다도 민웅이를 오래 지켜보았던 수미니까, 아무리 민웅이가 아무렇지 않은 척, 심지어 여자친구를 대하듯이 대해주어도 알고 있었다.

"다 망쳐버렸다고 얼굴에 쓰여 있는걸."

아마도 전광판만 하게 쓰여 있었을 것이다.

"죽어버릴 거야."

"아니, 잠깐, 조심하기는 한 거야? 임신이라도 하면 어쩌려고?"

주연이가 실제적인 걸 물었다.

"끝까지 하지도 않았어."

수미가 더 울기 시작했다.

"끝까지 할 수도 없었던 거야, 나랑은."

나는 한마디도 하지 못하고 있었다. 머릿속에서 말이 너무 많아졌다가 하얗게 지워졌다가를 반복했기 때문에 두통이 심하게 왔다.

"괜찮아. 아무 일도 아니야. 나도 해봤고 우리 언니들도 해봤어. 별일 안 일어나."

송이의 단정한 선언에 모두 조용해졌다. 똑같은 얼굴이 다섯, 강력한 모계사회에서 자란 송이는 그 정도 일은 정말 아무것도 아니라는 듯 수미를 진정시켰다.

"어쩌다보면 친구끼리 할 수도 있어. 다시 친구가 되면 돼."

"진짜?"

"진짜."

그러나 물론 진짜가 아니었다. 그럴 수 있는 건 송이 정도다. 이후 송이의 경쾌한 연애 일화와 우리에게 남겨진 숱한 가르침들을 떠올리자면, 우리 중에 관계에 탁월한 건 송이뿐이었다. 나머지는 머저리들이었다.

수미가 울음을 그칠 때쯤에는 내가 털어놓을 타이밍을 놓쳤다. 그 비 오는 목요일은 좀 이상한 날이었다. 그날 수미와 민웅이처럼, 나와 주완이도 함께 욕조에 있었다.

그건 커다란 욕조였다.

0022. MPEG

나   그래서 이번 남자친구는 어때?

송이   휘었어.

나   뭐가?

송이   뭘까. (웃음)

나   (내레이션) 그날 이후로 송이의 남자친구를 볼
      때면 휜 놈, 휜 놈, 휜 놈, 하는 생각밖에 들지 않
      았다. 송이가 개랑 빨리 헤어져서 다행이었다.

  임신해서 배가 늘어진 작은개가 사라졌기 때문에 우리
는 빗속을 헤맸다. 개들이 늘 움직이던 경로엔 누렁이와
큰개밖에 없었다. 네마리 중에서 그나마 어리고 건강한 개
들이었다.
  "텁텁이 어디 갔어? 작은개는 어디 두고 왔어?"
  주완이가 개들에게 물었다. 개들은 대답할 수만 있으면

할 것 같은 눈으로 주완이를 되올려봤다. 젖은 개들에게선 어쩔 수 없이 젖은 개 냄새가 났는데도 주완이는 마구 목덜미를 만졌다. 두마리를 잘 회유해서 바싹 말린 폐헝겊더미에 앉혔다. 비가 와서인지 아니면 사라진 두마리 때문에 의기소침해서인지 웬일로 개들이 말을 잘 들었다.

우산도 없었고, 우산이 있었다 해도 그렇게 바람과 함께 날리는 비는 피할 수 없었을 것이다. 후드를 뒤집어쓰고 주완이와 나는 말없이 걸었다. 손을 잡았다가 놓았다가 옆으로 섰다가 앞뒤로 섰다가 했다.

"새끼들을 낳으러 갔는지도 몰라. 텁텁이가 먼저 자리를 봐둔 거지. 그리고 데리고 간 거야, 작은개를."

나는 나의 낙관을 부끄러워하면서도 말했다. 그러자 하주가 뒤돌아보았다.

"크고 튼튼한 개들은 그대로 있고 늙고 작은 개들만 사라진 게 이상하지 않아?"

"누가 어쨌을 거란 얘기야?"

주완이는 근처 보신탕집에 가보자고 했다. 나는 보신탕집 아저씨가 아빠 친구니까 아빠를 통해 물어보겠다고 약속했다. 비에 젖은 우리가 거기까지 걸어가 혹시 개를 잡았느냐고 물어보는 건 아무래도 결과가 좋지 않을 것 같았다.

"하주, 그만 가자. 추워."

체온이 떨어질 대로 떨어졌는데도 돌아가지 않고 완고하게 구는 주완이에게, 나는 어쩐지 공격받는 느낌이었다. 멀게 느껴졌다. 마치 이 동네와 내가 아는 사람들이 개를 잡아먹기라도 한 것처럼 굴었다. 백 퍼센트 그러지 않았으리라고 확언할 수 없어서 더 화가 났다. 염소고 너구리고 뱀이고 고아 먹을 수 있는 건 사실 다 고아 먹는 아저씨들이었다. 그래도 먹었더라면 더 일찍 먹었을 거고 더 큰 녀석들을 먹었을 거라는 게 나름의 반대 논리였으나 그런 말들은 하기 싫었다.

"입술이 파래졌어."

나는 주완이의 손길을 피했다. 몸이 떨리는 게 짜증이 났다. 덜덜 떠는 여자애 따위 한번도 되고 싶지 않았다. 평소에 체온이 높은 편인 게 자랑이었다. 약해 보이고 싶지 않았다. 오히려 내가 하주를 보호해주고 싶었다.

"미안해. 인도에서 키웠던 개가 있어. 그 개도 사라져버렸거든."

나는 그 개를 알고 있었다. 유심히 보진 않았지만 책꽂이에 있는 액자 중 하나에서 본 것 같았다. 인상이라 하나 견상이라 하나, 아무튼 그런 게 흐릿한 개였다.

"이름이 뭐였어?"

"점순이."

그러고 보니 흰 바탕에 갈색 무늬였나, 나도 모르게 허탈해서 웃었다. 자기 개는 점순이라 부른 주제에 나한테 개들 이름을 대충 지었다고 뭐라 했단 말이냐.

"너라면 좀더 특이하게 이름을 지을 줄 알았어."

"예를 들면?"

"몰라. 영화배우 이름이라든지."

"내가 지은 건 아니지만 점순이는 좋은 이름이었어. 좋은 개였고."

"갑자기 없어진 거야?"

주완이는 잠시 고민하다가 대답했다.

"우리 가족들은 모두 점순이가 엄마 아빠 대신 죽었다고 믿고 있어."

"왜?"

"점순이가 사라진 날, 엄마 아빠가 탄 차가 고가도로 끄트머리에서 길 밖으로 떨어졌거든. 비가 와서 미끄러졌어. 다행히 고가가 거의 끝나는 지점이라 많이 높은 곳에서 떨어진 건 아니었지만 차는 폐차해야 했어. 그런데 엄마 아빠는 타박상 정도였고 말이야. 나중에야 그날 점순이가 사라진 걸 알았는데, 아무래도 엄마 아빠 대신 죽은 거 같아."

"차가 좋았던 게 아닐까?"

"……독일 차였지만, 그래도 점순이 덕일 거야."

비이성적인 이야기였지만 그게 우리 엄마 아빠한테 일어난 일이었더라면 나도 개가 대신 죽었다고 생각할 것 같았다. 좋아하는 사람에게는 더 쉽게 수긍하기 마련이기도 했다.

"개들은 그렇게 순정하고, 그렇게 사람 대신 죽어."

뉴델리의 길거리로 사라진 점순이를 찾을 방도는 없었고, 이후로 개를 키울 기회가 없었던 주완이는 욕구불만 애견인이 된 모양이었다.

"촉감이 그리워. 사람이 보고 싶은 거랑은 달라. 아무리 스킨십이 많은 가족도 그렇게 서로를 만지진 않잖아. 개는 손으로 그리워. 언젠가는 다시 키우고 싶어."

개를 키워본 적이 없는 나는 적당히 웃었고, 우리는 하주네 집으로 돌아왔다.

당연히 바로 마른 옷을 빌려줄 줄 알았는데 주완이가 너무도 태연히 욕조에 물을 받기 시작했으므로, 나도 태연한 척 그 곁에 서 있었다. 추워서인지 흥분해서인지 횡격막과 늑골이 제멋대로 따로 움직여서 숨이 잘 쉬어지지 않았다. 몸살이 날 것 같은 기분이었다. 맨발로 그 춥고 건조한 욕실에 서서 욕조에 물이 차오르기를 기다렸다. 금세 온기와 증기가 퍼졌으므로 얼른 물에 들어가고 싶은 마음

뿐이었다.

그 욕조는 내가 그때까지 봐온 여느 욕조보다도 컸다. 요즘 나오는 원형이나 부채꼴의, 거품을 뿜어내는 화려한 월풀 욕조는 아니었다. 일인용이지만 길고 깊어서 다리가 긴 외국인이 충분히 눕겠다, 정도의 느낌이었는데 그때는 정말 커 보였다. 우리 집의 조그맣고 오래된 욕조는 목욕 용도로는 거의 쓰이지 않고 김장철에 배추나 재는데, 이건 정말 목욕을 위해 만들어진 고급스러운 물건이구나 싶었다.

어디까지 벗어야 하나 망설이는데 주완이가 바지만 벗고 젖은 티셔츠와 박스 팬티를 입은 채 물에 들어갔다. 무릎을 모으고는 날 보고 웃었다. 팬티야. 남자애의 팬티. 팬티구나. 평범하고 새것도 아닌 네이비 스트라이프 팬티였다. 짙은 색이라 물에 젖으니 물풀 같은 느낌이었다. 나는 까만 바탕에 모서리에 작은 체리 자수가 있는, 심플하고 유치한 디자인의 팬티였기에 '이건 수영복이야, 수영복이야' 하고 자기최면을 걸 수 있었다. 역시 티셔츠를 입은 채 물에 들어갔다. 주완이가 호스가 있는 쪽에 불편하게 앉았으므로 나는 편하게 등을 기대고 뜨거운 물에 코밑까지 몸을 담갔다.

발목을 꼬고 앉아 있는데 주완이가 내 발을 쭉 자기 쪽으로 당기고는 부드럽게 종아리 뒤쪽을 마사지해주었다. 나는 퍼뜩 각질이 밀릴까봐 걱정이 되어서 몸이 굳고 말았다. 그 전주에 엄마랑 목욕탕에 다녀와서 다행이었다. 내가 굳어버리자 하주는 마사지를 멈추고 선반에서 배스 솔트를 꺼냈다. 처음에는 보라색을, 내가 좋아하니까 그다음엔 오렌지색을 뿌렸는데 결국은 이도 저도 아닌 색이 되어버렸다.

물속에 있는 동안은 아무 일도 일어나지 않았다. 다리와 다리가 포개어졌고 고개와 고개가 거의 맞닿아 있었지만 그뿐이었다. 물이 될 것 같았다. 하주의 턱으로 주르륵 물방울이 흐를 때마다 하주가 녹아내리는 게 아닐까, 열기로 느리게 돌아가는 머리로 생각했다. 뜨거운 물을 보충했지만 곧 식었다. 손가락이 쭈글쭈글해지지는 않았으니 그리 오래는 아니었을 텐데도 길고 가늘고 점착성이 있는 시간이었다.

물을 빼기 시작할 때 키스도 시작했다. 어지러웠는데도 물이 빠지는 게 싫었다. 싫다고 말하지 않고 입술에 매달렸다. 하주의 입술은 얇고 색깔도 옅었지만 이상할 정도로 주름이 없고 팽팽해서 플라스틱으로 떠낸 것같이 보였다. 장난감처럼 보이는 입술이어서, 나는 주완이가 소년 인형이 아닌 걸 확인하고 싶었는지도 모르겠다.

모든 게 식어가기 직전, 가장 뜨거울 때 젖은 티셔츠를 벗었다. 등이 딱딱했지만 움직임이 많았던 건 아니었다. 유통기한이 아슬아슬한 외국 브랜드의 콘돔을 찾아낸 후 몸을 겹쳤다. 링크라 해야 할지 도킹이라 해야 할지, 우린 멋진 기계 같았다. 정교하고 귀한 부품들이 외부로 노출되어 있는 무방비 상태의 기계. 연결되었고, 흘렀고, 그 와중에 주완이가 손바닥으로 자기 가슴께를 여러번 쥐었으므로, 나는 걔가 죽어버릴까봐 걱정되었다.

인도에서 따라온 낡은 건조기에 옷들을 말렸다. 그 건조기에 엉덩이를 걸치고 한번 더 했다. 두번째는 훨씬 편안한 느낌이었다.

*

0023. MPEG

누운 것도 아니고 앉은 것도 아닌, 저대로라면 디스크가 걸릴 게 뻔한 자세로 책을 읽고 있는 주연이. 책은 두껍고 크다.

나　　뭐 읽어?

주연   이집트 미술에 대한 책.

나   재밌어?

주연   슬퍼.

나   왜?

주연   그때 사람들도 맥주는 사랑하고 외국인은 미워해
       서. 그런 거라면 나아진 게 없잖아?

나   맥주 그때부터 마셨구나.

주연   무덤 벽에도 맥주 만드는 과정이 가득가득해. 몇
       백년 동안 맥주 맥주 맥주야…… 너 그거 알아?
       클레오파트라가 사실은 이집트인이 아니었던 거.
       그렇게 외국인을 싫어했으면서 마지막 왕조는
       그리스인들이 해먹게 됐거든.

나   그렇게 될까봐 미리 싫어했던 게 아닐까? 서로
       침략하던 시대였잖아.

주연   지금은 아니야? 막연하게 뭔가 빼앗길지도 모른
       다는 두려움 때문에 누군가를 미워하는 건 지금
       도 똑같잖아. 아, 그리고 이거 웃긴다? 마지막 왕
       조의 한 왕은 페르시아가 쳐들어오는 바람에 만
       들어놨던 근사한 석관을 두고 피난 갔거든. 그 석
       관이 어떻게 됐게?

나   깨졌어?

주연 욕조가 되었어. 바닥에 배수 구멍을 뚫어서는 그
     안에서 목욕을 했대.

나   재밌는 책이네.

주연 크게 재밌지는 않지만 그래도 사진이 좋아. 죽은
     왕에게 키스할 듯 고개를 돌린 사자 머리 여신 같
     은 거 말야.

                         *

열어보거나 뜯어보기 싫은 모든 것들을 침대 밑에 밀어
넣는 나쁜 습관이 있었다. 상자에 담았지만 상자도 내용물
도 결국 종이였으므로 엄청난 종이 먼지가 쏟아져나오기
에 이르렀다. 결국 모조리 버리기로 결심했다.

"그래도 한번 읽어보고 버려라. 그렇게 버리는 게 아니야."

학생 때 주고받은 편지도 다 보관하고 있는 엄마가 말했
다. 하지만 엄마의 편지는 조그만 철제 상자에 전부 들어
간다. 내가 받은 편지들은 대형 소포 상자 몇개에도 차고
넘치기에 상황이 다르다. 침대 곁에 쭈그리고 앉아 몇시간
동안이나 이 상자 저 상자를 열어보았다.

편지의 대부분은 수미가 쓴 것이었고, 종종 이제 죽고
없는 친구나 선배의 것도 나왔다. 그동안 죽은 사람들의

편지 위에서 자고 있었다니, 그건 좀 이상한 기분이었다. 상자를 뒤적일 때마다 반짝이 풀들이 자글자글 소리를 내며 부스러졌다.

송이가 만든 크리스마스카드도 있었다. 송이의 것은 유난히 입체적이고 독창적이어서 매해 내심 기대했던 기억이 났다. 펼치면 튀어나오거나 실을 당기면 끌려나오거나 착시를 유도하기도 했던 수제 장치들은 여전히 날 웃게 했다. 막상 내용은 '내년에도 잘 부탁해' 정도로 축약되는 게 매년 반복되었지만 말이다. 그것들은 차마 버리지 못하고 따로 챙겨두었다.

이제는 기억도 나지 않는 동창생들이 성의 없게 쓴 롤링페이퍼 몇장도 버리기로 했다. 귀찮게 코팅까지 해놓다니. 별로 오래 좋아하지도 않았으면서 붙였다 뗐다 했던 보이밴드들의 포스터도 버렸다. 모패츠와 핸슨 형제들은 다 잘 지내고 있을까.

신문기사 스크랩북 두권도 뜬금없이 튀어나왔다. 자진해서 했을 리 없으니 방학숙제쯤 되었을 것이다. 온통 복제 동물들 사진으로 범벅이었다. 복제 양, 복제 소, 복제 원숭이에 대해 다루면서 뒤죽박죽 엉망이 된 세상이 올까봐 걱정하고 있었다. 삽화에는 히틀러가 끊임없이 복제되는 모습이 그려져 있었다. 나는 그 기사들을 오리고 붙이면서도 정말로 그런 세상이 오리라고는 믿지 않았던 것 같다. 어쨌든 전지구적으로 흥분 상태였던 것은 분명하다.

스크랩북에는 그밖에도 사십삼년 만에 공개된 이중섭의 자화상, 몸무게가 십 킬로그램이 넘는 슈퍼 토끼의 사진, 중국 청소년 범죄의 심각함을 다룬 칼럼, 화성 탐사선 마스 폴라 랜더의 착륙 실패 보고, 캐세이퍼시픽 항공 승무원들의 웃음 서비스 파업 스케치, 푸코의 추 내부 방사선 조사 결과, 오스카 와일드 흉상에 대한 특집기사, 스페인의 시각장애인 앵커우먼 인터뷰, 20세기 마지막 부분일식 관측, 대한제국 관리의 68퍼센트가 일제 총독부 관리가 되었다는 내용의 기획 기사, 만화 캐릭터 뽀빠이의 결혼소식, 다이옥신에 의한 모유 오염에 대한 발표, 확산되어가는 화장 문화에 대한 토론, 클린턴 대통령을 비꼰 만화, 엘니뇨현상에 대한 설명도, 획기적인 다이어트 알약 예고, 찰스 왕세자와 카밀라 파커 볼스의 공개 데이트 사진, 병에 담긴 아인슈타인 뇌의 세계여행 단신, 레즈비언 테니스 선수가 받았던 차별에 대한 기사, 파푸아뉴기니 북부 해안의 해일에 대한 해외 뉴스 같은 것들이 차곡차곡 붙어 있었다. 나는 그때나 지금이나 가장자리의 사건들에만 관심을 보이는 듯하다. 조금 획 굵은 뉴스라면 코소보 사태와 동티모르 독립운동에 대한 게 포함되어 있긴 했는데, 뉴스 자체보다는 어린아이들의 사진 때문에 유난히 많이 오려둔 것 같다. 난민보호소 천막이나 철책에 기대거나 매달린 아이들의 이미지에 흔들렸을 뿐이지 뭘 제대로 이해한 건 아니었다. 그렇게 똑똑한 학생은 아니었으니까.

오래된 기사 중에는 2011년에서 2020년에 대한 예상이 담긴 것도 있었다. 질병은 반으로 줄고 식량은 두배가 될 거라는 낙관적인 내용이었다. 이 낙관성이 종자 회사들 배만 불렸구나 생각하니 슬퍼졌다. 유전자 조작으로 맞춤 재능을 갖춘 아기들이 출산되고 암 사망률은 90퍼센트 감소될 거라고도 했다. 자폐증과 정신분열증이 사라지고 체외 인공자궁이 등장할 것을 미리 축하했다. 불과 십몇년 전의 오만과 어리석음을 돌아보는 것은 이상한 경험이었다. 호들갑 떨지 말라고, 그 방향은 아니라고, 여전히 별로 나아지지 않았을뿐더러 오히려 더 나빠진 지금의 이 세계를 과거로 전송해줄 수 있다면…… 하지만 개중에는 실제로 이루어진 것도 있다. 3D TV와 안경형 모니터는 정말 나왔으니까 말이다. 그걸로 영화나 보며 계속 오지 않을 것들을 기다리라는 계시 같다.

얼굴이 부옇게 사라진 스티커 사진 한뭉치도 쓰레기통 행. 왜 어떤 스티커 사진은 아직도 또렷하고 또 어떤 것은 부옇게 되었을까? 인화 방식의 차이겠지만 어쩐지 깃든 마음의 문제처럼 느껴지기도 했다. 어린 시절 좋아하던 오르골 인형도 쓰레기통행. 곰팡이가 피어서 어쩔 수 없었다. 인형은 쓰레기통에 내가 뭘 더 던져넣을 때마다 팅, 티링, 하고 끊어진 멜로디를 연주했다. 한때 소중했던 것들을 버리면 그런 소리가 나는구나, 나는 과거의 나를 별로 사랑하지 않는구나, 하는 감상들에 슬퍼졌다.

"독한 년, 하루 만에 어떻게 이걸 죄 버리니?"

엄마가 분리배출통과 쓰레기통을 들여다보곤 욕했다. 욕먹어 마땅하다.

버리지 않은 건 찬겸이한테 빌렸다가 미처 돌려주지 못한 게임 CD 몇장. 이걸 돌려주면 좋아할지 짜증을 낼지 알 수 없다.

*

0024. MPEG

운전을 하는 찬겸이. 목과 등이 완전히 굳어 있다.

나　　너 그렇게 운전하면 일자 목 돼.

찬겸　운전할 때 말 걸지 마.

찬겸이의 얼굴 위로 거리의 빛들이 지나간다. 신호등과 가로등과 온갖 밤의 빛들이. 핸들을 꽉 쥔 찬겸이 손.

나   (내레이션) 똑똑한 애가 왜 운전만은 그렇게 못 하는 것일까. 예전에 찬겸이 차를 타고 지하 주차 장에 내려갔는데, 내려갈 때 액셀을 밟는 바람에 플룸라이드를 타는 기분이었다. 둘 다 비명을 질 렀다.

*

찬겸이가 아침 버스에서 공부를 멈추고 게임 설정집을 펼쳐 보기 시작한 게 그쯤이었다. 그 이상한 목요일이 지 나고 나서의 언젠가부터. 공부 스트레스도 있었겠지만 우 리들 사이에 떠도는 공기를 깔끔한 성격의 찬겸이가 견디 지 못했던 게 아닐까 짐작한다. 자세한 것을 알고 있었든 모르고 있었든 말이다.

게임도 아주 중독적으로는 하지 않았을 거다. 찬겸이는 어떤 것에도 쉽게 중독되는 사람이 아니다. 선천적으로 중 독에 약한 사람은 극히 일부뿐이라는 연구 결과에 대해 읽은 적 있다. 중독되는 뇌를 가지고 태어나지 않았는데도 무언가에 중독된다면, 그건 중독 대상이 문제가 아니라 다른 스트레스 때문이라는 것이다. 그 겨울 찬겸이는 틈만 나면 게임 설정집을 펼쳐들고 있었다. 경전을 읽는 종교인처럼 경건한 자세로 한자 한자를 복기했다.

"그때 옛날에 말야, 주로 무슨 게임 했었어?"

"창세기전, 파이널 판타지, 이스 이터널, 파랜드 택틱스, 악츄러스, 워크래프트 원 투."

정확히 언제인지 부연하지도 않았는데 찬겸이가 주르륵 대답했다. 그러곤 덧붙였다.

"요즘엔 영 재미가 없어."

"이제 안 해?"

"이제 안 하는 게 아니라 그때도 잠시만 한 거야. 별로 오래 안 했다니까."

"그럼 요즘은 뭐 해?"

"골프."

"재밌어?"

"열심히는 안 해."

어떤 것에도 그다지 중독되지 않고 열심이 아니라면, 찬겸이는 꽤 행복한 상태일지도 모르겠다. 주연이가 회사 일이 잘 안 풀릴 때 인터넷 쇼핑과 홈쇼핑을 과도하게 하는 모습을 보면 더 그런 생각이 든다. 택배 아저씨들은 백 미터 밖에서도 주연이를 알아보고 가벼운 경적을 울렸다. 지금 아가씨 물건을 가져간다는 뜻이겠지만 그럴 때마다 주연이는 멋쩍어했다. 요리도 하지 않으면서 진공 믹서기를 샀다가 나에게 주었고, 영양제를 쟁였다가 유효기간을 넘겨버렸다. 최근에는 제철 농산물에 꽂힌 모양인지 옥수수, 감자, 피망, 참마 등을 연달아 사서 여기저기 나눠주느라 정신이 없었다. 나는 크고 휑한, 잠긴 문들이 많은 집에 혼자 앉아서 홈쇼핑을 보거나 찜솥에 옥수수 하나를 덜렁 삶아 먹는 주연이를 떠올리기 싫었다.

그에 비해 송이의 중독은 흔하디흔한 커피였다. 커피를 아마존의 주술사보다 더 진하게 마실 거다. 왜 군이 갈아 먹고 내려 먹나 싶을 정도로 원두 소비량이 많아서 차라리 그냥 원두 봉지를 거꾸로 들고 입안에 탈탈 털지 싶었다. 대학 때까지도 커피에 별로 취미가 없던 송이였으나 승무원 생활을 할 때 남미와 중동, 아프리카와 동남아시아를 오가며 다채로운 커피 맛에 눈을 뜬 것이다.

"근데 후배들은 어딜 가든 스타벅스 커피만 먹으려고 그래."

커피 맛을 잘 모르는 나는 후배들 입장도 이해가 갔다. 낯선 도시에서 그나마 덜 낯선 걸 찾게 되는 심리를 말이다. 누구나 송이처럼 아무렇지 않게 모험적일 수 있는 건 아니다. 아랍 아저씨들과 카펫에 앉아 커피를 마시는 일에는 작게라도 분명 용기가 필요할 듯했다. 송이가 커피를 가져오면 나는 초콜릿을 한점 입에 물고 커피를 마셨다. 그럼 어떤 커피든 다 맛있었다. 송이와 수도 없이 커피를 마시다가 커피에는 중독되지 않고 다크 초콜릿에 중독되었다니 우습다.

민웅이는 몇번쯤 금연을 시도했지만 그리 투철하지 않았고 성과도 없었다. 민웅이가 우리 중에 가장 빨리 죽을지 몰라도 겉으로는 제일 건강해 보인다.

수미가 현재 어떤 것에 중독되어 있는지는 알 수 없다. 아마 메신저 비슷한 게 아닐까. SNS에서 활발히 활동하고 있는지도 모른다. 찾아보면 알 수 있겠지만 그러고 싶진 않다. 일부러 흰 종이에 까만 사인펜 칠을 하고 그 위에 다시 밀크 펜으로 편지를 썼던, 아무 내용 없는 편지들을 쓰며 그렇게 열광적으로 말을 걸었던 수미니까, 지금도 누군가에게 끊임없이 메시지를 보내고 있을 것이다.

*

0025. MPEG

한강 철조망 너머 습지를 뛰어다니는 고라니들.

강 건너편에서 점점 고도를 높이는 비행기들.

*

송이는 항공승무원과에 진학했다. 조용히 준비하더니,
무려 국적기 항공사에 취직했다. 삼년 정도 승무원 생활을
했는데, 얘기를 듣는 우리로서는 흥미진진했지만 송이에
겐 쉽지 않았던 것 같다.

사해에서 사온 마스크팩 봉지를 송이가 턱 내려놓았다.
뭐 이런 무거운 걸 사왔어, 했지만 좀처럼 사해 근처에 가
볼 일이 없을 것 같았기에 모두 기뻐했다.

"정말 둥둥 떠다녀?"

우리가 흥분해서 묻자 송이는 떨떠름하게 설명해주었
다. 책이나 신문을 든 채 여유롭게 바닷물에 떠 있는 관광
홍보 사진과는 달리 실제로는 다소 귀찮았던 모양이다. 물
이 너무 짜서 삼십분에 한번씩 민물 샤워를 하지 않으면
위험하고, 그 짠물이 눈에 조금이라도 들어가면 지옥이라
고 했다.

"이번 비행에서 기장님이 테이저 쐈다?"

"뭐? 그런 걸 진짜 쏘기도 해?"

송이가 끄덕끄덕했다. 술을 지나치게 마신 승객이 난동을 부렸는데, 송이도 그렇게까지 격해진 건 처음 보았다고 고개를 흔들었다. 결국 기장이 뛰어와 구두경고를 한 다음 그래도 듣지 않자 정말 쐈다. 그 난동객은 통로에 쓰러져 꿈틀꿈틀 몸을 떨었고 착륙 때까지 포승줄에 묶여 있어야 했다고 한다.

"구두경고는 어떻게 하는데?"

"지금 당장 난동 행위를 멈추지 않으면 전자충격기를 사용하겠습니다! 테이저 테이저!"

실감 나게 손가락으로 총 모양을 만들어 흉내를 내주었다.

"왠지 그거 좀 멋있다."

송이는 질린 기색이었다. 어디나 일이 힘들기보다는 사람이 힘든가보았다. 그 정도 난동객은 많지 않아도 상습적으로 컴플레인을 넣는 승객은 많은데, 그런 승객들은 탑승명단 칸에 특별한 표시를 해 미리 조심한다고 한다.

"의외로 이삼십대 여자가 많아."

그 말에 나랑 주연이가 거짓말, 하고 비명을 질렀다. 동년배의 여자들이 악의적인 존재라는 걸 믿고 싶지 않았다. 승무원은 만오천명이 지원하면 백명 정도 붙는 직업이니까 떨어진 사람들이 심술을 부리는 게 아닐까 하는 게 송이의 추론이었다.

"그렇게 많은 사람들이 하고 싶어하는 직업이니까 자부심을 가져."

민웅이가 말했다. 그 말을 듣고 한참 망설이더니 송이가 대답했다.

"나보고 시다래."

"시다?"

"결국 시다인 주제에, 별것도 아닌 여자애들이 출세한 척하는 대표적인 직업이래."

누가 말을 그렇게 못되게 하나, 우리는 다 같이 끙 소리를 냈다.

"시다가 뭐 어때서? 허허벌판에 혼자 살지 않는 이상 서로가 서로를 보조하는 거지. 웃기네, 진짜. 웬만한 직업은 다 시다야."

주연이가 결론 내렸다.

"못된 말은 정말 끝도 없지. 나는 기생이란 말도 들었는걸. 문인들 곁에서 맴돌며 보조하고 장단 맞추는 존재니까. 싫지? 더 싫은 건 잘못 들었나 어버버하다가 제때 반박하지 못했다는 거야. 썩을 놈들이 썩을 소리를 하지만 그놈들도 시다고 누구나 다 시다야."

"잠깐만, 그럼 난 누구 시다야?"

민웅이가 물었고,

"넌 나무 시다야."

주연이가 명쾌하게 대답했다. 송이는 가지런한 이를 하고도 여전히 입을 벌리지 않은 채 소리 없이 웃었다.

송이는 비즈니스석과 일등석을 담당하게 되고 얼마 안 있어 승무원 일을 그만두었지만 그때 배우고 익힌 것들이 큰 도움이 되었다고 한다. 고급 좌석이 만석이든 고작 한 명이 타든, 송이는 전날 열심히 코스 요리와 식기 놓는 순서와 와인 리스트를 외워야 했는데 그런 건 사람들이 돈 주고도 배우는 것들이다. 힘도 있고 돈도 있을, 사람 긴장시키는 승객 앞에 포크를 늘어놓으려면 눈빛도 손길도 떨지 않아야 해서 담대함과 자기 제어력이 생겼다. 무엇보다 그 말 없던 송이가 원하지 않는 순간에도 유창하게 말하는 법을 배웠으니 그게 어딘가. 언뜻 사소해 보이는 지식과 기술과 몸가짐이 훗날 송이에게 큰 도움이 되었다.

송이는 심한 생리불순에 시달렸고 비행이 없을 때도 제대로 자지 못했고 눈밑은 갈수록 어두워졌지만, 그때의 송이가 없었더라면 그다음 단계의 삶도 찾아오지 않았을 것이다.

*

0026. MPEG

붓펜과 흰 종이.
할머니의 손이 한자를 쓴다.

나   (내레이션) 우리 세대가 한자를 멋들어지게 쓰
           지 못하는 것은 조금 슬픈 일이다. 우리는 이제
           어디서 꺾고 미끄러지고 멈춰야 하는지를 알지
           못한다. 다행히도 할머니는 내가 써달라는 글
           자를 이유도 묻지 않고 써주신다. 엄마도 나도
           할머니처럼 글씨를 쓰진 못한다.

한자는 완(完).
다른 한자는 연(然).

나   (내레이션) 하주네 부모님은 어떤 완연함을 바
           랐기에 아이들의 이름에 그 글자들을 넣었을까.

이번엔 할머니의 손이 아니라 할머니.

나	할머니는 한문을 어디서 배웠어? 서당 같은 데 요?
할머니	아니, 주역 읽다가 배웠지.
나	주역도 읽을 줄 아시는구나.
할머니	슬쩍. 근데 우리 식구들은 다 사주가 별로야.
나	나도 별로야?
할머니	중한 게 아무것도 없는 팔자래, 너는. 아무것도 중히 여기지 않는단다, 이 나쁜 년아.

*

"이제 안 할 거야."

그 이상한 목요일에 대해 주완이가 한 말은 그게 다였다. 그리고 정말로 안 했는데 나와 주완이의 의지력이 그만큼 뛰어났다기보다는 연말을 하주들과 같이 보내려고 하주네 부모님이 귀국하셨기 때문이었다. 그래서 우리가 계획했던 바브라 스트라이샌드 주간과 주성치 주간이 모두 취소되었다.

오랜만에 창용 오빠네 작업실에서 장작 난로를 쬘 여유가 생겼다. 오빠와 언니는 마치 돌아온 탕아를 보듯, 반쯤

서운하고 반쯤 반가운 얼굴로 나를 맞았다. 나는 최대한 뻔뻔스럽게 구석에 가 언니 오빠가 남긴 재료로 이것저것을 만들었다. 주완이와 함께한 마지막 주가 타란티노와 팀 버튼을 합친 한주였기 때문에 온갖 기괴한 이미지들로 가득한 상태였다. 그해까지 타란티노와 팀 버튼은 한주에 몰아 볼 수 있는 작품 수를 가지고 있었다.

집어삼키고 집어삼키고 집어삼키다보면 나오는 것도 있기 마련이다. 스스로도 뭘 하는지 모르면서 옆 창고에서 버린 폐파이프들을 주워모았다. 새끼손가락 굵기에서 팔뚝 굵기까지의 파이프들로 뼈대를 만들고 그 위에 흙으로 살을 입혔다.

"이게 뭐야?"

인영 언니가 마치 아이가 처음 걸음마를 뗀 걸 목격한 것처럼, 혹은 그 아이가 자라 백 년 가업을 잇겠다고 선언해 온 것처럼 흥분해서 물었다. 나는 언니의 흥분을 모르는 체하며 대답했다.

"그냥 사람이에요."

"왜 파이프야?"

"……버렸길래."

사람은 따뜻한 액체가 가득 차 있는 파이프로 이루어져 있고 서로에게 안기면 내벽을 타고 그 물들이 흐른다는 사실을 막 알게 된 참이었다. 흐르고 흐른다. 사람이란 그런 기계다. 하지만 자세한 설명으로 인영 언니나 창용 오빠를 당황하게 하긴 싫었다.

그 파이프 진흙 인형은 마를 때까지 거기 있었다. 창용 오빠는 심지어 신나서, 놀러 온 갤러리 사장님들한테까지 자랑을 했다. 민망해진 나는 언니 오빠가 안 볼 때 갈라지고 부서지기 시작한 인형을 얼른 해체해서 버렸다. 대수롭지 않게 다른 걸 또 만들면 된다고도 생각했다.

"미술학원에 다닐까봐요."

파이프 인형의 조각난 잔해에 잠시 침울했던 젊은 부부는 그 말에 다시 기뻐했다. 얼굴에 '언제? 언제부터?'라는 질문이 떠올랐지만 입 밖으로 묻지는 않았다. 훗날 참을성 있는 부모가 될 거라고 나는 건방지게 중얼거렸다.

어떤 영화에서 그 파이프 인형을 오십개쯤 만든 적이 있다. 소품으로 괜찮을 것 같았는데 생각만큼 그 느낌이 나지 않았다. 사진이라도 찍어뒀으면 좋았을 텐데, 하고 뒤늦은 후회를 했다. 그땐 휴대전화 카메라도 없었고 나는 할머니 말처럼 중한 게 아무것도 없는 냉정한 년이라 부수기만 했으니.

버스에선 모두가 모두와 눈을 맞추지 않으려고 했다. 수미와 민웅이가 그랬던 건 물론이고, 여자애들은 계속 민웅이에게 화가 나 있었고, 찬겸이는 모두에게 지친 상태여서 그랬다. 아무도 아무 말도 하지 않았고 이어폰에서 새어나오는 듣기 싫은 음악들만 서로 섞였다.

인근 부대에서 무장탈영 사건이 일어났을 때에야, 대화가 겨우 돌아왔다.

"총을 들고 탈영했대. 탄창도 훔쳤다는데?"

"얼떨결에 그랬겠지."

군인들은 어디에나 있었다. 물탱크 앞에 새로 편의점이 생긴 이후로 가끔 총을 메고 뭘 사러 나오는 군인들도 있었다. 물론 빈총이었겠지만 총에는 총의 존재감이 있어서 신경 쓰였다. 송이와 찬겸이가 사는 아파트를 마주 보는 야산에는 참호가 있어서 가끔 빨래를 널다 포복훈련을 하는 군인들과 눈이 마주치기도 한다고 했다. 우리가 타는 버스도 늘 군부대 앞을 지나갔는데 보초병들의 표정이 암울하기 그지없었다.

"고등학생보다 군인이 훨씬 싫겠지?"

"그걸 비교라고 하냐?"

"뚫어져라 쳐다보지 좀 마. 놀리는 줄 알면 어떡해."

"우리도 몇년 안에 가야 하는데, 뭐."

별 기억할 내용도 없는 대화였지만 그 대화 이후 나는

버스가 그 모퉁이를 돌 때마다 군인들의 정신건강을 기원했다. 익숙했던 얼굴이 사라지면 제대한 거겠거니 기뻐했고 말이다.

우리들만 탈영병 소식에 흥분한 건 아니었다. 어른들도 마찬가지여서 마을회관에서는 주의 방송을 했고, 창고나 헛간 문을 단속하는 모습들이 자주 눈에 띄었다.

"수호가 탈영병을 잡겠다고 돌아다니더라?"

엄마가 귀여워 죽겠다는 듯 말했을 때 나는 대체 그 아이의 어느 구석이, 그 행위의 어느 구석이 귀여운가 생각했다. 엄마 머릿속에 있는 귀여움에 대한 센서가 고장 난 것 같았다.

"걔가 그래?"

"학교 안 가고 돌아다녀서 혼내주려고 불러세웠더니 탈영병을 잡겠다잖아."

"꼬맹이가 어떻게? 뭐 하러? 아니, 그보단 걔가 엄마한텐 대답을 해? 눈도 맞춰?"

"막 애교 있는 애는 아니지만…… 돈 받고 싶어서 그런다길래 그런 거 없다고 말해줬어."

"실망해?"

"그럼, 그래도 포상금 같은 거 바라면 안 되지."

수호가 돈이 필요한가 싶었다. 돈이 필요하지 않은 사람

은 없지만 초등학생에게 큰돈이란 어떤 의미일지 알 수 없
었다. 누나랑 같이 그 집에서 도망치려고 그러나? 남매는
그렇게 돈독해 보이지도 않았다. 그럼 혼자 도망치려고 그
러나? 나는 희미한 가정들을 해보았지만 그리 오래 마음
을 두진 않았다.

어쨌든 아무도 빨랫줄엔 신경을 쓰지 않았던 것 같다.
그 탈영병이 군복을 어딘가에 묻고 민간인의 옷을 입은 채
인천까지 간 걸 보면 말이다. 얼마 전 인천 마을버스에서
'범죄율 최저, 검거율 최고의 도시 인천'이라는 캠페인 방
송을 봤는데, 나도 모르게 그 탈영병을 떠올렸다. 범죄율
은 최저인데 검거율은 최고라면 경찰이 어마어마하게 뛰
어나거나 다른 지역에서 도망 온 사람들이 잡힌다는 얘기
가 아닐까 했던 것이다. 중부 지역에서 사고를 치면 대개
는 인천으로 도망간다. 남부에선 아마 부산일 것이다. 부
산 지하철에는 또 '마약 없는 도시'라는 슬로건이 붙어 있
는 걸로 보아 나름대로 항구도시만의 고충이 있는 것 같
았다.

배를 타고 도망쳤으면 좋았을걸. 혹은 검거율 최고의 도
시에서 잡혔으면 좋았을걸. 왜 탈영했는지 끝내 확실히 밝
혀지지 않은 그 어린 군인은 헌병대와 경찰이 여전히 부근
에서 허탕을 치고 있을 때 인천의 한 모텔에서 조용히 목

을 매달았다. 당시에는 군인들이 얼마나 어린지 몰랐고 잊을 만하면 비슷한 일들이 종종 일어났기 때문에 무디었지만, 몇년 흐르고 나니 도리어 명치가 서늘했다.

"근데 이상하잖아. 굳이 총을 들고 갔으면서 왜 목을 매달아?"

"강 넘어가려면 두고 가야 했겠지."

"탄창까지 챙겼는데 그걸 두고 가?"

"왜 그런 걸 궁금해해."

아빠는 뉴스를 보면서 정말로 궁금해했고, 엄마는 아빠의 그런 궁금증에 진절머리를 냈다. 나 역시, 세상이 막 궁금한 사람들은 사실 냉정한 사람들이 아닐까 싶었다. 탈영병은 마지막에 총을 지니고 있지 않았다. 총의 행방에 대해 여러 가설이 섰다. 아빠의 냉정함을 약간이나마 닮은 나는 땅속에 파묻힌 크고 검은 총을 그려보았다. 땅을 파면 무시무시한 것들이 잔뜩 나올 것이었다. 최근의 물건뿐만 아니라 한국전쟁 때의 것들까지 심심하면 흙 속에서 솟아올랐으니 말이다. 거대한 자석 집게 같은 것이 흙 속의 위험한 것들을 다 끄집어내 가져갔으면 하고 바랐지만, 그때도 그런 집게는 없다는 걸 알고 있었다.

0027. MPEG

　묘하게 편한 자세로 발에 매니큐어를 바르고 있는 송이.
송이의 흰 다리와 기름한 발가락.
　네번째 발가락과 새끼발가락 위쪽에 조그만 타투가 있
다. 타투를 줌인.

MISFIT

　나　　왜 미스핏이야?

　송이가 웃는다.

　나　　언제 했어? 어디서 했어?
　송이　뉴욕에서. 일본인 거리에서.

　라벤더빛으로 가지런해지는 송이의 발톱들. 군더더기
없이 움직이는 솔.

송이   적응 잘하는 사람들이 무서워.

나   응, 이렇게 이상한 곳에서, 그치?

송이   응, 그래서 내 친구들은 다 못해. 여기 친구도 거
         기 친구도.

*

송이가 뉴욕에 간 것은 송이의 의지였다기보다는 송이의 둘째언니에게 덮친 불운 때문이었다. 둘째언니가 먼저 이민을 간 상태였는데 심한 교통사고를 당하는 바람에 간병해줄 사람이 필요해졌던 것이다. 어떤 직감 같은 게 있었는지 아니면 그저 타지 생활에 막연한 불안을 느낀 건지 비싼 보험을 들어둔 게 다행이었고, 간병해주러 오면 보험료의 반을 주겠다고 송이에게 부탁을 해왔다. 송이는 별로 오래 고민하지 않고 사직서를 낸 후 짐을 챙겨 뉴욕으로 갔다.

둘째언니는 다리와 골반을 크게 다쳐서 죽은 사람의 뼈와 인대를 이식받는 대수술을 받아야 했고 길고 긴 물리치료도 뒤따랐다. 언니가 아파하는 걸 지켜보는 건 힘들었지만 그곳 병원은 가족들이 내내 환자 곁을 지켜야 하는 시스템이 아닌지라, 송이가 하는 일은 대개 언니가 부탁하는

물건을 가지러 집에 다녀오거나 휠체어를 좀 밀고 다니며
바람을 쐬어주거나 하는 정도였다. 둘째언니는 네 자매 중
가장 유머러스한 성격이기도 해서 그 갑작스러운 역경을
잘 이겨냈다. 코뼈도 심하게 부러졌기 때문에 아물고 나면
제대로 코 수술을 하겠다고 별렀고, 자매는 잡지에서 마음
에 드는 코들을 오리며 시간을 보냈다. 훗날 송이는 언니
에게 정말 간절한 도움이 필요했다기보다는 심리적 안정
을 주는 테디 베어가 필요했기에 자기를 부른 게 아닌가
추측했다.

언니가 회복하면서 송이에겐 시간이 많아졌다. 오다가
다 털실 가게를 발견하곤 몇뭉치를 사서 공원에 나갔다.
송이는 승무원 시절 뉴욕에 여러번 갔으나 공원에 오래 앉
아 있을 시간은 없었다. 워싱턴 스퀘어에서, 브라이언트
파크에서, 배터리 파크에서, 매디슨 스퀘어에서 벤치에 앉
아 오래오래 뜨개질을 했다. 언니에게 줄 것도 만들었고
의료인들에게 선물할 것도 만들었고 5번가의 쇼윈도에서
영감을 받아 작품에 가까운 멋진 것들도 만들었다. 레모네
이드와 컵케이크를 먹고 쉬다가 다시 뜨개질을 했다. 말없
이 하는 일들을 송이만큼 잘하는 애도 없다.

그러고 있으면 사람들이 말을 걸었다. 대개는 남자들이
었다. 남부 유럽 계통의 피가 흐르는 남자들은 어찌나 스

무드한지, 눈을 뜨면 언제 잡혔는지도 모르게 이미 손이 잡혀 있었다고 했다.

"오늘 저녁 미드타운을 나와 함께 걷지 않을래요?"

아무리 봐도 아버지뻘인데 끝까지 삼십대라고 우기는 남자에게 송이는 살래살래 고개를 흔들었다. 랄프 로렌 모델처럼 잘생긴 젊은 애가 말을 건 적도 있었는데, 그건 더 황당했다.

"넌 무슨 일 해?"

"항공 승무원이었는데 지금은 쉬고 있어."

"그래? 난 돈을 받고 내 몸을 팔아."

송이는 안 가본 도시 없이 많은 곳을 가봤지만 성 판매자 남성을 만난 건 처음이었다. 돈을 받고 몸을 판다는 아주 직설적인 표현에 조금 놀라기도 했다. 정말 그렇게 말하는구나. 어떤 서비스를 제공한다고 말하지 않고 바로 '보디(body)'라고 말했다. 송이는 너를 사고 싶지 않다고 말해야 할지, 돈이 없다고 말해야 할지, 지금은 그럴 기분이 아니라고 말해야 할지 무난한 표현을 고르려 뜸을 들이다가 그저 뜨개질로 돌아갔다. 모델 같은 외모의 남자는 송이의 보디랭귀지를 얼른 알아듣고 일어섰다. 분명 그래서 얼만데, 하고 묻는 여자들이 존재한다는 얘길 텐데 그가 아무리 캐주얼하고 간명한 태도로 임한다 한들 어쩐지 슬퍼졌다.

그렇게 인종과 연령과 직업군을 초월한 많은 남자들이 말을 걸었지만 송이의 인생을 바꾼 건 한 여자였다.

"엄청 독특한 방법으로 뜨네."

빨간 머리 아주머니가 말을 걸었을 때 송이는 웃었다. 얼굴이 쫑긋한달까, 송이가 웃을 때는 그런 느낌이 있었다. 아마 인간이 귀를 자유자재로 움직일 수 있는 동물이었다면 자연스러웠을 방식의 쫑긋거림 말이다. 송이는 말이 없는 편이었지만 쉽게 말을 거는 도시 분위기가 싫지는 않았다. 길을 걷다가 송이가 신은 신발이 마음에 들면 어디서 샀느냐고 물어오는 낯가리지 않는 낯선 여자들이 좋았다. 여자 형제들에게는 이미 익숙할 대로 익숙했으니까. 그리고 서울에서 산 구두라고 대답해주면 그들은 감추지 않고 실망을 해댔다. 뭐야, 그럼 내가 살 수 없잖아, 하고. 그 실망에도 이상하게 유쾌한 구석이 있었다.

그런 유의 대화라고 생각하고 송이는 자기가 개발한 특별한 뜨개법을 천천히 해 보였다. 아주머니는 잘 다듬은, 굉장히 길고 우아한 아치형 눈썹을 끌어올렸다 내리더니 아이스커피를 쪼르륵 빨았다. 이어 송이를 뚫어져라 쳐다보면서 물었다.

"우리 가게에 와서 일할래?"

송이는 한국에도 흔한 뜨개방이라고 생각하고 다음 날 찾아갔다. 존재감 있는 풍채에 눈썹이 역동적인 사장님의 이름은 스페냐였다. 이민 2세의 로컬 디자이너로, 그리니치빌리지 쪽에 작지만 근사한 가게를 가지고 있었다. 송이는 그렇게 얼떨결에 불법취업을 하게 되었고, 그 가게에서 일하는 것이 좋았으므로 비자 문제를 해결하러 몇번이나 입출국을 반복하다 결국 섬유 디자인 쪽으로 학교도 등록했다.

나는 송이에게 일어난 일련의 사건들에서 두가지를 깨달았다. 하나는 태어나서 맨 처음 두각을 나타내는 일이 당시에는 아주 사소해 보이더라도 결국 정말로 잘하는 일일 수 있구나 하는 것이었고, 다른 하나는 세계화란 친구들이 지구 여기저기로 흩어져버리는 것이구나 하는 것이었다.

"가야 돼? 나 놔두고 갈 거야?"

파주의 어두운 길에서 내가 간절하게 묻자 송이가 내 손을 잡았다.

"내가 왜 바로 섬유 어쩌고 안 하고 승무원 했는 줄 알아?"

"몰라. 유니폼이 좋아서?"

송이가 예의 쫑긋거리는 얼굴로 웃었다. 그러고 그다음에 한 말을 나는 잊을 수가 없다.

"여기가 싫어서."

결결이, 속속들이 송이를 알고 있었다. 송이의 혈관에 흐르는 즐겁고 무해한 생물의 피를 말이다. 송이뿐만 아니라 송이의 자매들도 여기의 규칙과 오래된 권위들을 요괴같은 얼굴로 잘도 무시하며 살았다. 간단하게 이혼을 하고, 외국인과 결혼하고, 이민을 가고, 나이에 상관없는 머리를 하고, 쨍한 옷을 입었다. 그런데 여기는 그런 약간의 파격에 항상 수군거림이 따라붙었다. 두발단속을 하고 형광 운동화를 신지 못하게 했던 교문 앞 학생주임이 평생 끈질기게 시비를 걸어왔다. 무시하고 살려면 또 얼마든지 할 수 있을 테지만 더 재미있고 다양하고 풍부한 곳이 있는데 뭐 하러? 송이의 자매들은 그렇게 생각했을 것이다. 태생적으로 코즈모폴리턴의 기질이 송이와 그 자매들에게 있는 것 같았다. 여기가 싫어. 두마디로 정리하고는 잘도 떠나갔다.

내가 싫다는 게 아닌데, 여기가 싫다는데 어쩌겠는가. 송이가 끝내 영영 살기 위해 출국할 때 상황상 나만 송이를 배웅할 수 있었다. 주로 추석 부근에 긴 휴가를 얻어 돌아오곤 하지만 여기는 이제 송이의 집이 아니고 휴가지다. 돌아오는 곳이 아니라 들르는 곳이다. 매년 한두번씩 얼굴을 볼 수 있다 해도 번복할 수 없는 작별이었다. 코즈모폴

리턴의 피가 없는 나는 침울해져버렸다.

떠나면서 송이가 내게 조그만 코바늘 인형을 내밀었던 게 기억난다.

"이거……"

"이거 주완이네……"

굉장히 단순한 형태의 인형이었지만 놀랍도록 주완이를 닮아 있었다. 머리카락과 눈 코 입 비율 같은 것이 그대로였다. 송이가 주완이를 본 건 딱 한번 크리스마스 파티 때였는데 어떻게 그 모든 걸 캐치했는지 나는 소스라쳤다. 괜히 눈썰미 좋다는 게 아니었다.

인형은 손바닥에, 주머니에 딱 맞았다.

"내가 괜히……"

송이가 말하려 하기에 나는 말을 막고 송이의 스카프를 다시 매어주었다. 스카프는 완벽하게 매여 있었지만, 그래도.

스페냐가 몇년 후 은퇴해서 가게를 정리하고 지중해로 크루즈 여행을 떠나기 전까지 송이는 그 가게에 있었다. 스페냐는 화려한 추천서와 함께 다른 자리를 연결해주었고, 한동안 SPA 브랜드에 있다가 결국 '니트의 여왕'이라 불리는 브랜드에서 일하는 것으로 경력이 이어졌다. 우리는 다시 한번 송이를 통해 기쁜 충격에 빠졌지만 막상 송이 반응은 담담했다.

"똑같아. 뜨개질이야. 조금 더 크게 할 수 있게 된 건 좋지만."

그게 다였다.

주완이를 닮은 인형은 어디에 달까 고민하다가 작업 가위들을 넣어다니는 가방에 달았다.

*

0028. MPEG

민웅이가 막대 사탕을 물고 있다.

나   뭐 먹어?

민웅이가 사탕을 빼서 보여준다. 맥주 사탕이다. 하얀 거품 부분과 투명하고 노란 맥주 부분이 빛난다. 클로즈업. 딱 맞춰서 민웅이가 사탕을 회전시켜준다. 빛 때문에 사탕 안에 갇힌 기포들이 반짝인다.

민웅이는 패딩 조끼와 반바지를 입고 있다.

나　위에는 따뜻하게 입고 굳이 반바지를 입는 이유
　　가 뭐야?

민웅　긴 바지를 입으면 흉터들이 간지러운 것 같아.

크고 작은 흉터들을 카메라로 비춘다.

나　어쩌다 생긴 거야?

민웅　다 따로 생겼어. 주로 형들 때문에 생겼지. 이상하
　　다? 가끔 옛날 흉터들에서 흉터 냄새가 나.

나　흉터 냄새가 뭐야?

민웅　연고 냄새랑 살 냄새랑 피 냄새랑 고름 냄새가 섞
　　인 것 같은 냄새.

나　……너 발 냄새밖에 안 나는데? 잘 씻어 좀.

민웅　꺼져. (웃음)

*

　크리스마스 파티는 23일에 열렸다. 아무도 종교적이진
않았지만 24일과 25일은 가족들과, 송이의 경우엔 남자친
구와 있으려 했기 때문이다. 우리는 그때도 지금도 별로
종교적이진 않다. 어쩌면 그런 시들시들한 부분이 우리를

한묶음으로 묶었는지도 모른다.

언제나 조금쯤 시시하다는 표정을 짓고 있는 주연이였지만, 의외로 파티는 굉장히 좋아해서 이주 전부터 의욕적으로 준비에 들어갔다. 일찍 준비한 덕분에 그렇게 맛있는 햄을 먹을 수 있었다. 냉동 햄밖에 몰랐을 때, 동굴에 매달아 말린 프로슈토를 먹은 건 충격이었다. 그 얇고 붉은 조각을 동네 빵집에서 사온 바게트에 올렸더니 잊을 수 없는 맛이 났다.

"멜론을 못 샀네. 있긴 있었는데 작고 맛없어 보였거든."

막상 하주들은 빵이랑만 먹기 좀 아쉬워했지만 나머지들은 한동안 말없이 프로슈토를 먹었다. 지금은 백화점 지하매장에도 있고 웬만한 음식점에서 애피타이저로 흔히 나오지만 전엔 가끔 그 신기한 맛이 입안을 맴돌 때가 있었다. 피 맛, 흉터 맛, 소금과 죽음의 맛, 그렇지만 기막힌 맛.

그리고 아보카도도 태어나서 처음으로 먹어봤다. 주완이가 내 귓가에 아보카도를 딸랑딸랑 흔들었다. 이유를 몰라서 쳐다보니 씨가 흔들리는 소리가 나야 다 익은 거라고 했다. 다시 들어보니 그런 소리가 나는 것도 같았다. 막상 깎았을 때는 그다지 신선하지 않아서 그랬는지, 과일인지 뭔지 모를 맛이라고 생각했다. 과카몰레를 만드니까 그럴듯해졌다. 파스타와 몇가지 메인 요리는 금방 떨어졌으므로 그다음부터는 나초뿐이었다. 과카몰레가 없었으면 나초에 금방 질렸을 것이다.

배가 차니 친구들이 얼마나 신경 써서 입고 왔는지가 눈에 들어왔다. 드레스 코드는 파티 초심자들을 위한 빨강과 초록이었다. 송이는 아마도 직접 떴을 빨간 바탕에 초록 도트 무늬 목도리를 하고 있었는데, 한번 휘감겨 내려온 목도리 양 끝에 달린 주머니에 손을 넣고 앉은 폼이 귀여웠다. 민웅이는 교복 셔츠에다 분명 아버지 것일 듯한 오래된 초록 넥타이를 매고 빨간 보석이 달린 진한 금색 넥타이핀을 달았다. 약간 우스꽝스러워 보이는 것을 즐기는 게 민웅이다웠다. 그날만은 민웅이와 수미 사이도 나아 보여서 민웅이가 수미의 양 갈래 머리에 한쪽씩 매단 초록과 빨강의 털 방울을 칭찬했다. 주연이는 작은 진주들이 수놓인 빨간 니트와 초록 플레어스커트를 입고 있었고, 나는 빨강과 초록이 뒤섞인 체크무늬 플리츠스커트에 무릎에 눈사람이 그려진 스타킹을 신었다. 한쪽 구석에 수줍게 앉아 있던 주완이는 늘 입던 회색 티셔츠에 나와 비슷한 체크무늬의 나비넥타이를 맨몸에 하고 있었다. 지금 생각하면 맨살에 나비넥타이라니 다소 위험한 느낌인데, 당시엔 체크무늬가 의도하지 않은 커플 룩 같아서 기뻤다. 친구들은 나와 주완이 사이를 몰랐고 나도 말할 생각이 없었지만 한편으로는 알아채주길 바랐던 것도 같다.

주완이는 나와 친구들이 얘기하고 툭툭거리는 걸 조용히 보고 있었다. 처음엔 불편해하나 싶어 표정을 살폈는데 아무래도 웃고 있는 듯했다. 그런 미세한 표정을 난 늘 잡아낼 수 있었다.

"한살 많다면서요? 형이네요."

민웅이가 넉살 좋게 말을 걸었고, 주완이는 형이라고 부르지 말라고 했으나 그러거나 말거나 민웅이는 그날 내내 형, 형, 해댔다. 찬겸이도 어느새 주완이 곁에 앉아서 무려 영어 듣기평가에 대해 이야기를 시작했다. 찬겸이는 원래 귀가 나빠서 한국말도 잘 못 알아들을 때가 많은데 학교의 스피커는 형편없고 애들도 자꾸 바스락거려서 놓치고 만다는 것이었다. 주완이가 거기에 어떤 해결책을 내놓기는 어려워 보였지만, 나는 주완이가 알아서 그 둘 사이를 헤쳐나오도록 내버려두고 편하게 기대앉았다.

프로젝터를 식당 쪽으로 옮겨와서 흰 벽에 「라비린스」를 틀었다. 따지고 보면 크리스마스랑은 별로 상관없는 영화였는데 어째서 그 영화였을까 싶다. 어린 동생을 고블린 킹에게 납치당한 십대 소녀가 미로와 갖은 난관을 통과해가는 이야기였다. 그런데 고블린 킹의 인상이 보통이 아니었다.

"누구야, 저거?"

"……데이비드 보위?"

내가 묻자 주연이가 약간 당황해하며 대답했다. 알아야 하는 사람인가 싶었지만 나는 개의치 않고 넘어갔다. 유명한 가수인데 영화의 음악도 보위가 담당했다고 주완이가 얼른 설명해줬다.

멋진 망토를 걸치고 대단한 헤어스타일을 한 데이비드 보위가 직접 고블린 킹으로 나와 수십수백마리의 고블린 인형들과 노래를 불렀다. 어쩜 그렇게 잘생겼는지 나는 종종 영화에 집중하지 않는 친구들을 거슬려 하며 데이비드 보위의 얼굴을 바라보았다. 저런 얼굴이 언젠가 망가진다면 슬플 거라 생각했는데, 기우도 그런 기우가 없었다. 내가 주인공이었다면 돌아오지 않고 그 멋진 세트에서 데이비드 보위와 살아버렸을 거다. 올바른 결정은 아니었겠지만…… 그때만큼은 주완이도 깜빡 까먹었다.

"마음에 들어?"

나중에 주완이가 영화에 대해 물어왔을 때, 데이비드 보위를 입 헤벌리고 바라보는 날 주완이가 보고 있었다니 약간 부끄러워졌다.

얼마 전에 갑자기 「라비린스」의 미술이 궁금해져서 이것저것 찾아보다가, 기괴할 대로 기괴했던 그 고블린 인형들을 만든 사람이 세서미 스트리트의 짐 헨슨이었단 걸 알고 한참을 웃었다. 어쩐지 기괴하면서도 유쾌하더라니.

"인도 영화는 없어? 인도 살다 왔다며?"

수미가 조르는 바람에 우리는 지금도 구해 보기 힘든 발리우드 영화들을 볼 수 있었다. 영어 자막을 따라가기는 어려워서 주로 뮤직비디오 같은 부분만 넘겨가며 보다가 나중엔 그냥 배경으로 틀어두었지만 분위기가 흥겨워졌다. 송이가 여주인공들의 사리를 엄청 탐냈다.

밤이 깊자 먼지 쌓인 선반에서 보드게임 상자들을 내렸다. 단순한 게임부터 머리를 좀 써야 하는 게임까지 두루 있었다. 영어로 된 설명서는 하주 남매가 얼마나 열심히 봤는지 이미 나달나달했는데 슬쩍 들춰보더니 재빠르게 설명해줬다. 한꺼번에 한 게임을 하기에는 사람이 많았으므로 여러 판으로 나누었다.

친구들이 식충식물 위로 사다리를 타고 지나가고, 고대 유적을 발견하고, 살인사건을 해결하고, 투르 드 모나코에서 레이싱을 하는 동안 나와 주완이는 슬그머니 이인용 게임으로 빠졌다. 정말 슬그머니였는지는 모르겠다. 우리 딴에는 슬그머니,라고 생각했다.

'배틀십'을 가장 오래 했다. 좌표판 위 상대방의 배를 추리해서 침몰시키는 게임이었다. 우리는 기가 막혔다. 마치 서로의 머릿속을 들여다볼 수 있는 것처럼 모형 배들에 가공의 포탄을 적중시켰다. 회를 거듭할수록 약간 무서울 정도로 적중률이 높아졌다. 그런 유의 심리게임을 몇개 더 하다보니 그 이상 하면 안쪽을 다 들켜버릴까봐 그만하고 싶어졌다. 촌스럽고 빤한 내 안을 보여주고 싶지 않았다.

몇년 전에 '배틀십'을 모티프로 동명의 영화가 만들어졌는데, 스토리 자체는 단순했지만 게임의 느낌을 잘 가져왔다고 생각했다. 보드게임이 영화가 되다니 처음 게임을 만든 사람들이 봤으면 굉장히 기뻐했을 텐데, 1931년의 게임이니 저승에서나 그럴 수 있었을 것이다. 그런데 그 영화가 연말에 그해 최악의 영화 후보에 오르고, 배역을 맡은 리한나가 최악의 여우조연상 후보에 거명되는 바람에 좋아했던 관객으로서 좀 속상했다. 원작 게임을 사랑한 사람들은 그 영화도 귀엽게 느꼈을 텐데, 그렇게까지 단점만 보고 지적하다니 영화계는 비정하다. 멀리 갈 것도 없다. 내가 작업한 영화들 중에서도 호평을 받은 건 고작 한두편에 불과하다.

23일은 목요일이었다. 24일은 방학식이었다. 한시간 늦게 가도 된다는 이유만으로 우리는 밤을 새웠다. 가벼운 디저트 와인과 맥주 몇캔을 마시고 나서 집에 가기 전 가글을 열심히 하며 듣키지 않으려고 애썼다.

주연이가 짝짝, 박수를 두번 치고 파티가 끝났음을 알렸다. 송이가 얼른 일어나 굉장한 균형감각을 뽐내며 한꺼번에 그릇 다섯개를 치웠다. 수미가 분리배출할 것들을 나누었고 민웅이가 의자를 옮겼다. 주연이가 부엌을, 찬겸이가 거실을 마무리할 동안 나와 주완이는 걸레질을 했다.

"영화 보러 갈래? 내일?"

엎드린 채 열심히 걸레질을 하며 주완이에게 물었다. 내 나름으로는 회심의 데이트 신청이었다. 무릎이 시렸는데, 그 집의 난방 문제였는지 스타킹의 눈사람 모양 때문이었는지 모르겠다. 주완이의 대답이 느렸으므로 내 걸레질은 점점 빨라졌다.

"응."

고개를 돌리니 주완이의 얼굴이 바로 옆이었다.

*

0029. MPEG

다른 조명은 켜져 있지 않고 TV의 빛만 주연이의 얼굴

위에 어린다.

주연　내 생각에, 인간이란 종은 아주 가끔을 빼곤 좀처럼 아름답지 않아. 아름다운 생물이 아냐.

나　그럼 언제가 그 가끔이야?

주연　플래시몹을 할 때? 아주 성공적인 플래시몹을 할 때 정도만.

카메라를 들고 주연이의 옆자리로 이동. TV에는 어딘가 다른 나라의 사람들이 쇼핑몰과 공연장의 중간쯤 되는 곳에서 춤을 추기 시작한다. TV 위로 검은 선이 반복해서 지나간다.

나　(내레이션) 주연이가 '내 생각에' 하고 한 말을 다 모으면 세상에서 가장 비관적인, 그러나 핵심적 진실에 극도로 근접한 잠언집이 나올 것 같다.

＊

우리 중에 대학 생활에 제일 잘 적응할 사람은 주연이라고들 여겼다. 가감 없는 솔직한 태도가 고등학생일 때도 대학생인 것만 같았으니까.

가서 마음껏 사회를 비판하고 토론을 하고 우리가 채워주지 못했던 부분을 채우며 우리를 잊겠지, 각오를 했었다. 그런데 예상과 달리, 여름이 오기도 전에 주연이는 과 생활을 거의 접었다.

"왜? 사람들이 별로야?"

"응, 별로야."

선배들이 후배들을 찍어 누르는 분위기가 영 맞지 않았던 모양이다. 폭음 후엔 꼭 한 놈이 다른 놈을 때리는 것도 눈살 찌푸리게 했고, 여성주의 세미나가 굴러가는 와중에 추행 사건과 강간 미수 사건이 연달아 일어난 것도 환멸감을 더했다. 강압적이고 교조적이고 전체주의적인 공기에 그대로 젖어들기엔 주연이는 이미 너무 많은 걸 읽은 다음이었다.

"소수자와 약자의 곁에 서겠다는 기치에는 완전히 동의하는데, 왜 함께 동의하는 사람들에게 애정이 안 생기지? 폭력에 반대하는 사람들의 분위기가 폭력적이면 어쩌라는 거야? 가끔 싫어하는 기성 정치인의 표정이 선배들의 얼굴 위로 지나갈 때가 있어. 이 사람, 결국 그런 게 되겠구나, 싶어지는 거지. 도저히 옆에 있고 싶지가 않아. 이 모든 걸 한마디로 표현할 수 있을 것 같은데, 뭘까?"

주연이가 답을 찾을 때까지 기다리며 고개가 이리저리 기우는 걸 보고 있었다.

"무엇보다 개인에 대한 이해가 없어. 그래, 그거야."

어쩌면 주연이는 학생운동이나 학과 자체보다는 그다지 진화하지 않은 인간 본성에 넌덜머리가 났던 걸지도 모른다. 도무지 참여적이거나 협조적이지 않았던 주연이에겐 곧 '부르주아'라는 딱지가 붙었다. 주연이가 내심 '반동분자' 역할을 즐겼을 거라는 게 나머지 친구들의 추측이었다.

"뭔가 좀 잘못 걸린 것 같아. 안 맞는 사람들 틈에 낀 것 같아."

비틀린 마음이지만, 나는 기뻤다. 대학교 사람들에게 주연이를 빼앗길 거라 걱정했는데 여전히 거의 매일 만날 수 있었으니까. 우리는 학교에서 돌아오다가 신촌이나 일산 쯤에 엎어져서 놀았다. 호수공원은 인공호수이긴 해도 굵은 비가 쏟아질 때면 장관이었다. 그런 날은 우리 둘밖에 없었고, 우산 위로 비의 충격을 느끼며 공격받고 있는 호수의 표면을 오래오래 바라보았다. 그 물의 색감, 냄새, 불법 방생한 물고기들이 몸을 사리는 기척이 주연이와 내 피부로 스며들었다. 불법 방생은 큰 문제였다. 물고기도 물고기지만 황소개구리떼가 한때 인공호수를 가득 메워서,

시 차원에서 황소개구리 축제를 열어 낚시를 하고 구워 먹기까지 했다. 시각적으로도 후각적으로도 충격이었다.

날씨가 좋은 날엔 사람들이 온통 돗자리를 들고 나왔으므로 차라리 쇼핑몰 쪽이 한적했다. 일산 인구에 비해 너무 많은 쇼핑몰이 들어선 탓이었다. 여러가지 비리에 대한 의혹과 소문들 위로 이 상가가 떴다, 저 상가가 떴다 했다. 스티커 사진기와 아케이드로 웅성거리던 쇼핑몰 높은 층들이 유령도시처럼 비어가는 것을 구경했다. 도시가 스테레오 액정화면의 막대그래프처럼 높낮이를 달리하는 걸 지켜보았다. 노후한 모델하우스가 큰 화재로 전소했고, 끝내 분양이 안 된 상가의 부실한 외장재가 태풍에 도로를 덮쳤다. 이식된 어린 가로수들이 계속 죽었으므로 어디선가 나무들이 끝없이 실려 왔다. 젖은 담요로 뿌리를 감싸고 트럭 뒤에 누운 나무들은 잠든 아이들 같았다.

주연이는 멀고 먼 통학길을 핑계 삼아 가는 둥 마는 둥 학교를 다니다가 복수전공과 부전공을 밥 먹듯 바꿨다. 서양사를 했다가 사회학을 했다가 영문학을 했다. 프랑스 문화원에 방학 내내 나가더니 그다음 방학엔 독일 문화원으로 방향을 틀었고 스페인어 학원도 오래 다녔다. 라틴어 계통이야 그렇다 치고 일어와 중국어 자격증을 땄을 땐 친구들도 화들짝했다. 그도 그럴 것이 주연이가 통과한 교육과정엔 한문 관련 부분이 뻥 뚫려 있었기 때문이다. 언젠가 어떤 남자애가 주연이에게 "너는 어쩜 그런 섬섬옥수로 공부를 하니?" 하고 추파를 던졌을 때, "그게 무슨 기계야?"라고 되물은 적도 있었다. 그런 애가 어떻게 일어와 중국어를, 얘도 보통이 아니긴 아니구나 싶었다.

이 갈지자걸음을 보통 회사에서 받아들이긴 힘들었을 것이다. 난다 긴다 하던 주연이였지만 서른군데쯤 면접에서 떨어졌다. 우리의 주연이가 면접이라고 또 굉장히 화사한 얼굴을 하지는 않았을 것이고, 결국 출판계행이 결정되었다. 출판계는 갈지자걸음을 '풍부한 소양'으로 쳐주었고 대신 엄청난 박봉을 지급했다.

"초봉이 천팔백이라고?"

전화 너머로 인도네시아에 계신 주연이 아버지가 펄펄 뛰셨다고 했지만 다행히 주연이는 연봉협상 때마다 평균보다 높은 인상률을 적용받았다. 중간중간 착취하다시피 하는 형편없는 회사들을 만났을 때는 과감하게 이직을 했다. 잘 풀린 편이었지만, 그것도 모두에게 가능한 일은 아니란 걸 확실하게 알고 있었다.

"이직도 당장 돌봐야 할 사람이 없는, 아픈 가족이 없는, 부모가 자식보단 부자인 나 같은 애나 마음대로 할 수 있는 건데, 그런 건 변하잖아. 대개는 아파지고 가난해지잖

아. 어떻게 요행을 믿고 살겠어."

십년이 넘게 계속 천팔백을 받는 편집자들도 있고 근로
기준법은 거의 지켜지지 않았다. 화장실에 갈 수 있는 횟
수가 정해져 있기도 하고, 탕비실 문을 아침에만 열고 잠
가버리는 곳도 드물지 않았다. 저자에게 받은 작은 선물
같은 것을 무조건 사장에게 바쳐야 하거나, 사이비 명상
같은 것을 강요받기도 하고, 사장에게 정신적 문제가 생겨
직원들이 책과 비품을 훔쳐간다며 책상 검사나 가방 검사
를 하는 회사까지 있었다. 그러니까 21세기에도 자칫 잘못
하면 폭압의 왕국에 살게 되어버리는 게 현실이었다.

"진보적인 사람들도 가짜가 넘쳐나지만, 그래도 노동자
들에겐 누군가 편들어줄 사람이 필요해. 절반쯤 불순물이
섞여든다 해도 조직이 필요하고."

결벽증적인 개인주의자가 그렇게 말한다면 정말 그런가
보다, 친구들은 수긍했다. 껍데기는 가라, 껍데기는 가라,
하던 애가 껍데기까지 일단 안고 가자고 말하게 된 것이
성장일지 타협일지는 아무도 확신하지 못했지만 말이다.

"너 그래도 자리 잘 잡았다. 대단해. 좋아하는 일 하잖
아. 그렇게 책을 읽어대더니만."

"모르겠어. 우리 업계에서 자리를 잘 잡으려면 사기꾼
이어야 해."

"그럴 리가."

"기본 교정교열도 못 보고 저자 관리도 못하는 낙하산이 허세만으로 높은 자리를 꿰차는 일이 허다해. 막상 진짜 일하는 사람들은 매출 다 올리고도 욕만 먹고."

"그런 건 어디나 그렇지 않을까?"

"가까이 가서 귀에다 소곤거려주고 싶어."

"뭐라고?"

"너 같은 건 가짜라고."

"으악."

"오래오래 살아서 싫어하는 사람들이 다 몰락하는 걸 보고 죽고 싶다."

"지독한 말을 잘도 하네."

"자꾸 사람들이 나보고 성질 좀 죽이라는데, 그런 사람들이랑은 말이 안 통해. 성질 죽이면 아무도 지켜주지 않는다는 걸 왜 몰라."

이상한 일이다. 나는 주연이가 지독한 말들을 할 때가 좋았다. 나에겐 예방주사 같은 말들이었다. 가끔은 예방주사 정도에서 그치지 않고, 세상에 대한 물렁한 기대들을 외과적 수술로 제거해주는 느낌도 들었다.

그러나 나처럼 모두 주연이를 좋아한 건 아니었기에, 주연이는 업무능력과는 상관없이 큰 팀을 맡지 못했고 대개는 팀원 없는 팀장에 그쳤다.

*

0030. MPEG

버스 정류장에서 우연히 발견한 이유진의 얼굴. 한 화
장품 회사의 프로모션으로 발효 에센스의 일반인 홍보대
사가 된 모양이다. 여전히 모공 없는 피부에 광택이 어려
있다.

나   (내레이션) 외국계 은행에 다니는구나. 괄호 안의
     나이는 우리와 같지만 어떤 경로로 지금에 이르렀
     을지 도무지 상상이 되지 않는다. 수월한 시간이었
     길 바란다. 민웅이가 이 광고를 봤을까? 어째선지
     못 봤거나 봐도 못 알아보지 않았을까 싶다.

시간을 달리해 다시 가서 광고판을 찍는다. 얼굴 뒤쪽에
서 빛이 들어오니 한층 그럴듯해 보인다. 정류장 옆에 세
워진 LED 막대 조명에 커다란 나방들이 들끓고 있다.

*

　지금은 일산에 CGV, 롯데시네마, 메가박스가 대규모로 들어선데다 시설도 영화 마니아들을 불러들일 만큼 좋아서 상상할 수 없는 일이지만 그해 여름까지 우리가 다니던 영화관은 한군데였다. 후에 3관으로 늘긴 했지만 당시까지 단관이었던 일산 최초의 영화관 나운시네마였다. 멀티플렉스란 말이 어색했고, 영화를 고르는 게 아니라 그저 다니는 극장이 있던 때였다.

　1999년 9월에 일산 롯데백화점에 전국 최초로 롯데시네마가 생겨 학교 애들은 좋아라 그쪽으로 몰렸다. 방학식 날이었으니 더 그쪽으로 몰릴 게 뻔했다. 아무래도 친구들과 마주치면 주완이가 낯을 가릴 것 같아, 나운시네마에 가서 표를 끊었다. 일말의 충성심도 있긴 했다. 방학식이 끝나고 바로 갔으니 열한시도 넘기지 않은 시간이었다.

　그러고 나서 다시 파주로 주완이를 데리러 갔다. 교복도 갈아입을 셈이었지만 한시간 거리의 파주로 돌아간 건 합리적인 동선 계산은 아니었다. 주완이가 그냥 일산으로 오는 게 더 빨랐겠지만 어째선지 나는 자연스럽게 주완이를 데리러 갔다. 혼자 멀리 나가는 모습을 본 적이 없었기에 무리시키고 싶지 않았다. 그랬다가는 데이트가 무산되지 않을까 하는 걱정도 있었을 것이다.

집에 가서 폭풍처럼 옷을 갈아입고, 언제 샀는지 기억도 나지 않는 학생용 파우더를 콧등에 두드렸다. 애초에 질이 좋지 않은 몇천원짜리 파우더여서 까만 얼굴이 동동 떴고, 어떻게 해도 갑자기 예뻐지진 않아 신경질을 내며 머리를 눌러 빗었다. 급하게 주완이네 쪽으로 달려가니, 이층의 발코니 덱에서 주완이가 기다리고 있었다. 평소의 회색 추리닝이 아니었다. 미묘하게 녹색이 묻어나는 청바지에 피코트를 입고 있었다. 나는 그때 피코트란 말을 몰랐지만 그렇게 생긴 코트가 주완이에게 얼마나 잘 어울리는지 감탄했었다. 흔한 디자인의 코트였는데 주완이가 입으니 달랐다. 조그만 생수병 목을 세번째 손가락과 네번째 손가락에 걸친 채 들고 있었는데 그렇게 느슨하고 멋지게 물병을 들 수 있구나 싶었다. 나를 발견하자 주완이는 다른 손에 있던 무언가를 입에 넣고 생수로 넘겼다. 웃으면서 크지만 섬세한 손을 흔들었다.

"아파?"

"알레르기 약. 콧물이 나서."

그렇구나. 하주에게도 콧물이 있구나. 나는 새로운 사실을 깨달은 것처럼 되풀이했다. 주완이가 현관으로 내려왔고, 모처럼 온 가족이 배웅하러 나왔다. 눈가가 언제나 피곤해 보이던 하주네 어머니와 그때가 거의 처음 제대로 본 것이었던 아버지, 이미 방학 모드로 완전히 돌입한 주연이가 빼꼼 내다봤다.

"뭐 봐?"

주연이가 물었다.

"토이 스토리 2."

내가 대답했다.

"여고괴담 2 안 보고?"

"응, 그건 롯데에서 해."

"나운 가는구나."

"응."

"너도 갈래?"

주연이가 어이없어하며 웃어서 민망해졌다. 아버지 쪽이 지갑에서 몇만원인가를 꺼내어 주완이에게 건넸다. 주완이는 잃어버리기 딱 좋게 바지 주머니에 돈을 밀어넣었고 가족들은 다시 집 안으로 들어갔다.

"갈까."

집에서 좀 멀어지자 주완이가 손을 잡았다. 뛰어온 내 손은 뜨거웠고 집 안에 있던 주완이 손은 차가웠다. 버스를 기다리는 동안 결국 두 사람의 손이 다 미지근해졌다. 이게 열전도구나, 나는 슬기로운 생활 책의 실험을 하는 초등학생처럼 기뻐했다.

버스에서 주완이는 겹겹이 일어난 버스 벽에 옆머리를 대고 졸았는데, 졸면서도 손을 놓지 않았으므로 섭섭하지 않았다. 똑같이 새벽까지 깨어 있었는데 나는 하나도 졸리지 않았다. 영화를 볼 때도 이 완전한 각성 상태는 계속되었다. 주완이가 팝콘을 사줬는데, 약간 이상한 말일지 몰라도 팝콘은 20세기가 더 맛있었던 것 같다.

영화를 보며 많이 웃었고 조금 울었다. 주완이도 글썽였기 때문에 나는 주완이가 인도 어디에 장난감들을 두고 왔나 궁금했다. 주완이가 버리고 온 장난감들과 아직도 가지고 있는 장난감들을 모두 보고 싶었다.

저녁은 아니고 간식으로 햄버거를 먹었다. 크리스마스 이브여서 저녁은 집에서 먹어야 할 것 같았다. 아빠는 '양놈 명절도 명절'이라며 가족 식사를 중요하게 생각했다. 주완이가 "한입 먹을래?" 하며 내 쪽으로 맛이 다른 햄버거를 내밀었다. 왠지 예쁘게 먹을 자신이 없어서 웃으며 거절했다. 그때 그 햄버거를 먹었어야 했는데, 지금까지도 후회가 된다. 나중에 궁금할 만한 것은 남겨두지 않는 게 좋은 것 같다.

돌아오는 길에 해가 졌다. 하주는 알레르기 약을 하나 더 먹고 졸고 있었고 나도 따라 졸았다. 둘 다 잠시 깼을 때

그애가 말했다.

"넌 모를 거야."

뭘 모르냐고 물었어야 했는데 그때는 그대로도 괜찮았다. 왜 몰라주느냐는 추궁이 아니라 미묘하게 다정한 단정이었으므로. 나는 내가 모르는 것들을 언젠가 알게 될 거라 여겼고 함께 기대어 조는 감미로운 시간들이 계속될 것이라 믿었다.

*

0031. MPEG

여름. 밖은 폭우를 동반한 태풍이 지나가고 있다. 주연이는 잠시 놀러 왔다가 돌아가지 못한 채 대나무 자리에 누워 있다. 다리는 방만하게 소파에 걸쳐졌다. 자기 집에서보다 더 편한 자세다. 휴대전화 게임을 하고 있는데 농장을 경영하는 내용의 게임인 것 같다.

주연　요즘 휴대전화 게임이 죄다 재미가 없게 느껴지는데, 그럼 게임이 재미가 없는 걸까, 사실은 사는 게 재미가 없는 걸까.

나 어쨌든 잠시 지우지 말고 둬봐. 하던 게임 너무
   쉽게 지우는 사람들은 냉정한 것 같아.

주연이가 내 이마에 손가락을 대고 나를 앱처럼 지우는
흉내를 냈다. 내가 고개를 흔들흔들거리자 이마 모서리,
가상의 엑스 표를 정말로 눌러버렸다.

나 나쁜 년.

앵글을 바꾸어 소파에 올라가 있는 주연이 다리와 내
다리.

나 (내레이션) 주연이와 영원히 그대로 있을 수도
   있겠다는 생각이 들었다. 나는 평화롭고, 세상은
   대홍수. 그렇게 이기적으로 멈춰도 될 것 같은 기
   분이었다.

                    *

내가 기억하는 건 냄새다.
어미 사슴은 풀숲에 숨겨놓은 아기 사슴의 눈물 냄새를

맡을 수 있다고 했다. 사슴마다 눈물 냄새가 고유해서, 바로 구별해낸 다음 달려가 달래줄 수 있다고 말이다. 우리 동네는 밤이 되면 사슴과(科) 동물들이 내려오는 사슴들의 나라였다. 특히 고라니나 노루가 많았다. 밤이 물러가도 눈물 냄새는 고여 있어 언제나 그 남은 입자들을 들이마시고 있었는지도 모르겠다. 그리고 그 속에서 나는 주완이의 눈물 냄새를 바로 알아차릴 수 있을 거라고 믿었다. 가끔 새벽에 그런 느낌이 들 때가 있었다. 지금 하주가 운다고, 우는 것 같다고, 한번도 우는 모습을 본 적이 없으면서도.

주완이가 혼자 산책을 간 것은 새벽이 아니라 늦은 오후였다. 나는 송이네에 있었다. 수미와 주연이까지 넷이서 송이네 언니들이 모아놓은 『앙앙』이나 『논노』 같은 일본 패션잡지를 구경했다. 평소에 나는 그 잡지들을 좋아했다. 같은 페이지를 보고 또 봐도 질리지 않았다. 잡지들은 너덜너덜해지면서 연륜이 붙어 오히려 잡스럽지 않아졌고, 소중하게 간직되었다.

하지만 그날은 잡지가 별로 눈에 들어오지 않았다. 그뿐만 아니라 친구들이 이상하게 불편했다. 수미는 그새 몇살은 더 먹은 것 같은 얼굴이었다. 나는 수미가 점점 좋지 않은 얼굴로 늙을까봐 불안해졌고, 그런 변화에도 아무렇지 않아하는 송이의 태연함이 어쩐지 얄미웠다. 대지진이 나서 우리가 벌건 맨틀 충까지 떨어진다 해도 송이는 늘 웃는 요괴 표정일 듯했다. 주연이는 그날따라 한마디도 없었다. 아니, 딱 한마디 했나? 송이 방 창밖을 바라보더니 이렇게 말했다.

"엄마 아빠가 우릴 이런 데 가둬놓다니 믿을 수 없어."

광활하다 싶은 풍경과 가둔다는 말은 좀처럼 어울릴 것 같지 않으면서도 착 붙었다. 그 말을 하고 나서는 입을 꾹 닫았다. 독설도 가끔은 받아주기 힘들지만 말하기 싫은 기분이라고 저렇게까지 한마디도 안 하면 어쩌나 싶었다. 모두가 불편했다. 유난히 불편했다.

창용 오빠네 갈까, 가서 남는 재료들을 가지고 장난을 치다 컵라면이나 얻어먹을까 고민했다. 궁리하면서도 먼저 일어서면 나도 친구들을 불편하게 만드는 셈일 것 같아서 잡지만 천천히 넘겼다. 읽을 수 없는 글자들을 미끄러지는 눈길로 따라다녔다.

"비가 올 것 같은 냄새가 나."

환기를 시키며 말했는데 친구들은 별 반응이 없었다. 우산이 없어도 별로 걱정하지 않던 때였으니까. 하얗고 두꺼운 겨울 파주의 하늘에선 어떤 기색도 읽기 힘들었다.

하지만 내가 했던 말도, 그날의 날씨도, 불편한 공기도 아무래도 조작된 기억일 가능성이 높다. 알면서도 그날과 비슷한 냄새가 나면 어쩔 수 없이 그날로 돌아간다. 의식적으로 세어보니 일년에 열여섯번 정도 그날 같은 공기를 느끼는 듯하다.

다른 사람들이 기억하는 건 소리다. 그리고 아마 주완이도 그 소리를 들었던 것 같다. 그랬을 거라고, 주연이가 그랬다. 결국 그날의 기억은 주연이가 집요하게 재구성해낸 것에 살을 붙인 여러 버전에 불과하다.

집 안에 있었더라면 듣지 못했을 것이다. 큰개가 아침부터 문을 긁었다고 했다. 누렁이는 어딘가로 사라지고, 큰개만 찾아왔다. 주완이는 내가 사준 운동화를 신고 털이 엄청 빠지는 파카를 입은 채 집을 나섰다. 웬일로 장갑도 끼고 있었다. 가족 중에 누가 샀는지 모를, 길에서 파는 얇은 니트 장갑이었다. 아이 손만 했다가 손을 넣으면 늘어져 손끝이 하얗게 벌어지는 그런 장갑. 눈이 새로 내려서 큰개에게 장난을 칠 마음이었을 것이다. 눈을 몇덩이 맞고, 눈밭에 비벼지고 나면 큰개는 흰 개가 되지 않을까 했을지도 모른다. 큰개는 씻기면 아마도 흰색일 거 같다고 자주 얘기했고 실제로 나중에 씻겨보니 흰색이었다.

마이클 케나의 설경 사진들을 생각한다. 이상하게 주완이를 생각할 때의 풍경은 매일 딛는 땅이 아니라 마이클 케나의 사진집 속 같다. 마이클 케나가 또 내한한다면 파주에서 작업을 해보라고 말해주고 싶을 정도다.

선과 면으로 풍경이 있고, 점 두개로 하주와 큰개가 있다. 씻기기 전인 큰개는 짙은 회색 점이다. 두 점은 별로 움직이지 않다가 그 소리가 들리자 둘이 함께 조금 커졌다 작아진다. 먼 곳에서부터 실려 온 폭발음이었다. 귀가 움찔 움직이는 것과 비슷하지만, 그보다는 둘의 가장자리가 바깥으로 살짝 밀려났다가 다시 말려든 것에 가깝다. 온몸으로 소리를 들으면 그렇게 되듯이.

시점은 멀리멀리 있다. 두 점이 움직이는 걸 볼 수 있을 만큼 간신히 거리를 유지한다. 소리를 따라, 빠르지도 느리지도 않게, 직선을 그렸다가 곡선을 그렸다가 하면서, 장난을 치고 그 장난을 무시하기도 하면서, 엎드린 생물과 선 생물이 함께 걸어간다.

주완이와 큰개는 이제 폐축사로 걸어들어간다. 흰색과 검은색의 세계는 사라진다. 아름다운 원경의 세계, 적절한 거리감의 세계에서 둘은 쫓겨난다. 희미한 악취가 나지 않을까, 주완이가 조심스레 킁킁거렸지만 눈 냄새만 날 뿐이었다. 큰개는 더 포착했을지도 모른다. 여러해 동안 눈의 무게를 이기지 못하고 반쯤 무너져버린 폐축사를 둘러본다. 언제 폐해진 건지도 알 수 없는 곳. 주완이는 생각한다. 어쩌면 이곳이 할아버지가 돼지를 키우던 곳인지도 모르겠다고. 아버지는 언제나 입버릇처럼 말하곤 했다.

"내가 파주에서 돼지 잡는 몽둥이로 맞고 자란 사람이다. 거기서 그렇게 맞고 자라 여기까지 왔다."

그 '여기'가 어딘지 몰라도 아버지는 흡족한 것 같았다. 동시에 돼지 잡는 몽둥이로 널 때리지 않는 것에 만족해라, 하고 말하는 것 같기도 했다.

어쨌건 주완이는 틀렸다. 그 축사는 젖소들을 키우던 곳이었다. 규모가 그리 크지 않아 착각할 만도 했지만 말이다. 점박이 젖소들은 사라진 지 오래였고 어떤 무늬도 남아 있지 않았다. 주완이가 폐축사에서 돌아나가려 할 때였다.

큰개가 다시 커졌다 작아졌다. 잠시 후 주완이도 커졌다 작아졌다. 작은개가 축사 끄트머리 가장 낮고 어둡게 무너진 곳에서 그들을 불렀던 것이다.

작은개는 보온에는 크게 도움이 되지 않을 것 같은 방수천 뭉치 위에 여섯마리의 새끼들과 누워 있었다. 이미 몇 마리는 죽은 게 확실했다. 나머지도 희망적인 상태는 아니었다.

큰개가 흥분해서 짖기 시작했고, 주완이도 크지 않지만

괴로운 소리를 냈을 것이다. 주완이마저 비명을 지르기 시작한 것은 그보다 몇걸음 깊이, 텁텁이가 철망에 매달려 있는 걸 발견하고서부터였다. 목이 매달린 채로 흘린 피는 굳고 진득해진 채로 철망에 엉겨붙어 있었다. 단순히 죽고 부패한 것 이상으로 텁텁이는 개의 형체를 잃고 해체된 모습이었다. 텁텁이는 큰개보다도 컸는데 납작해져버렸다. 차가운 공기 중에 냄새가 나지 않았으니, 부패마저 거의 끝났다는 얘기였다.

주완이가 낸 소리는 아무도 듣지 못했다. 우리 중에는 아무도. 한 사람만 들었다.

수호는 사십 미터쯤 떨어진 풀숲에 엎드려 사격 연습을 하고 있었다. 막 한발을 가까이서 쏴보곤 좀더 멀리 온 참이었다. 그 총을 발견한 후로 늘 쏴보고 싶었다. 탈영병을 찾으러 다니다가 제설함에서 발견했다. 아직 눈이 오기 전이라 아무도 열어보지 않았던 제설함에 자살한 탈영병이 두고 간 것이었다. 수호는 총과 제설 삽을 훔쳤다. 오래 기다렸다. 아무도 총을 찾지 않게 될 만큼 오래. 어떻게 다루는지 알아보는 데에도 시간이 걸렸다. 가스 조절기며 장전 손잡이며 모형과는 달랐다. 반동을 예상했는데도 어깨가 빠질 뻔했다. 하루에 두발씩만 쏘기로 마음먹은 게 얼마 전이었다.

총을 쏜다 해도 문제가 되지 않을 줄 알았다. 그 비슷한 소리는 얼마든지 나니까. 온갖 기계에서, 무언가 수월하지 않을 때면 그런 터지는 소리가 났다. 농기계에서, 공장에서, 타이어에서, 보일러에서 항상. 그게 아니라도 가깝고 먼 사격장들에서 그런 소리가 실려 올 때가 있었다. 이 동네 사람들은 눈 하나 깜짝하지 않을 줄 알았다. 죽은 개의 머리를 맞히고 싶었다. 목 졸라 죽인 개의 머리를 정확하게 꿰뚫고 싶었다. 이럴 줄 알았으면 살려둘 걸 그랬다. 그게 나았을 텐데. 사십 미터 떨어진 곳에서도 맞힐 수 있을지가 궁금했다. 가까이에서 쐈을 땐 몸통에 맞았는데, 거의 다 터져버리고 말았다. 한번 마저 쏘곤 표적을 바꿔야겠다고 생각했다. 새끼 개들이 시시한 표적일지 아닐지 고민할 때 웬 남자가 갑자기 나타났다.

들켰다는 두려움보다는, 더 나은 표적이 나타난 것에 대한 무의식적 반응으로 총구가 미끄러졌을 것이다. 우리는 수호가 아이처럼 당황하는 모습을 상상할 수 없었다. 수호는 무언가 우리는 알 수 없는 것, 알기 싫은 것에 잠겨 있어서 쳐다보기 불편한 얼굴이었다. 이를테면 포르말린에 잠겨 있는 태어나지 못한 동물을 볼 때의 얼른 고개를 돌리고 싶은 꺼림칙함이 있었다.

그 소리가, 모두가 들었다고 장담하는 소리가 울렸고,

수호는 머리를 맞히지 못했다.

하주는 목과 어깨 사이를 맞고 쓰러졌다.

큰개는 도망쳤다.

수호가 아이로 돌아왔다.

수호가 아이로 돌아온 것을 어떻게 알았느냐면, 침착하게 제설함에서 훔친 삽으로 폐축사 바닥에 주완이를 묻지 않았기 때문이다. 그랬으면 주완이는 오래도록 실종 상태에 있었을 것이다.

대신 하루 종일 쏘다니다가 더 걸을 수도 더 흥분할 수도 없는 상태가 되어 수미에게 말했다. 뭐라고 말했는지 기억하지 못할 정도로 울면서 수미는 다시 삼촌에게 말했다. 늘 사람을 때리던 그 삼촌에게 말이다. 어쨌든 삼촌은 어른이었고 어쩌면 그런 문제엔 딱인 어른이었는지도 모른다. 삼촌은 수호가 숨겨놨던 케이투 소총과 탄 몇개가 빈 스무발들이 스타나그 탄창을 보고 폭발했다. 케이투가 1980년대 중반에 보급된 총이므로 전방에서 복무한 삼촌은 그 총을 썼던 초기 세대에 속했다. 오랜만에 잡아보는 낯설고 검은 무기가 삼촌의 폭력성을 한층 자극했는지도 모른다.

"폐축사는 안 된다. 거기 집들이 들어선다고 했다."

수호를 죽기 직전까지 팬 다음에 삼촌이 말했다.

한밤중에 수미와 삼촌은 방수천에 싼 주완이와 개들을 끌고 산으로 들어갔다. 도처에 산이 얼마나 많은가. 그 속에 얼마나 많은 사람들이 묻혀 있을까.

그러나 주완이는 묻히지 않았다.

창용 오빠가 수미네가 낙점한 산에 먼저 들어가 있었다. 오빠도 아주 바람직한 이유로 산에 있었던 것은 아니다. 밤에 등산이 아닌 목적으로 산에 들어가는 사람들이 주로 그렇듯이 오빠만의 이유가 있었다. 오빠는 가끔 나무를 몰래 훔치곤 했다. 조각에 쓸 자잘한 목재였다. 죽은 나무도 조금, 산 나무도 조금 해서 묶어 내려올 참이었다.

그러다가 수미가 우는 소리를 들었다. 엉망으로 울고 있었을 것이다. 나무 그늘 아래 멈춰 수미네 외삼촌을 보았다. 동네 다른 청년들처럼 창용 오빠도 수미네 삼촌을 매우 싫어했다. 그냥 가야 할지 고민했을 것이다. 얽혀서 좋을 사람이 아니었다. 여자애를 때릴 것 같으면 그때 나서자. 때리지 않으면 그냥 내려가자. 창용 오빠는 나무처럼 나무 사이에 서 있었다.

우려했던 손찌검은 없었다. 보지 않았을 때 이미 맞은 건지 여자애는 울면서 손전등을 비추고 있었고, 여자애의 삼촌은 평소 성질이면 날뛸 만도 한데 나지막하게 욕만 계속했다. 언 땅을 파려면 욕이 나올 수밖에 없었을 것이다. 삽날이 나가지 않는 게 다행인 겨울이었으니까. 뭘 묻으러 왔나, 창용 오빠는 몇분만 더 보고 가기로 했다. 닭들인가? 죽은 닭들을 이런 데다 버리나?

작은 동물들이 몇마리 구덩이로 떨어지는 걸 보고 돌아서려 했을 때였다. 창용 오빠는 운동화를 보았다.

본인이 고른 운동화였다. 나와 함께. 크림색 운동화가 방수천 바깥으로 나왔던 것이다.

수미네 삼촌은 제설함에서 수호가 훔친 삽을 들고 있었다. 그 일이 끝나면 씻고 또 씻어서 돌려놓을 참이었다. 수미네 삼촌과 삽이라니 좋지 않은 조합이었다.

하지만 창용 오빠가 들고 있었던 건 도끼였다. 평소라면 예술적인 조합이었겠지만 이때는 아니었다.

삽과 도끼라면, 도끼가 이긴다.

늙은 망나니와 젊은 조각가라면, 조각가가 이긴다.

"하지만 어쩌면 내가 거기 없었던 게 나았을지도 모르겠어."

이삿짐을 싸다가 창용 오빠가 말했다. 인영 언니가 목장갑을 낀 손으로 남편의 등을 어루만지고 다시 짐을 싸기 시작했다. 아니에요, 아니에요, 하고 내가 대답했던 것 같은데 속으로 했는지 밖으로 했는지 모르겠다.

그 일이 있고 반년이 지나지 않아 창용 오빠네는 강원도로 이사를 갔다. 동료 작가들이 다 같이 강원도로 옮기던 참이기도 했지만 오빠도 끝내 그날밤을 이겨내지 못한 것이라고 생각한다.

창용 오빠의 신고로 수미네 외삼촌은 징역을 살아야 했고, 조사와 재판 과정에서 진범으로 끝까지 의심되었지만 결국 모든 것이 밝혀졌다. 수미와 수호는 각기 다른 감호 시설에 갔다. 남매가 떠나고 축 처진 할머니가 업자에게 닭들을 헐값으로 판 다음에 조용히 동네를 등졌다.

14세 미만은 중범죄를 저질러도 형사처분의 대상이 아니다. 살인을 해도 집단 강간을 해도 처벌받지 않으며 일정 기간이 지나면 사면과 복권으로 기록이 사라진다. 끔찍한 일들을 저지르는 아이들은 보통 그 자신이 끔찍한 세계에 갇혀 있다는 걸, 아무도 그 아이들을 거기서 구해주지도 심지어 똑바로 쳐다보지도 않았으리라는 걸 알지만 현실에서 어떤 지독한 사건이 실제로는 끝나지 않았는데 법제적인 차원에서는 끝나버리면 기이한 불일치감이 남고 만다. 분노나 억울함 같은 게 아니라 불일치감이 잘 낫지 않는 습진처럼 남았다. 수호를 떠올릴 때마다 그 아이가 커서 만원 전철을 타고 있는 모습을 지울 수 없었다. 수많은 사람과 몸이 닿은 채로, 수호가 수호 특유의 멀고 잠긴 표정으로 서 있는 걸.

수호가 어떻게 살고 있는지 궁금하지 않다. 만약에 내가 수호에게, 다른 누군가가 수호를, 어떻게든 미리…… 그런 부질없는 가정들은 때로 균형감각을 흐트리고 구역감을 동반했다. 수미가 제대로 인사도 못하고 우리 인생 밖으로 걸어나가야 했던 것에 대해서도 생각하는 걸 미루었다. 벽제에서 주완이를 태울 때 내 앞에 서 있던 주연이의 뒷모습만이 계속 어른거려서, 위태롭게 정적이던 그 단발머리 뒷모습만이 끈질기게 엉겨서 얼얼했다.

"안 벗겼어."

돌아보지도 않고 주연이가 말했다.

"운동화 안 벗겼다고. 벗기려고 했는데 내가 안 된다고 했어."

그때 주연이가 어떤 표정으로 그렇게 얘기했는지, 타고 녹았을 운동화는 어떻게 되었을지 영원히 알 수 없을 것이다. 끝까지 보지 않고 나왔으니까.

얼얼하지 않았으면 좋았을 것이다. 그때 그 모든 감정들을 제때 소화해냈어야 했다. 그랬으면 나는 망가지지 않았을 것이다. 주완이 말을 빌리자면 제대로 평선했을지도 모른다.

적어도 덜 망가졌을 것이다.

*

0032. MPEG

엄마가 오렌지를 깐다. 아이 머리만 한 커다랗고 껍질이 두꺼운 오렌지인데, 그걸 마치 배고픈 다람쥐처럼 양손으로 들고 앞니를 과격하게 껍질에 박아넣는다. 그다음에 일어난 껍질 밑에 손톱을 넣어 전체적으로 까기 시작한다.

나   엄마는 오렌지를 왜 그렇게 까?

아빠   응, 나도 궁금했어.

엄마   나 평생 이렇게 깠는데?

나   오렌지 칼이라는 것도 있고, 그런 걸 쓰지 않더라도 보통은 꼭대기를 칼로 잘라낸 다음에 손으로 까잖아. 아니면 통째 썰어서 껍질 부분을 잡고 먹는가.

아빠   그치, 말은 못했지만 좀 이상했어.

엄마　왜? 더러워? 침 묻힐까봐?

나　　전혀 그런 건 아닌데 그런 식으로 계속 까다간 이
　　　가 다 상할 거 같아.

엄마　(입에 손을 가져다댄다.) 상하려나⋯⋯

아빠　도구를 사용해, 도구를. 사람이잖아. 쥐처럼 이빨
　　　이 계속 자라는 것도 아니고.

엄마　나 쥐 같나, 역시? 쥐상이란 말은 자주 들었는데.

나　　다람쥐 같아. 쥐는 아니고.

아빠　어머니 안 드려도 될까?

엄마　어머님은 외국 과일 안 좋아하셔. 주무시게 둬.

나　　(내레이션) 엄마가 오렌지를 그런 식으로 깐다는
　　　걸 최근에 알았다. 평생을 같이 살아도 낯선 습관
　　　들을 발견할 때 이상한 안도를 느끼는 건 어째서
　　　일까.

*

엄마 아빠는 미술학원을 끊어줬다. 도저히 어째야 할지
몰랐을 때, 내가 한 말이 미술학원에 보내달라는 것이었
으므로 구원처럼 여기고 그대로 들어주었다. 그렇게 마비

된 상태가 아니었다면 그 지겨운 입시미술을 참아내지 못했을 것이다. 끝나지 않는 계단이라든지 열기구라든지 크게 확대한 나사 같은 걸 끊임없이 긋고 있었다. 그리는 게아니었다. 그냥 긋는 거였다. 한번은 컴퍼스를 침으로 고정하고 연필 쪽을 돌리는 게 아니라, 반대로 연필로 고정하고 침을 돌리는 바람에 손에 원형으로 핏금이 가기도 했다. 그렇게 말끔하고 완벽한 원의 일부로 상처가 생겼는데 얕은 상처라 안도했는지 더 깊이 나길 바랐는지 어긋난 기분이 들었다. 그날 돌아오는 길에 외울 단어장에는 'numb'이 있었다. 넘, 넘넘, 하고 발음해보니 감각이 없다는 뜻을 닮은 어감이었다. 주완이가 좋아했던 단어일 거란 확신도 들었다. 확신이란 건 얼마나 쓸데없는지.

친구들에게서 조금 멀리 있을 필요도 있었다. 주연이를 보면 주완이가 생각났고, 모두 모여 있으면 수미가 생각났다. 나는 미술학원에 일찍 가서 늦게까지 있었고 학교에는 일부러 지각했다. 늦은 버스를 타면, 버스 기사님들은 나와 함께 파주의 부족한 버스 대수를 욕했다. 차도 부족하고 정비 상태는 형편없으며 기사도 모자라다고 했다. 세시간씩 걸리는 운행을 하루에 네번 해도 힘든데 다섯번씩 시킨다고, 가끔 자고 있는지 운전하고 있는지 모르겠다는 고백도 했다. 그런 고백을 저한테 하셔도 되나요, 저 그런 버스에 타고 있군요, 기겁할 만도 했지만 그러지 않았다. 무섭지 않았다. 무섭지 않은 상태는 정말 무서워해야 할 상태다.

미술학원 남자애들, 더 나아가 강사들, 대학 동기들, 다른 과 남자애들, 동아리 선후배들, 회사원들을 사귀기 시작했다. 그런 일을 겪으면, 그러니까 첫사랑이 초등학생한테 살해당해버리면 다시는 연애를 못 할 것 같지만 그렇지도 않았다. 나는 주완이와 조금이라도 닮은 남자애만 보면 저돌적으로 접근했다. 이를테면 비슷한 체형, 비슷한 옷, 비슷한 머리카락 굵기, 비슷하게 외국에서 살다 온 경험, 비슷한 입술, 비슷한 손발, 비슷한 체취, 뭐라도 비슷한 게 있다면. 사람이란 건 크게 봐서 얼마나 다 비슷한가. 심지어 나는 주완이처럼 눈 밑에 자그만 흉터가 있는 남자애들도 만났다. 남자애들은 늘 눈 밑을 다친다. 그런 흉터는 널리고 널렸다는 걸 모르지 않으면서도 여하튼 망설임 없이 달려갔다. 의외로 남자애들은 저돌적인 여자애를 좋아한다.

그중에 기민한 축들은 금방 나한테서 뭔가 죽은 것의 냄새를 맡았다. 무슨 일이 있었느냐고 물어본 사람도 있었고 알면서도 모르는 척한 사람도 있었다. 모르는 척하는 표정을 고마워했다. 죽은 것의 냄새가 나는 것치고 나는 좋은 여자친구였고, 남자애들도 결혼할 게 아니라면 약간 미친 여자애가 연애하기 더 재밌다는 걸 잘 알고 있었다. 안기고 안기고 안겼다. 충돌하듯이 안겼다. 속해 있는 모든 집단의 추문이 되었지만 어떤 충격파도 안쪽까지 닿지 않았다. 납옷을 입고 걸어다니는 것 같았다. 그렇게 마취된 상태로 이년을 보냈다. 그리고 감각이 돌아올 때는 저리기 마련이다.

어느날 나는 주연이에게 전화를 걸어 물었다.

"앤트워프는 어떻대?"

"무슨 앤트워프?"

"주완이 앤트워프에 있는 거 아니야?"

"……뭐?"

그 주연이의 "뭐?"가 너무나 억누른 "뭐?"라서 나는 나한테 이상이 생겼음을 바로 알았다. 정말로 이상했던 점은 내가 지도에서 앤트워프를 짚어낼 수 있긴커녕 그게 어느 나라에 있는 도시인지도, 어떤 풍경을 한 도시인지도 몰랐다는 것이다.

대체 어디서 앤트워프를 들었을까. 어디서부터 엉클어진 걸까.

＊

0033. MPEG

엘 그레코의 그림, 「복음서 저자 성 요한」. 슬라이드를
벽에 비추고 있다.

요한은 놀랍게도 주완이를 닮았다. 요한이 든 잔에는 빛
깔이 묘한 새끼 용 같은 게 들어 있다.

나 (내레이션) 연기로 피어오르는 용이 독배를 상징한
    다는 건 나중에 알았다. 주완이를 닮았다. 어느 도
    시의 어느 미술관에 가든 주완이를 미친 것같이 닮
    은 초상화가 있다. 그런 얼굴들이 어느 나라에나 어
    느 시대에나 있었던 것이 분명하다.
    나는 한동안 주완이가 독살당했다고도 생각했다.

＊

우리는 다만 멀어졌다.

주완이는 앤트워프에 있기도 했고, 시카고에 있기도 했
고, 멜버른에 있기도 했고, 싱가포르에 있기도 했고, 그것

도 아니면 서울에 있었다. 어찌 되었든 우리는 멀어졌다. 이어져 있다는 기분은 예전에 사라졌고 서로가 서로를 부끄러워하고 불편해하는 사이가 되어버렸다. 흑역사라고 말하는 십대 때의 착각. 실수. 부주의.

일년에 한두번 마주쳤다. 아예 마주치지 않는 해도 있었다. 나보다 훨씬 근사하고 품위 있는 여자를 만날 때도 있었고, 때론 실망스러운 상대를 만날 때도 있었다. 관망하거나 기분 나빠했다.

주완이의 얼굴은 변했다. 건강이 걱정될 정도로 투명하던 부분은 사라지고 칙칙해졌다. 노화가 시작되었다. 마르고 뼈대가 크지 않은 사람이 늙을 때 주로 그러듯이 점점 줄어들고 파삭해졌다. 그 와중에 배는 나왔다. 좋은 슈트를 입었으며 파주의 맨땅엔 부적절하기 그지없는 가죽창 로퍼를 신고 세단을 몰았다. 도무지 회색 티셔츠라곤 어울리지 않는 사람이 되어버렸다.

나로서는 이해할 수 없는 직업들을 가졌다. 직함을 듣고도 대체 뭘 하는지 알 수 없는 직업들이었다. 동시에 혹은 연속적으로, 결혼을 하고 이혼을 하고 재혼을 했다. 딸을 데리고 다니기도 했고 아들을 데리고 다니기도 했고 개를 데리고 다니기도 했다. 여전히 개는 좋아했다. 하지만 그 개조차 어째선지 마뜩잖았다. 무슨 무슨 먼 나라의 왕족이 키우던 순혈 중의 순혈을 유지하느라 기형이 된, 불행한 개들이었다. 개의 종은 계속 바뀌었다.

서로를 무시했고 서로의 명함을 찢으며 살았다.

멀어졌다. 단지 그뿐이다. 부식토 같은 냄새와 질감을 띠며 자연스럽게 변질되었다.

"아냐, 그런 일은 일어나지 않았어. 그런 나이까지 가지 못했어. 오빠는 죽었어."

"한번만 더 말해줘."

"오빠는 죽었어."

"죽었구나. 알고 있어. 죽은 거 알고 있는데."

"……대머리가 되었을 거야. 만약 살아 있었더라면. 양쪽 할아버지들 다 대머리였으니까. 안 어울렸을까."

"똑똑한 프랑스 남자처럼 보였을지도 몰라."

"그랬을까."

"잘생긴 대머리가 되지 못하고 죽어버렸구나."

습지에 빠졌다. 왜? 낚시를 하려고 했나? 습지에는 어째선지 항상 축구공이나 농구공 같은 것이 하나씩 떠다녔다. 물이 천천히 흘러 일년 넘게 비슷한 자리에 떠 있는 공도 있었다. 눈에 거슬려서 바람 빠진 공을 건지려고 했는지도 모른다. 그런 공들은 외로워 보이고 불쌍해 보이니까. 얕은 곳은 낚시꾼들도 종종 찾지만 의외로 깊은 곳이 많다. 어둡고 발목을 잡는 것들이 잔뜩 도사린 물이다. 주완이는 빠졌고, 죽었고, 건져냈더니 물이끼가……

차에 치였다. 건설장비를 실은 커다란 트럭에, 신호등이 없는 길에서, 파주는 신호등 있는 길이 더 드물었으므로 둔해빠진 녀석이 치여버렸다. 노인들이 종종 치이곤 했다. 밭과 밭 사이를 빨리 건너려다가 하루에 네다섯번씩 먼 길을 오가는, 혹사당하는 운전사가 미처 못 본 사이에. 그처럼 치여 운동화가 멀리 날아갔다.

차에 타고 있다가 죽기도 했다. 주완이의 부모님이 귀국해서 넷이 차를 타고 가다가 추돌사고가 나서 주완이만 죽어버렸다. 다른 가족들은 가볍게만 다쳤는데 혼자 머리를 부딪혀서 눈에 보이는 상처도 없이 죽어버렸다.

피를 토하기도 했다. 바닥이 찬 그 집에서, 엎드린 채 경련을 일으켰다. 알 수 없는 누군가가 주사기로 우유팩에 무언가 더럽고 나쁜 것을 넣었다. 주완이를 노린 것인지 아무나 먹고 죽어버렸으면 했던 것인지도 분명치 않았다. 우유팩의 입구를 옆으로 한방울도 흐르지 않게, 삼각형이라 해야 할지 오각형이라 해야 할지 뾰족하게 뜯던 주완이가 그렇게 죽었다.

군대에서 의문사를 당하기도 했고, 자살을 하기도 했고, 오인사격으로 죽기도 했다. 군인이 된 주완이를 떠올리면 가능한 죽음의 수도 급격하게 증식했다. 모든 죽음이 동시에 진행되었다. 그중에 어떤 것이 진짜 일어난 일인가 가려내려다가 그중에 어떤 것도 일어나지 않았다는 것을 깨달았지만 그 과정은 반복되었다.

동맥류가 터졌다. 손쓸 수 없이, 부풀어 있던 혈관이 터졌다. 림프종에 걸렸다. 위암처럼 흔한 암과 탯줄암처럼 흔하지 않은 암에 걸렸고, 뇌종양도 주먹만 하게 자라났다. 길고 느리게 진행되는 유전병들도 있었으며, 미확인 급성 바이러스, 독감, 비브리오 패혈증, 심각한 간 질환과 신장 질환, 온갖 종류의 이물질로 인한 질식이 있었다. 평소에 건강 섹션은 잘 읽지도 않는데 어째서 이 모든 것들이 머릿속을 어지럽혔는지 아직도 알 수가 없다.

한번은 전철역에서 누군가 철로로 뛰어내려 자살했을 때, 머릿속에서 일어나던 이상한 덧씌우기가 또 발동되고 말았다. 역사 사람들과 119 구조대가 상황을 파악할 때였다. 이용객이 적은 역이라 목격자가 없었다. 플랫폼까지 체액이 흥건히 튀어 있었는데, 붉을 줄 알았던 체액은 '쥬시쿨' 색깔이었다. 복숭아맛 쥬시쿨의 옅은 분홍색 체액 위로 뒤늦게 내려온 엄마와 어린 아기가 무슨 일이 일

어났는지 모르고 걸어갔다. 아기의 신발이 체액을 밟는 걸
보고 내 머리 어딘가에서 퓨즈가 잘못되었다. 그래서 나
는 주완이가 떨어졌다고, 뛰어내린 게 아니라 누군가 밀었
다고 했고 사람들은 그 말을 믿었다. 울고 있는 나를 역장
이 벤치에 앉혔다. 누군가 CCTV를 확인하러 갔고 사람들
이 힘을 합쳐 전차를 밀어 들어올렸다. 물론 주완이가 아
니었다. 사십대 여성이었고 사람들은 당황했다. 핸드백에
서 유서가 발견될 때까지 나는 혼란스러운 상태였고, 구조
대원은 안정될 때까지 나를 보내주지 않았다. 한번 더, 다
른 역에서 같은 일을 겪었으나 그때는 괜찮았다. 아무렇지
도 않게 전철을 타고 죽은 사람 위로 지나갔다. 소생이 완
전히 불가능한 걸 확인하면 그렇게 위로 지나가기도 한다
는 걸 알았다. 스크린 도어가 생긴 건 얼마나 다행인지. 한
사람의 죽음이 여럿의 균열을 더 크게 벌리던 시절이 끝났
다. 몇사람이 휴대전화 카메라로 현장과 뛰어내린 사람의
시신을 찍고 있던 모습이 기억난다. 그건 그것대로 망가진
게 아닌가 한다.

　"이상한 얘긴데, 나는 오빠가 결국 못 살아남았을 거라
생각해."
　"왜?"

"오빠한테는 그런 구석이 있었어. 시편 같은."

"시 얘기하는 거야?"

"아니, 도자기를 구울 때 시험 삼아 불을 보려고, 혹은 유약을 가늠하려고 넣는 파편이야. 아니면 포도밭에 심는 장미 같은 거."

"장미는 뭐지?"

"일부러 병충해에 약한 종의 장미를 포도밭 앞줄에 심어서, 미리 다가올 피해를 파악하는 거야."

"카나리아 비슷한 거구나? 광산의."

"응, 오빠가 이 모든 걸 견디지 못했을 것 같아. 아니면 이 모든 게 오빠를 견디지 못했거나…… 결국 죽었을 거야. 겨우 버틸 만큼 예민하고 부서져 있었어. 오빠는 이미 그랬다고."

"나는 그래도 주완이가, 결국은 그 금 간 부분을 흔적 정도로만 남게 이어붙여서 뭔가 다른 게 되었을 거라 생각해. 죽지 않았더라면. 가끔 머릿속에서 주완이랑 영화를 만들어. 온갖 고장 난 부분들을 제어하는 법을 배워서 그 불안을 가지고 아름다운 걸 접어내고, 병든 부분을 오려서 모빌처럼 바람에 흔들리게 해."

"그건 멋지네. 나는 단정 짓는 걸로 버텼는데, 너는 그 반대로 갔구나. 그리고 넌 꼭 오빠처럼 말해."

"너처럼 말하기도 해. 나는 너희 두 사람처럼 말해."

　때로는 아무 일도 일어나지 않기도 했다. 주완이는 결국
그 집에서 벗어나지 못하고 유폐된 상태로 어른이 되었고,
나는 그런 주완이를 사랑하기도 질려 하기도 다시 사랑하
기도 하면서 파주와 서울을 오갔다. 아무 일도 일어나지
않는 것에 우울해하기도 하고 감사해하기도 했다. 서로를
소모하고 소모하다가 헤어지는 결말과 그래도 헤어지지
않는 결말이 있었는데 빈도수는 비슷했다.

　주연이와 엄마가 나의 상태에 대해 이야기를 나눈 다음,
적지 않은 시간을 들여서 대학병원에서 검사와 상담을 받
게 되었다. 숨죽이고 기다렸던 결과는 내게 큰 이상이 없
다는 것이었는데, 허탈했다.

　"그럼 뭐가 잘못된 건가요?"

　"애도를 정상적으로 하지 못한 경우 같습니다. 다큐멘
터리에서 엄마 침팬지가 새끼가 죽었는데 놓지 못하고 안
고 다니는 거 본 적 있으시지요? 사람도 생각보다 자주 그
럽니다. 더 심각한 증세가 나타나지 않는다면 조금 지켜봅
시다."

　건조하디건조하게 생긴 의사가 지금 나를 침팬지에 비
유한 건가, 아니, 침팬지 친근하긴 한데, 기가 막혔지만 어

쟀거나 휴학을 하고 심신의 안정을 찾아야 했다. 아무리 생각해도 주연이가 끊임없이 나와 이야기해준 게 무엇보다 도움이 된 것 같다. 나의 망상을 삭제하고 삭제해줬던 주연이는 정작 그 시간을 어떻게 지났는지 모르겠다. 내가 너무 잔인했다.

"한번만 더 말해줘. 여기 쳐다보면서 말해줘. 녹화해두게. 다시는 말해달라고 안 할게. 미안해."

"아니, 괜찮아. 언제든지 말해줄게. 오빠는 죽었어."

"어떻게 죽었어? 내가 기억하는 게 맞아?"

"맞아. 어린애가 탈영병이 제설함에 두고 간 총으로 쐈어."

"수호가."

"수호가 그랬어. 지금은 공사장이 된 축사에서."

"개가, 개들이."

"두마리는 죽고 한마리는 어디 갔는지 모르고 한마리는 내가 키웠어. 씻기니까 흰색이었던 큰개. 작년에 늙어서 죽었어."

"수호 친구들을 봤어."

"봤구나. 언제?"

"지난주에. 지지난주에."

"그런데?"

"엄청 커버렸더라. 걔네는 몰랐을까?"

"뭐를?"

"수호가 축사에 드나들던 걸. 남자애들은 자랑하고 싶어하지 않나? 총이고 개고, 뭐든 숨겨둔 걸."

"이제 와서는 알 수 없지."

"알고 싶지 않아?"

"별로. 너는?"

아무에게도 말하지 못한 건, 때로 죽은 것이 주완이가 아니라 나일 때도 있다는 것이었다. 그날 개를 쫓아간 건 주완이가 아니라 나였다. 어깨가 뜨거워지는 느낌과 함께 마지막으로 느낀 건 미풍, 삽 끝, 더러운 흙 맛. 나는 발견되기도 하고 발견되지 않기도 했다. 발견되지 않은 경우 오래오래 땅 밑에 있었다. 그 느낌에 빠지면 삼일이고 사일이고 잤다. 아무도 나를 깨우려 하지 않았기 때문에 더더욱 죽었다는 생각이 들었다. 그리고 죽지 않은 주완이의 망상 속에 내가 있기 때문에 이상한 잔영들이 남아 있는 것만 같았다. 내가 주완이를 생각하는 게 아니다. 살아 있는 주완이가 죽은 나를 헷갈려 하고 있다. 그래서 나까지 헷갈리는 것이다. 땅 밑에서 혼란스러워하는 것이다.

여기를 쳐다보면서, 내가 살아 있다고 말해줘.

그렇게는 부탁하지 못했다.

*

0034. MPEG

주완이가 살아 있었으면 좋아했을 영화들의 포스터를 찍는다. 극장에서 찍는 경우가 가장 많고 전철역의 광고나 옥외 광고도 적지 않다. 상영 없이 바로 VOD로 직행한 수입 영화들은 잡지에 실린 것이나 소개 화면을 찍는다. 모두가 좋아하는 영화부터 마니악한 영화까지, 예술 영화부터 슈퍼히어로물을 거쳐 B급 코미디까지, 오리지널과 리메이크를 가리지 않고 명작과 괴작을 가로질러 모은다.

아마 이 포스터 수집은 영영 끝나지 않을 것이다. 주완이가 이 영화들을 사랑했을지 사랑하지 않았을지, 사실은 모른다. 다만 멀리 대척되는 것들 사이를 선으로 그었을 때 매듭처럼 겹치는 부분 위에 주완이의 선택이 있었을 거라고 믿을 뿐이다. 그토록 단순한 짐작이다. 영화는 리메이크되고 리부트되는데 사람은 돌아오지 않는다는 것을 영영 받아들이지 못하면서 계속한다.

*

　우리가 다시 서로를 만나게 된 것은, 더이상 버스를 타지 않게 되었음에도 끊임없이 일부러 만나게 된 것은 두번의 죽음이 더 있고 나서였다.

　민웅이네 사촌형들 중 한명이 이삿짐센터에서 알바를 하다가, 어쩌다 그랬는지 레일 사다리에서 떨어졌다. 칠층 높이였고 그날 유난히 기분이 좋아 보였다고 한다. 더운 여름이어서 맥주를 마시지 않았을까, 목격자들은 추측했다. 움직이는 사다리 판 위에서 춤을 췄다는 이야기도 있었다. 오후 두시, 수많은 사람들이 보는데 떨어져버렸다. 부주의한 사고라고 하기에도 말을 아끼게 되는 일이었다.

　그후 형제들의 모든 게 달라졌다. 가장 유쾌했던 형이 그렇게 가자 나머지 형들은 점잖아져버렸다. 그런 게 가능한 집안인 줄 몰랐다. 얌전한 머리들을 하고 취직을 했다. 파주 LCD 공장에 들어갔고, 서울에도 몇명 갔고, 수원 창원 울산 포항 대구를 옮겨 다녔다. 개성공단에도 들어갔다. 파주에 본가가 있는 많은 젊은이들은 개성공단에 다수 향했다. 놀라울 정도로 가까운데다가 돈을 많이 줘서였다. 그쪽 일이 완전히 어그러질 때까지 순탄치 않은 시기에도 조용히 버텼다. 조용하다는 말이 그 오빠들을 설명하는 데

쓰일 줄은 몰랐다.

민웅이는 어느날부터인지 부상을 입은 것처럼 움직였다. 달리는 모습을 보지 못하게 되었다. 우리 몰래 숨어서 달리는지는 몰라도, 늘 뛸 수 없는 사람처럼 움직였다. 몸에 돌던 활기가 어느 배수구론지 흘러나가버렸다. 달리지도 뛰어넘지도 기어오르지도 않게 된 민웅이는 동네에 돌던 그 형제들의 전설을 끝내버렸다.

그리고 송이의 승무원 동기가 살해되었다. 그건 우리만 겪은 게 아니고 전 국민이 다 아는 사건이었다. 성폭력 전과자가 모는 불법 위장 택시를 탔다가 변을 당했다. 직접적으로 친했다거나 같은 비행팀이었던 건 아니지만 송이는 큰 충격을 받을 수밖에 없었다. 한동안 유니폼을 입고 출근하는 것을 부담스러워했다. 늘 자랑스레 입던 유니폼이었는데, 갑자기 표적이 된 것 같은 느낌에 괴로워졌다. 그전까지 송이는 그 유니폼을 입고 안전과 친밀함 속에 있었다. 승객들이 내리면서 해주는 말이 좋았다. 덕분에 잘 왔어요, 웃는 모습에 나까지 좋아요, 정말 친절하세요…… 심지어는 유명한 국가대표 축구 선수가 비행이 끝날 때쯤 기내 면세점에서 초콜릿을 사서 송이에게 선물한 적도 있었다. 별다른 의도 없는 순진한 선물이었다. 비행기 밖에서도 마찬가지라 어느 도시에 가나 더 밝은 인사를 받곤 했는데, 누가 같은 옷을 입은 사람을 해쳤다. 송이와 다른 면만큼이나 다르지 않은 면을 많이 가지고 있었을 같은 나이의 여자를 바닥의 인간이 살해했다. 그렇게 가까운 곳을 바닥의 범람물이 무도하게 침범한다는 걸 깨달은 순간부터 악성 승객들을 더 흔히 만나게 되었다고 송이는 말했다. 그때부터 만났다기보다는 그전엔 분명히 보지 못했던 게 틀림없다. 악의란 것은 평소엔 잘 숨어 있으니까. 자세히 봐야 괴물 얼굴이 보이는 벽지 무늬처럼.

그래서 우리는 다시 모였다. 각자 '그런 일들도 일어난다'는 걸 통감하고 나서야 그런 이야기를 하기에 옛 친구들이 제격인 걸 깨달았다고 할 수 있겠다.

"내 생각에, 인간은 잘못 설계된 것 같아."

주연이가 말했을 때 아무도 '왜 또?' 하고 반문하지 않았다.

"소중한 걸 끊임없이 잃을 수밖에 없는데, 사랑했던 사람들이 계속 죽어나갈 수밖에 없는데, 그걸 이겨내도록 설계되지 않았어."

우리는 그렇게 모여서 함께 망가지고 고장 나고 그러다 한 사람씩 사라질 것을 예감했으나 이른 포기의 달콤함 같은 것이 깃들어 있어서 그리 무거워지진 않았다. 열개의 인디언 인형처럼 하나씩, 운이 좋으면 길게 머물 것이고 아니라면 순식간에 사라질 것이다. 순서를 기다리면서 담 담하게 먹고 마시고 생일파티를 하고 경조사를 챙겼다. 살 아진다는 어른들의 말에 진저리를 내면서도 살아졌다.

반복해서 가까워졌다가 멀어졌다가 떠났다가 돌아왔다 가 할 것이다. 다른 친구들과 새로운 그룹을 형성하고 낯선 도시에서 살 것이다. 영원히 쿨한 갱은 존재하지 않는 다. 존재한다 해도 어쨌건 나는 거기 소속이 아니다. 그렇게 생각하면서 친구들을 만나는 게 편안했다.

서로의 결점에 대해 너그러워졌다. 민웅이의 무기력에 대해, 찬겸이의 엘리트주의에 대해, 주연이의 쓰디쓴 부분에 대해, 송이의 방랑벽에 대해…… 아마 친구들도 나의 어떤 부분을 참아주고 있을 것이다. 일단 복합성 애도라 해야 할지 뭐라 해야 할지 그 시기를 참아준 것만 해도 고맙다. 변화할 수 없는 부분에 대해서는 변화를 요구하지도 직언을 하지도 않았다. 서로의 얕은 수와 비굴한 계산까지도 웃음으로 넘겼다. 못나면 못난 대로 살아 있어달라고 말하고 싶었는지도 모른다. 한껏 멀어졌다가 다시 가까워지고 나서, 우리는 늘 서로의 안위를 걱정했다. 찬겸이는 무려 호신용 스프레이와 호신봉을 다섯 세트 사와서 나눠주기까지 했다. 우리 중에 가장 건장한 민웅이는 약간 당황해했다.

"왜 내 것까지……"

"남자도 살해당해."

단호하게 찬겸이가 대답했다. 그런 찬겸이도 세계가 우리를 살해하기로 결심하면 어쩔 수 없다는 걸 알고 있을 것이다.

뉴스의 사상자 명단. 그 파란 리본 위로 이름이 지나가지 않는 것. 그것만으로도 행운이라고 여기는 간결함 위에 우리의 우정은 이어져왔다.

*

0035. MPEG

찬겸   자, 심리 테스트야. 가장 먼저 생각나는 고사성어 두개를 말해봐. 너무 오래 생각하지 말고 바로.

주연   절치부심, 와신상담.

송이   군계일학, 설왕설래.

나   주마가편, 다다익선.

민웅   일장춘몽, 감탄고토.

찬겸   ……첫번째가 인생관이고 두번째가 연애관이었어.

민웅 송이, 설왕설래가 연애관이라니 야한데?

주연 그보다 감탄고토는 민웅이한테 딱이다.

나 다다익선이라니.

찬겸 주연이는 왜 그렇게 복수가 일관된 테마야?

주연 넌 뭐였어?

찬겸 계륵, 독야청청.

*

독야청청한 찬겸이는 발치의 신이었다. 다른 건 몰라도 발치만은 지지 않는다며 자부심을 드러냈는데, 치과 치료만은 꼭 귀국해서 받는 송이의 증언에 따르면 정말로 꽤 잘 뽑는다고 한다. 송이는 찬겸이에게 사랑니 두개를 맡겼다. 더 일찍 뽑은 두개는 뽑을 때도 엄청 아프고 염증도 오래갔는데, 찬겸이가 뽑은 두개는 이틀 만에 아물었다고 했다.

"힘으로 빨리 뽑는 게 중요한 게 아니야. 그렇게 뽑으면 덜 다칠 거라고 착각들 하는데, 사실 잇몸이 흔들리지 않게 뽑는 게 핵심이지."

찬겸이는 주로 임플란트 전문 치과 체인을 옮겨다니며 페이 닥터로 일했다. 서울 경기 지역일 때도 있었지만 대개는 지방이었다. 그전에 우리는 의사도 그렇게 뜀뛰기를 하며 살아야 한다는 걸 알지 못했다. 전문직은 살고 싶은 곳을 골라 한곳에서 오래 살 수 있을 줄 알았던 것이다.

찬겸이는 이사를 할 때마다 집들이를 했다. 아무 연고도 없는 지역들이었다. 개인주택 이층일 때도 있었고, 조그만 아파트일 때도 있었고, 저수지가 보이는 식당 꼭대기일 때도 있었고, 공터에 돌연하게 들어선 건물의 원룸일 때도 있었다. 찬겸이는 팔도 어디에서나 적응을 잘하는 것 같았다. 논밭 한가운데 들어선 아파트에서 자랐기 때문일지도 모른다.

연고가 없다는 데에서 오는 편안함이 있다는 걸 찬겸이를 통해 알게 되었다. 아무도 아는 사람이 없다는 것. 어떤 풍경도 풍경 이상의 심상을 가져오지 않는다는 것. 거기서 언제든 떠날 수 있다는 것. 그 지역의 문제와 사건으로부터 자유롭다는 것. 우리는 부지런히도 찬겸이네 집들이를 다니며 지역 특산물을 먹고 찬겸이의 횅한 집에 필요한 물건들을 들여놓았다. 바쁠 때면 갈 수 있는 사람만 갔지만 아무라도 가기는 꼭 갔다. 송이와는 영상통화를 했다. 이르거나 늦거나 많이 먹거나 많이 걷던 집들이들이었다.

우리가 가면 찬겸이가 스케일링을 해주었다. 친구 앞에서 입을 하마처럼 벌리려니 어색했지만 그래도 이내 고분

고분해졌다. 스케일링에 보험이 적용되기 전이었다. 고맙고 미안했다.

"나중에 내가 병원 차리면 다 돈 받을 거야, 걱정 마."

민웅이는 끌려가다시피 해 치아 미백까지 받았다. 찬겸이는 담배 때문에 변색된 민웅이의 이를 보고 견디지 못했다. 오래 툴툴거렸지만 민웅이도 그렇게 억지로 미백을 받은 다음부터는 담배를 약간 줄인 듯도 하다.

지역 유지분들이 좋은 아가씨들을 꽤 소개해주려 했는데, 찬겸이는 참한 여자 취향이 아니었다. 몇년 새 외모에 대한 기준이 높아지고 또 높아져서 일관되게 아슬아슬한 분위기를 풍기는 엄청난 미녀들에게만 빠졌다. 굳이 설명하자면 낮에는 유능한 직장인이지만, 밤에는 어디서 누구와 뭘 할지 잘 상상이 되지 않는 그런 분위기 있는 여자들 말이다.

"시스루 블라우스도 좋고 뾰족한 손톱도 좋아. 생각나서 미치겠어."

매번 단체 채팅 창에 실시간으로 푸념을 늘어놓는 찬겸이었다. 같은 건물의 사무원이기도 했고 거래 은행의 행원이기도 했다. 찬겸이가 그 아름다운 여자들에게 얼마나 말도 안 되는 방식으로 접근했는지, 들을 때마다 황당했다. 시작이 황당한 만큼 연애는 늘 오래가지 못했고 그 세세한 파탄의 과정은 친구들에게 큰 재미를 주었다.

"여자친구가 클럽을 너무 좋아해서 걱정이야."

"애초에 클럽에서 만난 거잖아?"

"응, 하지만 거절을 잘 못하는 성격이라 영 물가에 내놓은 애 같아."

"거절을 못했으니 너한테 넘어간 거 아냐?"

"나한테 넘어온 건 좋지만 다른 놈한테 넘어가는 건 싫지."

"물가에 돌아다녀야 수영도 배워. 경험이 없으면 수영도 못해. 여자친구가 수영 못하면 좋겠어?"

"아, 궤변으로 가고 있잖아. 나는 심각하다고. 그만 놀려."

대개는 놀림으로 끝났고 귀엽던 분홍색 통통이가 헌팅남이 되어버린 게 남동생의 방에서 발견하지 말아야 할 것들을 발견한 듯한 기분이 들게 하지만 우린 모두 찬겸이의 행복을 바란다. 찬겸이가 돈을 많이 벌고 원하는 상대랑 결혼해서 예쁘고 분홍색인 아이를 낳으면 좋겠다고 말이다. 설령 엄마 쪽을 닮아 분홍색이 아니라도 귀여워해줄 심산이다. 찬겸이의 삶이 순탄하기를 원한다. 어차피 나머지들은 순탄하기는 글러먹은 것 같아서 찬겸이가 우리를 대표해 순탄함의 아이콘이었으면, 우리 몫의 순탄함까지 모두 누렸으면 하는 것이다. 찬겸이는 열몇살 때 이렇게 살겠다, 정한 대로 정말 살아가고 있다. 아무것도 강탈

당하지 않고 방해받지 않고, 아직 목적지에 닿지는 않았지만 처음 설정한 그 방향 그대로 순항하고 있다. 그럴 수 있는 사람이 대체 몇이나 될까. 너무나 드물어서 그런 사람이 있다는 걸 아는 것만으로도 조금은 안전한 기분으로 살 수 있을 것 같다. 찬겸이가 우리 틀니를 해줄 때까지.

*

0036. MPEG

인도 신화 책을 읽으면서 주연이를 기다리고 있다. 삽화의 아름다운 인도 신들을 찍는다.

카페 문이 열리고 주연이가 들어와서 이쪽 테이블로 올 때까지 녹화를 유지한다. 책등을 보더니 주연이가 흐흥, 하고 웃는다.

주연   왜? 이제 크리슈나 신한테 구해달라고 하게?

나   (내레이션) 나는 어째서 친구들이 배우라도 되는 것처럼 특정한 반응을 이끌어내려고 할까.

"미국인이 아닌데 미국인 학교에 다니는 건 쉽지 않았어. 나도 힘들었지만 오빠는 더 힘들어했던 것 같아. 처음 영어를 잘 못할 때는 대놓고 무시들을 했고, 영어를 하게 되고 나서는 은근하게들 그랬지. 나는 상대적으로 그렇게 심하게 당하지 않았어. 오빠는 말을 잘하게 되고 나서도 계속 심하게 당했던 것 같아."

"인종차별?"

"인종차별이기도 했고, 뭔가 남자들끼리의 문제이기도 했을 거야. 어디나 똑같아. 우월하고 선진적인 대단한 사회가 있을 거라는 기대는 안 하는 게 나은 거 같아."

"하주는 친구가 없었어?"

"있었어. 있는 게 문제였어."

"왜?"

"학교는 초록색 철망으로 둘러싸여 있었어. 종종 인도 학생들이 철망 바깥에 기대서 시비를 붙이기도 했거든. 근데 어느날 오빠한테 쿠키를 내밀었어."

"쿠키?"

"이자르 나기. 이자르 나기가 오빠한테 쿠키를 줬어. 대마초 쿠키를."

"먹었어?"

"먹었다고 했어. 그리고 차를 타지 않기 시작했어."

"걸어서 다녔다고? 그럼 안 돼?"

"외국인은 차 없이 다니면 위험해. 집집마다 기사가 딸린 차가 있었어. 어떤 집은 가족 수만큼. 특히 미성년자들은 꼭 차를 타야 해. 납치도 많고 납치보다 더한 일도 많으니까. 처음 반복해서 배우는 게 그거야. 절대로 차에서 내리지 말 것."

"절대로?"

"절대로. 큰길에서 벗어나지 말 것. 해가 지기 전에 귀가할 것. 오빠는 그 규칙들을 하나도 지키지 않기 시작했어."

"부모님이 걱정 안 하셨어?"

"걱정하셨지만 그래도 친구가 생긴 게 다행이라고 여긴 거지. 이자르 나기가 그 지역 정치인의 아들인 것도 마음에 들었던 것 같아. 유명한 집안의 아들이면 괜찮을 거라고 덮어둔 거야."

"안 괜찮았어?"

"두 사람은 인도에 존재하는 모든 마약을 시험했어."

"몰랐어?"

"몰랐던 건지 알고 싶지 않았던 건지 모르겠어."

"그럼 언제 알았어?"

"오빠가 병원에 실려 갔을 때. 오빠 심장이 이분 정도 멈췄을 때. '에이치 앤드 시'를 했다고 했어."

"그게 뭐야?"

"헤로인이랑 코카인을 섞은 거야. 코카인은 심박수를 증가시키고 헤로인은 느리게 해. 두개를 섞으면 심장이 엉망이 돼."

"그런 일이 있었구나."

"오빠는 겨우 살아났고, 이자르 나기는 오빠 옆 침대에서 죽었어."

"죽었어?"

"죽어버렸어."

"그저 학교 때문에 그러지는 않았을 거야, 하주가. 학교는 여기도 끔찍한걸?"

"학교 때문만은 아니었어. 솔직히 난 엄마 아빠가 오빠를 대하는 방식이 싫었어."

"어떤 면에서?"

"일부러 오빠를 끔찍한 사건들에 노출시켰달까. 그런 면에서 난 남자들도 굴절 속에 있다고 생각해. 강철처럼 두드리면 더 단단한 남자, 그놈의 사나이가 될 거라 강요하는데 강철인 남자랑 세라믹인 남자랑 다르니까. 두드리면 깨지는 남자도 얼마든지 있는 거 아냐? 나약한 게 아니라 아예 종류가 다른 건데."

"하주는 세라믹이었구나."

"오빠 세라믹이었지. 그건 남자냐 여자냐와는 별로 상관이 없는 거라고. 차라리 나를 그런 사건들에 노출시켰으면 아무렇지 않았을지도 몰라."

"어떤 사건들?"

"교민 사회의 남자들은 교민이나 여행객이 실종되면 수색대가 되어야 했어. 웬만큼만 나이를 먹으면 누구나. 대부분 사라지는 건 여행객이었어. 낙천적인 걸음으로 위험한 지역에도 성큼성큼 들어가버리는 경우가 많아서 골치가 아팠어. 깨달음을 얻겠다고 오는 부류가 제일 그랬지. 인도가 아무리 문화적으로 풍부한 곳이라 해도 인생과 우주의 진실이 곧바로 주어지리라 기대한다면, 그거 서구 애들이 하는 오리엔탈리즘이라고. 신비화해버리는 걸 멍하게 따라 하면 어떡해? 꾸역꾸역들 여행을 와서 꾸역꾸역들 사라졌지."

"그렇게 흔히?"

"응, 잊을 만하면 그다음 누군가가 비슷한 패턴으로. 인구에 비해 경찰력이 모자라고 행정이 잘 돌아가지 않으면 실종자를 어떻게 찾아야 하는 줄 알아?"

"몰라."

"조직폭력배들에게 부탁해야 해. 우리나라도 예전엔 사람 찾는 데 조폭들이 나섰다며?"

"주완이가 찾으러 다닌 건 누구였어?"

"큰 시험에 붙었다 그랬는지 큰 회사에 들어갔다 했는지 하여간 큰일을 앞둔 청년이었어. 세계의 작동 방식을 똑바로 보겠다는 마음으로 배낭여행을 온 거지. 그 사람, 매일매일 집으로 전화를 했는데 어느날 뚝 끊긴 거야. 부모가 대사관에 연락을 하다가 별수 없으니까 현지에서 움직여줄 사람을 구하다가 아빠에게까지 연결이 닿았어. 아빠는 또 일하다 알게 된 조폭에게 찾아가서…… 그보다, 이상하지 않아? 어떻게 하면 일하다 조폭을 알게 되지? 윗세대들의 일하는 방식이란."

"그래서?"

"그래서 어느 지역에서 사라졌는지는 대충 알게 되었어. 함피에서 다음 행선지로 가는 도중에 사라졌더라고."

"거기 하주가 간 거야?"

"오빠를 포함해 교민 남자들은 다 갔어. 서넛씩 조를 짜고, 사람을 더 고용해서 수색작업에 들어갔는데."

"찾았어?"

"일부만. 하필이면 오빠가 찾았어. 죽인 건 사람이었겠지만 훼손한 건 야생동물들이었을 거야."

"아."

"게다가 유족들에게 인계할 때까지 마땅한 시설이 없어서 소금에 절여야 했어. 유족들이 그 몸을 받아들고 어땠을지 생각하고 싶지도 않아. 그리고 오빠도 그런 일에 계속 노출되어선 안 되는 사람이었는데, 어느 순간 고장이 났던 걸 거야."

"맬펑션……"

"오빠가 그랬어?"

"응, 나는 모를 거라고 그랬어. 이 얘기들이었을까?"

"말하지 말 걸 그랬나. 나도 화가 나서 그랬나봐. 아빠는 늘 그랬거든. 내가 파주에서 돼지 잡는 몽둥이에 맞고 자란 사람이다, 그래서 이만큼 성공했다, 자수성가하려면 험한 것도 보고 자라야 한다. 그리고 엄마는 그 말들로부터 오빨 지켜주지 않았고."

"지켜야 되는지 모르셨을 거야."

"나도 결국 엄마와 마찬가지였어. 이젠 각자의 한계라는 게 있다는 걸 알지만 한동안은 화가 났었어. 화가 나서 견딜 수가 없었어. 항상 화가 나 있는 사람은 싫잖아."

"파주로 돌아온 건 어째서였어?"

"할아버지 땅이 남아 있었고 오빠가 차를 못 타니까. 후유증 때문이었는지, 늘 차에 타야 한다고 강요받았던 것 때문인지, 여섯시간씩 내려주지 않는 인도의 버스 때문이었는지, 웬만해서는 차를 못 타게 되어버렸으니까. 승용차든 버스든 여기는 차 없이 살 수 없는 동네고, 걸어서 갈 수 있는 데에 유흥가고 뭐고 아무것도 없으니까 오빠를 가두기 좋다고 생각한 거지."

"그리고 부모님은 인도네시아로 가신 거고."

"그렇게 바로 말이야. 친척들이 말이 많았을 거야. 인도네시아에도 한번 더 가야 할 텐데."

"거긴 어때?"

"인도네시아도 흥미로운 나라야. 섬들로 되어 있어서 비행기는 잘 만드는데 자동차는 잘 못 만들어."

"그렇구나."

"자식이 한번 죽었다 살아나면 소중해지는 경우도 있고, 눈도 못 마주치고 견딜 수가 없어서 도망치는 경우도 있어. 그럴 수 있다고 생각해. 더이상 화가 나진 않아."

"내가 모를 거라 그랬던 부분들은 이게 다일까?"

언제나 자신만의 답을 가지고 있는 주연이조차 대답하지 못했다. 그렇구나. 나는 이 모르는 상태에 영원히 놓여 있을 것이다. 주완이 말이 맞았다.

                               *

0037. MPEG

송이가 가방 안에서 조그만 양철 캔을 사람 수대로 꺼낸
다. 캔 뚜껑에는 작은 꽃무늬들이 그려져 있다.

송이 부피 큰 건 못 사왔어. 고체 향수야.

각자 뚜껑을 열고 조금씩 발라본다. 다 같이 손목을 킁
킁거리고 있다.

나   (내레이션) 내 건 라일락이었다. 하나도 가공되
      지 않은, 있는 그대로의 꽃 냄새 반, 풀 냄새 반이
      었고 한동안 손목에서 그 향이 났다.

                               *

송이는 혼자 돌아올 때도 있었고, 필립과 함께 돌아올
때도 있었다. 필립은 송이가 한국에 데리고 들어온 유일한
남자친구였다. 뉴욕에 사는 폴란드 사람 필립. 폴란드, 필

립. 외우기 좋았다.

얼굴이 작은데 앞니는 크고 복슬복슬한 필립은 외모만 봐도 즐거워 보였다. 외모 그대로의 성격이라 항상 우리를 위해 새로운 농담을 준비해 왔는데, 시와 농담은 원래 문화권을 벗어나면 잘 전달이 되지 않고 그의 유럽식 영어도 우리에겐 늘 듣기평가 같았다.

"영어가 편한 주연이는 사교성이 없고, 사교성이 좋은 민웅이는 영어를 못하니…… 통탄할 일이야."

찬겸이 말이 맞았다. 그래도 민웅이는 재밌는 유튜브 동영상이라도 보여주며 필립에게 호응했다. 찬겸이는 버섯볶음을 '진균류 요리'라고 잘못 표현한 다음부터는 말수가 급격히 적어졌다.

"영어학원을 그렇게 오래 다녔는데 머시룸도 바로 안 떠올라."

주연이는 중구난방인 대화를 잘 듣고 있다가 오류를 잡고 부연설명을 해주는 편이었다. 자리가 끝날 때쯤 되면 이야기를 하는 건 주로 필립이었다. 필립은 특히 나를 위해 뉴욕의 미술관들이 지금 무슨 전시를 하고 있네, 첼시 갤러리들 중 어디가 요즘 핫하네, 미술가 누가 뜨네, 열심히 설명해줬다. 그럴 때면 어째선지 중요한 일은 거기에서만 일어나고 여기에선 아무 일도 일어나지 않는 것같이 느

꺼졌다. 필립의 잘못은 아니었다.

송이와 필립의 아파트에 머물며 뉴욕을 걸어다녔을 때에도 늘 그런 느낌이 들었다. 모든 일들이 여기서 일어나고 그에 비하면 세계의 나머지는 공백 비슷한 거구나. 서울은, 한국은 멀리서 보면 세계의 파주 비슷한 곳일지도 모르겠다. 빛나는 도시에 꽤 가까우면서도 어찌해도 메인 무대는 아닌 어정쩡한 땅 말이다. 유럽의 몇 도시, 미국의 몇 도시에 사는 사람들만이 그들이 사는 곳이 메인 무대라고 여기고 살아가는지도 모른다. 그밖의 곳에서는 어떤 사람이나 어떤 것이 유난히 뛰어나고 특별하면 그런 도시들로 '진출'해야 한다. 떠나고 옮겨서 거기서 다시 인정받아야 한다. 그 번거로운 과정을 거치지 않아도 된다는 건 특혜임이 틀림없었다. 지지난 세기, 지난 세기에 세계가 한쪽으로 편입되어버렸기 때문에 아시아나 아프리카의 도시들은 아무리 매력적이어도 복사본이나 분점이다. 국수 고명처럼 색깔을 맞추기 위해 가끔 포함된다. 새삼 분한건 아니고, 세계가 세계를 삼키면 그렇게 되는 거구나 싶을 뿐이다.

"나도 비슷한 기분이었어. 미드타운의 알짜배기 노른자 땅에 있는 사십층짜리 출판사 건물들을 봤을 때, 특히. 우리나라 출판사들은 이제 서울에 몇 남지도 않았는데 비교

되더라. 사실 그 빌딩의 한층이나 반층 정도는 우리가 지어줬을 거야. 수출과 수입의 불균등을 생각하면."

나보다 먼저 송이를 만나러 다녀온 주연이가 말했다.

주연이는 따로 숙소를 잡아 지냈는데 송이가 나에겐 꼭 자기 집에서 지내야 한다고 강권에 가까운 고집을 부렸다. 꺾을 수 없었다. 송이는 맘만 먹으면 도무지 꺾이지 않는 여자니까 말이다. 주연이는 몰라도 나라면 뉴욕이 꿀꺽 삼켜버릴 거라고 여기는 듯했다. 마음속으로 베이비, 베이비, 잇츠 어 와일드 월드, 하며 노래를 불렀는지도 모른다. 본인은 새벽까지 활보하면서 나는 왜 자기 보호 아래 있어야 한다는 건지 이해도 안 되고 자존심이 상했지만 결국 졌다. 송이가 혼자 사는 것도 아니고 필립과 함께 사는 아파트에 그렇게 기어들었다. 여행 경비가 빠듯하기도 했다.

거기서도 나는 오래오래 잤다. 사이렌 소리에도 깨지 않았다. 종종 잠에서 깰 때는 송이와 필립이 굽는 폴란드식 애플파이 냄새가 났다. 솔직히 다른 애플파이와 뭐가 그렇게 다른지 잘 파악하지 못한 채 한조각씩 얻어먹었다. 먹고 있으면 필립은 주워온 동물에게 밥을 먹일 때의 흡족함으로 나를 쳐다봤다. 대체 송이가 뭐라고 해둔 건지 궁금했지만 물어보지 못했다.

주연이가 내가 어디어디를 가야 할지 미리 계획해 서른

두 장짜리 가이드북으로 만들어줬기 때문에 매일 그대로 따라다녔다. 리스트엔 온갖 미술관들이 다 들어 있었다. 영화미술을 하고 있다고 해서 모든 종류의 미술에 지대한 관심을 가지는 것은 아닌데, 나는 친구들의 선입견에 대해 지적하길 포기했다. 보다보니 즐겁기도 했다. 통하긴 통하니까. 대체 통하지 않는 분야가 있긴 있는 것일까 싶기도 하다. 그렇게 보고 돌아온 전시들에 관해, 한국의 미술 관련 잡지와 관련 없는 잡지들이 일년 내내 다루는 것을 읽고 나서 내가 뭘 보고 온 건지 알았다.

나는 왜 떠나지 않았을까. 이를테면 할리우드를 향해. 송이에겐 가능했던 일이 왜 나에게는 불가능할까. 건강성, 생명성이라 해야 할지 재생성이라 해야 할지 그런 것이 송이에겐 있고 나한테는 없어서인 것 같다. 송이와 나 사이엔 어떤 분명한 종(種)적 차이가 있었다.

그 차이에 대해 결국 분명히 알지 못한 채, 뉴욕에서 돌아왔다.

"그래서 요즘은 누굴 만나? 누구였지, 전에 만나던 사람?"

송이의 옛 남자친구들은 연대표로 정리해야 할 만큼 복잡하지만 필립은 삼년째 잘 붙어 있었다. 나는 송이보다는 덜해도 나대로 좀처럼 오래가지 않았다. 송이는 전화로만 듣던 사람들 이야기를 늘 헷갈려 했다.

"지난번에 물어봤을 때랑 같아. 로케 담당이었다가 요즘은 다트 바 해."

"아, 필립 다트 좋아하는데. 주연이는 누구 안 만나?"

"안 만나. 우리나라엔 백석 이후로 그만큼 잘생긴 남자가 태어나지 않았어."

"나타샤냐."

"웃기시네. 언제는 옛날 사람들이 지나치게 과대평가받는다 그래놓고는."

무슨 말인지 못 알아듣는 필립을 위해 송이가 간단한 설명을 했다. 옛날 시인이야. 잘생겼었나? 잘생겼었지. 몇년생이지? 찬겸이가 얼른 찾아보고 1912년이라고 말해줬다. 그러자 필립이 주연이를 놀리기 시작했다. 나타샤가 아니라 버지니아라 이름하라고 짓궂게 굶었다. 그렇게 남자를 안 만나면 버지니아라고.

"이 양놈 새끼가 귀엽다 귀엽다 하니까."

주연이가 웃으면서, 하지만 확실하게 쏘아붙였다. 필립은 한국어는 거의 알아듣지 못하지만 금방 눈치를 채고 놀리기를 그만두었다. 살기는 만국 공통어였다.

매운 건 전혀 소화를 하지 못했기 때문에 필립은 주로 간장 소스가 들어간 걸 좋아했다. 고춧가루엔 넌더리를 냈다. 거기까진 뭐 상관없는데 냉면이 무슨 맛인지 도저히 모르겠다는 말에 다 같이 충격에 빠지고 말았다. 이해할 수 없는 신 국물에 이해할 수 없는 질긴 국수라고 했다. 우리도 난감하게 느낄 폴란드 음식이 있겠지만 냉면이 맛이 없다니, 냉면이 맛이 없다니. 엄청난 문화 차이였다.

그래도 우리 집 국수는 좋아했다. 엄마는 송이와 필립이 오면 임금님이나 받을 만한 상을 차려줬다. 그럴 것까지는 없었는데 한식 문화대사라도 된 듯한 사명감으로 며칠 전부터 준비를 했다. 예전에 찬겸이가 학회에서 친해진 케냐 치과의사를 데리고 왔을 때도 엄마는 그 타이 딕스를 닮은 잘생긴 사람의 배를 뻥 터뜨려서 보냈다. 주로 외국인 위장 혹사 전문이었고, 엄마가 그럴 땐 말릴 수가 없다는 것도 알고 있었다. 나는 왜 말릴 수 없는 여자들 틈새에서 살고 있을까, 자조하며 보조해서 상을 차렸다. 필립은 의외의 메뉴인 갈치구이를 좋아해서 혼자 열토막씩 먹어댔다. 큰 한마리가 넘지 않나 싶을 양이었다. 엄마는 젓가락으로 갈치를 바르는 법을 필립에게 가르치려고 노력했지만, 결국 포기하고 포크를 주었다. 필립은 포크로 먹다가 손으로 먹다가 하면서 세상에서 제일 맛있는 생선이라고 했다.

송이와 필립이 언젠가 헤어진다면 우리 엄마도 슬퍼할 거란 생각이 든다.

*

0038. MPEG

새벽에 장사 준비를 하고 있는 주방. 엄마와 할머니와 요리사 두분이 바삐 움직이고 있다.

나   엄마, 나 하다 하다 안되면 여기 와서 일해도 돼?

엄마   웃기지 마. 이게 장난인 줄 알아? 안 돼. 그리고
        가게 넘기라는 사람이 몇인데. 넌 네가 알아서
        해. 다 팔고 노후엔 편하게 살 거야.

나   할머니, 나 안 돼?

할머니 나한테 묻지 마라. 난 곧 죽고 없다.

엄마   우리 이사 갈 거야. 강화도든 이천이든 도자기
        가마 있는 데 가서 도자기나 굽고 살 거야.

나   엄마, 도자기 굽는 거 그렇게 재밌어?

엄마   배울수록 재밌어. 왜 더 일찍 안 배웠나 몰라.

나   나도 엄마 닮아서 똑같은 거 반복해서 여러개
        만들라고 하면 잘 만든다? 손이 엄마 손인가봐.

엄마   그래?

*

　남자친구는 로케이션 매니저였다. 그럭저럭 긴밀한 팀이기도 했고 이 영화 저 영화에서 몇번 만났다. 인상이 강한 사람은 아니었다. 청바지 핏이 좋네, 정도였다. 길이와 밑위와 품과 워싱이 어느 것도 과한 것 없이 딱 적당했다. 그런 바지를 찾으려면 노력이 들지 않나 싶었다. 스스로를 잘 알고 있다는 증거로도 보였고 말이다.

　"예산, 예산, 예산이라고요? 우리 팀은 주차, 주차, 주차인데."

　그렇게 말하며 남자친구가 웃었다. 우연히 차를 얻어탄 날이었다. 그럴 법하다고 생각했다. 백명씩 움직이면 주차야말로 큰 문제다. 팀마다 고충이 있구나, 끄덕였다. 주차 문제에 짜증이 나서는 아니었지만 그 무렵부터 남자친구는 영화 일을 그만하고 싶어했다.

　"돈 제때 못 받는 거 지긋지긋해요. 지긋지긋해 죽겠어요. 돈은 제대로 줘야지."

　영화에 아무런 환상을 가지고 있지 않다는 것이 왠지 좋았다. 주완이와 닮은 구석이 정말 하나도 없다는 것도 좋았다. 아무리 생각해도 공통점을 찾을 수 없었다. 외향적이었고, 친구가 많고, 뾰족한 구석도 그늘도 없었다. 눈

밑에 흉터가 없었다. 남중 남고에서 쓰레기 같은 급식을 와그작와그작 먹고 자란 덩치가 신기했다. 둔한 덩치는 아니었지만 씨름을 잘할 것 같은 몸이었다. 나는 머릿속으로 남자친구의 완벽한 청바지를 벗기고 샅바를 감아보다가, 아, 이 남자랑 사귀겠구나 생각했다.

남자친구는 나에 대해서도 아무런 환상이 없었다. 내가 예쁘지도 착하지도 건강하지도 않은 걸 잘 알고 있었다.

"난 애기들이랑 별로 안 친한데 이상하게 후원하는 데는 두군데 다 어린이 관련 단체다? 사실 모성애가 넘치는 게 아닐까?"

드라이브를 하다가 내가 별생각 없이 이야기하자 남자친구는 이쪽을 쳐다보지도 않고 대답했다.

"아니, 너 진짜 애들이랑 떨떠름해. 비용 대비 효율이 제일 낫다고 생각하는 거겠지."

"……그런가."

"후원 얼마나 하는데?"

"고정 수입이 없으니 조금이지."

"거봐, 그러니까 그 돈이 최대한 직접적이고 효과적으로 쓰이길 원해서 애들인 거야."

날카로운 분석이어서 다른 대꾸를 하지 못했다. 그게 내가 원하는 방식인 줄은 모르겠으나 남자친구가 나를 정확하게 보고 있는 것만은 확실했다.

남자친구는 중고 다트 기계를 몇대 사다가 마포에 다트 바를 차렸다. 엘리베이터가 정말 좁아서 세명만 타도 꽉 찬 느낌이 나는 빌딩의 사층이었다. 누가 오나 싶었는데 사람들이 오긴 왔다. 남자친구네 가게에서 파는 칵테일은 기이할 정도로 표준이었다. 특별히 맛있는 칵테일도 없고 그렇다고 레시피에서 뭐가 빠져서 말도 안 되는 맛이 나는 칵테일도 없었다.

다트는 썩 늘지 않고, 남자친구와도 그다지 통하지 않는다. 그런데 통하지 않는 데에서 오는 안심 같은 게 있다는 게 신기하다. 통하지 않으므로 크게 해칠 수 없다. 통하지 않으므로 그 사람의 일부가 내게 옮아붙지 않는다. 통하지 않으므로 내 안의 아주 나빠진 부분을 굳이 보여주지 않아도 된다. 통하지 않으므로 너무 많은 시간을 함께 보내지 않아도 된다. 통하지 않으므로 기억나는 게 없다. 통하지 않으므로 눈이 마주쳐도 아프지 않다.

심지어는 모욕마저도 통하지 않았다. 가벼운 싸움이 벌어질 때마다 나는 우리 사이의 끊어진, 혹은 존재한 적 없는 회로를 짚어 보이며 남자친구를 화나게 하고 싶었다. 너는 나한테 어떤 영향도 끼칠 수 없다, 우리는 아주 미미한 관계다, 헤어지고 몇년 지나면 이름도 얼굴도 잊을 거다…… 내가 상대방이었으면 결코 참지 않았을 암시들마저 남자친구는 그냥 넘겨버렸다. 분개하게 될 만큼 신경줄이 굵은 인간이었다.

"영화 쪽 친구들은 기함하지만 역시 난 차태현 영화가 짱인 거 같아. 차태현이 나오면 무조건 짱이야. 복잡한 영화를 왜 그렇게들 좋아하나 모르겠어."

그 말을 들은 뒤로 남자친구가 어떤 사람이냐는 질문을 받으면 차태현 영화를 좋아하는 사람이라고 말했고, 사람들은 바로 본질을 간파했다.

다트를 그다지 좋아하지 않는 사람이 다트를 할 때의 평안함 같은 걸까. 점수가 깎여나가 딱 맞아떨어지면 좋고, 아니면 그냥 리셋 하면 된다. 쓰는 건 주로 손목이다.

*

0039. MPEG

창용 오빠네와의 페이스타임.

인영 언니   애들이 너 보고 싶대. 그래서 걸었어. 바쁜 거
          아니지?

나	아니에요. 안녕!
안노	이모, 안녕!
윌로	이모, 안녕!

그런데 애들은 인사만 하고 둘이서 미친 듯이 뛰어다닌다. 화면의 보이지 않는 부분에서 깨지는 소리가 들린다.

나	애들이 아니라 언니가 나 보고 싶었던 것 같은데?
인영 언니	응, 죽겠다. 언제 크나 싶어.
나	아들 둘 힘들죠?
인영 언니	딸이려나 하고 하나 더 낳았다가 (속삭이며) 망했어.
창용 오빠	내 욕 해?
인영 언니	응, 자기 욕 해. 욕하면 어쩌게?
창용 오빠	……어쩌진 못하지, 이제 와선.
나	강원도는 이 계절에 더 좋죠? 시원하죠?
창용 오빠	계절이 어떤지도 모르고 살아. 안 놀러 와?
나	가야죠.
안노, 윌로	이모 이모, 놀러 와!

나   (내레이션) 내가 이모인지 고모인지 어떻게 결정했을까?

＊

창용 오빠와 인영 언니가 처음 안노의 이름을 지을 때, 바랐던 건 한가지였다. 발음이 어렵지 않아서 한국에서도 외국에서도 쉽게 불릴 수 있는 이름이었으면 좋겠다는 것이었다. 두 사람은 그때 이민도 고려하고 있었다. 결국 가지는 않았지만 언젠가 아이가 외국에서도 본래의 이름으로 친구들을 사귈 수 있으면 좋겠다고 했다. 창용이나 인영이나 확실히 외국에서 좀 고생할 이름들이긴 하다.

"너 외국에 사는 친구 많잖아. 좀 물어봐. 아이디어를 얻어와봐."

많지 않고 송이 하나인데, 내가 말했지만 창용 오빠는 그래도 부탁한다고 했다. 물론 송이는 아이 이름을 짓는 데는 별로 소용이 없었고 결국 바통은 주연이에게 넘어갔다.

"남자애라면 안노, 여자애라면 윌로."

"무슨 뜻인데?"

"안노는 기러기가 무리 지어 잘 때 자지 않고 경계하는 기러기야. 윌로는 버드나무. 이상하게 윌로란 이름을 가진 여자들이 좋더라."

나는 주연이가 이름을 지었다고는 창용 오빠네에 전하
지 않았다. 주연이가 연상시킬 다른 한명을 창용 오빠가
잊길 바랐기 때문에 나와 친구들이 지었다고 하고 이름들
만 전했다. 오빠네가 안노를 첫아이의 이름으로 정한 건
그렇다 치고, 둘째가 남자아이인데도 윌로라고 한 건 뜻밖
이었다. 딸을 얻지 못했으니 둘째가 버드나무처럼 유연하
고 유려하기라도 하길 바랐던 걸까. 기대를 저버리고 윌로
는 점점 씩씩해졌다. 하긴 꺾어다 아무 데나 꽂아도 자라
는 수종이니 이름 그대로인 것도 같다.

"언젠가 네가 아이들을 낳으면 지어주려던 이름 아니었
어? 괜히 줘버린 거 아냐?"

"안 낳을 거야."

"마음 바뀌면?"

"그럼 그때까지 또 좋아하는 단어들이 생길 거야."

주연이는 사전을 좋아했다. 사전을 내내 찾아야 하는 자
기 직업도 좋아했다.

"국립국어원에서 '뱃속'을 찾아봐. 진짜 배 말고 마음을
말할 때의 뱃속 말야. 예시문이 무시무시해. 내가 읽어줄
게. '거짓말하지 말고 솔직히 말해봐. 이 엄마는 너의 뱃속

을 들여다보니까.' 진짜야. 진짜 예시문이 이래. 누구 엄마
인지 되게 무섭다, 그치?"

"'한눈팔다'의 한눈 말야. 어떻게 설명되어 있는지 알
아? '마땅히 봐야 할 곳을 보지 않고 다른 곳을 봄'이래. 마
땅히라는 부사가 쓰였을 줄이야. 마땅히는 강한 어감이잖
아. 대단한 태도 아냐? 넌 나를 마땅히 봐야 하는데 어디를
보니, 하고 묻는 사람은 자신감도 솔직함도 있을 것 같아."

"괜히 'unforgettable'을 찾아봤다가 움찔했어. '보통 너
무 아름답거나 재미있거나 해서 잊지 못할'이래. 아름다워
도 안 잊히지만 재밌어도 안 잊히는구나. 우리 왜 이렇게
재미없게 사니? 잊혀져버릴 거야."

"아직 한번도 사전을 만들어본 적은 없지만, 사전을 만
드는 사람들이 최고인 것 같아. '첫사랑'을 쳐봤더니 뭐라
는 줄 알아? '처음으로 느끼거나 맺은 사랑'이래. 느낀 것
과 맺은 것은 별개인 거지. 별개이지만 둘 다에 의미를 부
여한 거고. 그리고 북한에는 이렇게 웃긴 말이 있어. '첫사
랑에 할퀴는 격'이란 말인데 '첫사랑을 하다가 배반을 당
하고 봉변을 당하는 격이라는 뜻으로, 누구와 함께 처음으
로 어떤 일을 재미있게 하다가 잘못되어 망신까지 당하게
됨을 비유적으로 이르는 말'이라는데 딱인 듯싶어."

"단 하나도 띄어 쓰고, 단 셋, 단 넷도 다 띄어 쓰는데

'단둘'만 붙이는 게 다정한 것 같아. '함께하다'도 함께 쓰는 게 좋아. 사전은 다정해."

"갈치에 비늘이 전혀 없는 것도, 호루라기가 옛날에는 살구씨를 깎아 만들었던 물건인 것도 사전에서 배웠어."

"사전이 서로 경쟁하면서 증식하는 것도, 이제는 웹상의 거대한 데이터 덩어리가 된 것도 신기해. 모든 게 다 들어 있는데 순수해. 그러기 쉽지 않잖아."

"하지만 가끔 오버할 때가 있어. 헬스클럽을 '건강 방'으로 순화해서 쓰래. 레미콘 트럭은 '양회 반죽 차'고 말야. 팬레터는 '애호가 편지'란다. 아니, 그건 싫거든. 생각만 해도 싫어."

"제임스 머레이는 '제임스 머리'로 표기해야 한다는데 이건 역시 못 따르겠어. 제임스 머리는 제임스 대가리 같은 느낌이란 말야."

"'거침없이'는 붙여 쓰면서 '가차 없이'는 왜 띄어 쓸까? 붙이면 좋을 텐데."

"'불후'가 뒤에 그런 것이 또 오지 않는 불후(不後)가 아니라 부패하지 않는다는 불후(不朽)인 거 알고 있었어? 한자를 뒤늦게 배워서인지 매번 신기해."

"'타계하다'라는 말은 정말 예뻐. 죽지 말고 타계하면 좋겠어."

나는 전혀 관심이 없는 사전 얘기를 듣는 게 좋았다. 내부 성분의 98.2퍼센트 정도가 불신으로 이루어진 주연이가 사전을 경전처럼 여기는 게 보기 좋았던 걸지도 모른다. 읽고 찾고 해석하고 비교하고 던졌다가 안아들었다가 하는 모습이 인간적이어서.

"언제부터 사전이 좋았던 거야?"

"음, 아마 처음에는 다른 나라 말 배우느라 봤겠지. 근데 오래 떠났다 온 게 있으니까 한국말에 거리감이 생겨서 국어사전을 더 자세히 보게 되었고."

"누구 닮아서 말 배우는 거 좋아해?"

주연이가 고개를 들고 나를 봤다. 내가 괜히 묻는 게 아니라 정말 묻고 있다는 걸 알아챈 모양이다.

"엄마 닮았어. 그쪽 가족들이 다 그래. 다른 나라 말 해서 먹고살아. 이모들도 삼촌들도 전부. 거슬러올라가면 역관 집안인가 찾아봤는데 그건 아니더라. 어쨌든 다른 건 못하는데 언어 쪽으로만 다들 발달했어. 열살쯤 되었을 때였나. 인도 가기 전이었을 거야. 엄마랑 이태원에 갔었어. 해밀턴 호텔 아래 배스킨라빈스에서 아이스크림을 사 먹고 있는데 귀엽게 생긴 외국 꼬마애들이 있었어. 나랑 나이가 비슷해서 자꾸 눈이 마주쳤지. 엄마가 그애들 이야기하는 걸 듣다가 불어로 말을 걸었어. 아마 프랑스나 프랑스령이었던 어딘가에서 왔겠지. 애들이 난리가 난 거야. 약간 떨어져 있던 부모를 부르면서 '이 아줌마 불어를 해요! 불어를 해요!' 하고."

"어머님 불어를 하셨구나."

"대단히 오래 배운 건 아니고 취미로. 행복하지 않으면 다른 나라 말을 배우는 건 엄마 내림인 것 같아. 어린 마음에는 그게 멋있었어. 엄마가 신기한 다른 나라 말을 한다는 게. 내가 좋아하니까 엄마는 바바파파를 읽어줬어. 집에는 엄마가 불어를 배우려고 사둔 바바파파 시리즈가 있었거든."

"바바파파가 뭐야?"

"동화책이야. 동그랗게 생긴 분홍 거인 비슷한 게 나와. 나는 사회에 대해서 배워야 할 건 다 바바파파한테 배웠어."

"어머님 멋지셨네."

"그런 사람인 것치고 너무 행복하지 않았지, 뭐."

내 기억에도 그랬다. 내내 불행의 표상이었다기보다는 미묘하게 존재감이 없었다. 집에 있을 때도 없는 것 같은 사람이었다.

"어쨌든 넌 사전도 좋아하고 일도 좋아하는 거네, 그치?"

"좋아해. 조용히 책을 만들고 있으면 언어가 투명한 생물이고 나는 그 생물의 몸속에 손을 넣어서 척추를 만지고 있는 것 같아. 멋진 일이야. 편집 일 자체는 좋아."

"그런데?"

"그런데 언제부턴가 대형 복합기 같은 게 되어버린 것처럼 바쁘기만 해. 와라라라 종이를 삼키고 뱉어내는 그런 기계. 출판은 더 화려한 미디어들과 경쟁이 쉽지 않고 전세계 어디서나 예전만큼 책이 팔리지는 않지. 그러니까 사람을 적게 뽑아서 그 사람들이 기계처럼 일하게 된 거야. 그런데 이게 기계처럼 할 수 있는 일일까? 대충 맞춤법이나 맞추겠지, 밖에서는 여길지 몰라도 언제나 그 이상이야. 인간의 뇌를 거름망으로 쓰는걸. 한 사람의 정신을 다른 사람의 정신에 통과시키면서…… 못난 인간들은 너희가 무슨 예술가냐, 시비 걸 때도 있는데 누가 예술가래? 예술가는 아니지만 장인이라고는 생각하거든. 장인에게는 스스로 만족할 만한 수준까지 공을 들일 여백이 필요하고. 여백 없이는 책의 밀도가 떨어져. 완성도가 못 미쳐."

"환경이 나빠지면서 노동 강도가 높아진 게 부담스러운 거구나?"

"나빠지는 환경을 좋은 사람들이 참고 있어. 떠나지 않고 싸우는 사람들 덕에 그나마 이 정도 유지되는 건데 싸울 여건조차 안 되는 곳이 더 많아."

"너는?"

"나는 모르겠어. 이 배가 가라앉고 있구나, 생각은 해. 나 말고도 사전 좋아하는 인간은 널리고 널렸을 거야. 내 발로 나가거나 교체당하거나겠지. 작년에 과장님 한분이 해고당했어. 아랫사람들은 따르고 윗사람들은 싫어하는 사람이었어. 아부도 못하고 자기홍보도 못하는 성격이거든. 그 과장님이 자전거 사고를 당했어."

"많이 다치셨어?"

"응, 가로등 불빛이 어두운 길에서 턱에 세게 걸리는 바람에. 쇄골이랑 갈비뼈랑 다 부러졌어. 그런 상태로 누워 있는데 회사에서 그 과장님을 해고한 거야."

"뭐라고?"

"그 직전에 낸 책에 작은 사고가 있었거든. 그런데 아무리 애써도, 완벽한 책이 있나? 쇄를 거듭하며 고쳐나가는 거지. 과장급의 연봉이 부담스럽다 싶다가 비용이 덜 들고 말 잘 듣는 사원급으로 교체하려고 누워서 못 움직일 때 해고한 거야."

"어떡하냐."

"이제 출판계로 안 돌아오신대. 퇴원한 다음에 콘텐츠 관련 스타트업 쪽으로 가셨어. 그쪽도 힘든 모양이긴 해도 잘된 거 같아. 그렇게 사람들이 다 빠져나갈 거야."

"회사는 어디나 다 그런 것 아닐까?"

"그치, 업계도 업계지만 회사의 속성이지. 크고 나쁜 괴물이야. 뭘 만들든 관계없이, 회사는. 구성원이 좋으면 천천히 나빠지고 구성원조차 흐리면 급속하게 나빠지는 것 같아."

크고 나쁜 괴물. 그 말이 아마 '빅 배드 몬스터'의 직역일 거라는 생각에 나는 주연이의 작은 머릿속에 몇개의 언어들이 우글대고 있을까 궁금해졌다. 저들끼리 충돌도 하고 번역도 하면서 가득할 것이다.

"그래도 책은 그런 괴물들과 싸우기 위한 무기인데, 하고 기대하는 나는 아직 여길 떠날 때가 아닌가봐. 깃털 부풀리기나 하는 사기꾼들만 남으면 그때 고민하지, 뭐. 아직 괜찮은 사람들도 잔뜩 남아 있어서."

나는 그 괜찮다는 사람들과 우리보다 가까워지는 말길, 얕은 질투를 하면서 더이상 말은 걸지 않고 주연이가 커다란 교정지 뭉치로 돌아가게 두었다.

*

0040. MPEG

민웅이네 과수원 벤치를 여러 각도에서 찍는다. 비가 온

다음 날이라 습기 어린 벤치에는 조그만 귤색 곰팡이들이 피어 있다. 모양도 귤의 과립에 가깝다.

나　　(내레이션) 민웅이가 이 벤치를 대체 어디서 가져왔는지 모르겠다. 과수원에 어울리지 않게 아르누보 장식이 된 벤치는 고정부에 시멘트가 남아 있다. 나는 종종 어딘가의 아름다운 공원에서 민웅이가 이 벤치를 뽑아오는 상상을 한다. 어쩌면 정말 그랬는지도 모른다.

민웅이가 일하는 것을 원경에서 찍는다. 일을 하다 말고 조끼 주머니에서 민웅이가 껌을 꺼낸다. 분홍색 길쭉한 껌을 하나 입에 집어넣고 한동안 일하다가 먼젓번 껌을 뱉지 않고 하나 더, 잠시 후 또 하나를 넣는다. 나중에 껌 세개를 한꺼번에 뱉어낼 때는 마치 잇몸을 뱉어내는 것만 같다.

나　　껌을 왜 그렇게 씹어?

민웅　담배 끊으려고. 주연이가 자기네 창고 비운다고 껌 세 박스나 줬어.

나　　……그거 유통기한 지났을지도 몰라.

민웅　안 죽어. 턱은 아프다.

나   담배는 갑자기 왜?

민웅   나 취직했어, 조경 회사에.

나   조경?

민웅   호텔 정원 같은 거 외주로 맡아 하는 거야. 나 호텔
      좋아하잖아. (웃음) 일하러 다니면 담배 피울 짬
      도 없을 것 같아서.

나   예쁜 벤치나 몇 개 더 훔쳐와.

민웅   알았어. 정자도 하나 훔쳐올게. 근데 대체 뭘 찍는
      거야? 맨날 찍기만 하고 왜 보여주질 않아?

나   좀더 쌓이면 보여줄게.

민웅   나 초상권 비싼 남자다?

*

  지하실 세트를 스케치하며, 이런 스릴러는 이제 질린다
고 생각했다. 어린이 납치와 장기 밀매가 얽힌 플롯으로
아이의 부모가 제한된 시간 안에 뛰어다니는 내용이었다.
그런 일들이 없지야 않겠지만, 그것과는 별개로 진정성이
결핍되어 보였다. 정말로 비슷한 일을 당한 가족이 보면
견디지 못할 것 같은 영화다. 영화를 만들고 있는 누구도
집중을 하지 않고 있는 느낌이랄까. 나도 마찬가지다. 하

고 싶어서 하고 있기보다는 어쩌다보니 거절할 타이밍을 놓쳤다. 스릴도 없는 스릴러라니 거절했어야 했는데 한동안 쉬다가 들어온 일이라 마음이 약해졌다.

주된 작업은 아이의 부모가 뛰어다닐 때 아이가 갇혀 있을 지하실 방을 구현해내는 것이었다. 감독은 수십군데의 지하실 후보를 거부하고는 나한테 세트를 만들라고 했다. 처음에는 모형도 보여주고 세트 일부에 페인트를 칠했다 벗겼다도 해 보이고 그래픽으로도 제시하고 했으나 감독은 시종일관 어정쩡해하는 반응이었다. 자기가 뭘 원하는지 바로 알기를 바랐던 것도 아니고, 뭘 원하지 않는지만 확실히 해줘도 일하기가 수월할 텐데 분명 이러다가 촬영 일정을 더 어찌할 수 없어지면 아무렇게나 해버릴 인간이었다. 영화가 산으로 가고 있다는 걸 이미 모두 눈치챘지만 아무도 말하지 않아서 분위기가 이상했다. 다른 사람의 작업을 퇴짜 놓는 것만이 자기 일이라고 생각하면 곤란한데…… 나는 일을 하는 척, 하지 않으면서 감독이 꺾일 타이밍만 기다렸다. 의욕이 없었다.

그전 영화를 해서 받은 돈으로 영상 편집이 가능한 좋은 노트북을 샀다. 원래 내 노트북은 수명이 다해서 세탁기 소리가 났었다. 새 노트북을 샀더니 편집이 그렇게 쉬울 수가 없었다. 딱히 어떤 목적이 있어서 이어붙이기 시작한 건 아니었다. 정신없이 흩어져 있는 파일들이 싫어서였다.

내가 찍은 것들은 길어봐야 오분도 안 되었다. 주로 일분 남짓한 분량이었고 길게 찍은 것들도 대개 별 내용이 없었다. 어느 파일이 어디 뒤에 붙든 큰 차이가 나지 않았다. 처음엔 시간순으로 편집을 했다가 다시 인물별로 편집을 했고 그도 마음에 차지 않아 결국은 화면의 질감대로 뒤섞었다. 색온도와 계절, 초점의 날카롭고 부드러움 따위의 잘 설명할 수 없는 직관적인 기준으로. 이래서야 내가 싫어하는 감독들 같지 않은가, 웃음이 났다.

그러니까 나는 결국 시각적인 언어를 썼다. 출신 성분을 못 속이는구나 싶었다. 연출부는 미술부가 배경 지문을 자꾸 무시하고 저 예쁜 것 만든다고 불만을 토로했고 미술 감독들은 애써 끌어올린 질감을 보여줘봤자 모른다고 고개를 흔들었다. 나는 가상의 시나리오 작가가 내 결과물을 욕하는 걸 상상했다. 욕먹어 마땅하지만 어차피 나는 영화를 만들고 싶은 게 아니었다. 그저 내가 할 수 있는 언어로 유치하고 지지부진한 일기를 썼던 것뿐이다.

최종 파일의 이름을 뭘로 해야 할까 잠시 생각했다. 생각해봐야 나는 그쪽 언어를 쓸 수 없으므로 하주들의 언어를 쓰기로 했다. 언젠가 주완이의 방에 붙어 있던 수많은 메모 중의 하나에서 따왔다.

언더, 선더, 텐더.

머리보다는 손으로 편집을 하고 있을 때 뒤에 누워 있던
남자친구가 물었다.

"왜 나는 안 찍어? 친구들은 그렇게 열심히 찍으면서?"

너는 거기 없었으니까. 나는 입속으로 대답하다가 놀랐
다. 거기라니, 어디? 딱히 파주가 아닌 거기였다. 카메라를
들고 돌아보았다.

"그럼 찍을 만한 걸 해봐."

남자친구가 청바지를 내릴 듯 말 듯 장난을 쳤다. 나는
어이가 없어 웃었다. 남자친구도 스스로 그 부위가 가장
볼만하다는 걸 알고 있는 모양이었다. 호날두만큼은 아니
지만 축구 많이 한 남자들한테 있는 사타구니 근육 말이
다. 대충 찍는 척하다가 만다. 남자친구는 그렇게 내 주의
를 끌더니 대뜸 말했다.

"같이 살자."

"이야, 그렇게 방만한 자세로 같이 살자 하지 말아줄래?"

무릎쯤 바지가 걸린 채 발라당 누워 말하면 무슨 말을
해도 진지하게는 들리지 않지만, 언젠가부터 본가보다 남
자친구 집이 편해진 것도 사실이었다. 가족들이 집에 있을
때는 왠지 할 수 없는 동영상 편집도 여기서는 편하게 하

고 있으니까. 거기가 아닌 곳에서 살 때가 되지 않았나 고민하기 시작했다.

"같이 살자."

별 반응이 없자 다시 바지를 입은 남자친구가 말했다. 그럴까, 같이 살까. 나는 컴퓨터를 끄고 지하실 스케치로 돌아갔다. 아이는 층층이 쌓인 닭장 사이에 갇혀 있다. 빛을 보지 못해 눈먼 닭들과 제때 치워지지 않은 배설물들, 젖은 바닥엔 앉을 구석도 없다. 벽에는 신문지와 함께 닭털이 붙어 있다. 환기팬에 붙은 먼지 덩어리와 막힌 배수구. 이거라면 어쩐지 오케이를 받을 수 있을 거란 생각이 든다.

남자친구랑 살 거라고, 엄마 아빠에게보다 먼저 주연이한테 말하러 갔더니 주연이는 대청소 중이었다. 홈쇼핑에서 산 게 분명한 대걸레들과 매직 스펀지들이 널려 있었다. 마음이 급했는지 솜씨 있게 구획을 나눠 시작했다기보다는 두서없이 대충 치우고 있었다.

"집 내놨어. 사람들이 보러 올지도 몰라."

"넌 어디 살게?"

"런던."

"뭐?"

"출판기획 해외연수 프로그램에 지원한 게 철썩 붙었는데 회사 동의서가 필요했어. 그걸 안 써주겠다잖아. 뭐라도 배우고 오면 책을 더 잘 만들 텐데 투자라고 생각 안 하는 거지. 뭔가 확 숨이 막혀서 그만뒀어. 내 돈으로 내가 배우고 올 거야. 지난달에 적금 찾은 게 있어서 질러버렸어."

"너까지? 송이도 없는데."

"삼개월짜리야. 금방 와. 그보다 송이 들어오면 얼굴 보고 갈 거야. 그깟 삼개월 휴직을 안 받아주다니 치사해서 진짜."

"귀중한 인재라 없으면 곤란한가보지."

"자극을 계속 받아야 고갈이 안 되는 걸 몰라. 재단 돈으로 공부 좀 하고 오려 했더니 그걸 방해해, 근시안들. 그깟 놈들한테 소모당하지 않을 거야."

"집 파는구나."

"응, 돌아와도 작은 집에 살고 싶어. 내가 여길 유지 못하는 것 같아."

"이 대청소도 무리야. 너 혼자 못해. 전문가 불러."

"역시 그렇지?"

주연이가 고무장갑을 벗어서 발밑에 던지고 주저앉았다. 독한 세제 냄새에 머리가 아파왔다. 어떤 부분은 깨끗하고 어떤 부분은 더께가 앉아 있어서 집은 얼룩덜룩 더

지저분해 보였다.

"좋아한 적도 없는 집에 오래도 살았네."

"짐은 어쩔 거야?"

"다 버릴 거야."

책과 영화는 팔거나 기증할 생각이라고 했다. 나머지 가구와 전자제품들은 중고상 사람들이 와서 둘러보고 가져가지 않는 건 버릴 거라고 했다. 낡기도 했지만 요즘은 무거운 가구들을 선호하지 않아서 아마 거의 버려질 거라고 했다.

"혹시 너 가져가고 싶은 거 있으면 가져가도 돼. 이번 달말까지만 말하면 남겨둘게."

여기서 뭘 가져가고 싶을까. 이미 너무 많은 걸 가져가지 않았나. 원하지 않았던 것도 모조리 가져가고 말았다. 나는 주연이가 던져둔 고무장갑을 끼고 스펀지를 들었다. 거실 돌바닥 틈새에 낀 먼지 때들을 닦기 시작했다.

"업체 부르라며?"

"하는 데까지 해보고."

하다보니 욕실에 다다랐다. 내가 욕실에 들어가자 뒤에서 주연이가 뭐라고 만류했으나 문을 잠가버렸다. 주연이는 이 욕실을 사용하지 않는지 솔도 욕조도 말라 있었다. 그때보다 키가 크진 않았지만 욕조가 예전보다 작아 보일줄 알았는데 아니었다. 여전히 석관처럼 길고 깊었다.

뜨거운 물로 욕조를 닦았다. 맨발에 닿는 감촉이 전과 같았다.

*

0041. MPEG

할아버지 산소. 간단하게 차린 상을 올린다.

할머니   올해는 이 상을 앉아서 먹고, 내년엔 누워서 받
        겠구나.
엄마   깔깔깔깔, 어머님두.
나   할머니 다크한 유머가 왜 이렇게 좋지, 나는.
아빠   그보다 합장하지 말라시더니?
할머니   적당히 떨어뜨려서 묻어.

좋지 못한 이로 사과를 먹는 할머니 얼굴. 달다, 할머니가 입 모양으로 말한다.

*

　위태로운 나이를 한껏 위태롭게 보내고 나면, 주변 사람들의 기대치가 그만큼 낮아진다. 엄마 아빠는 나의 성적, 학벌, 직업, 연봉, 결혼 등등에 초연한 채 살아왔다. 남자친구와 살겠다고 하자 잠시 제동을 걸려 했지만 금세 포기했다. 어차피 온전하지 않은 딸, 남자가 있으면 없는 것보다는 낫겠지 싶은 마음이 그대로 보여서 나는 뻔뻔해졌다.

　남자친구는 나보다 더 뻔뻔해서 짐을 옮기러 올 때마다 양손 가득 건강식품이니 과일이니를 사다가 날랐다. 아빠가 이성을 잃고 현관 퍼팅 연습기의 골프공들을 던질까봐 걱정이 되었지만 그런 일은 없었다. 서너번 지프차로 옮기고 나니 대충 이사는 끝났다.

　처음 한두번은 엄마가 사다주는 이불, 휘파람 주전자 같은 가재도구들을 받았지만 그 이상은 받지 않았다. 자꾸 받기 시작하면 엄마가 기대하는 일들이 일어날지도 모른다는 인상을 심어줄 것 같아서였다. 내가 미끄러지지 않고 이대로 괜찮을 거라는 인상, 엄마가 바라던 삶을 한번쯤은 비슷하게라도 살아줄 거라는 인상을 주기 싫었다. 그랬다가 실망시키는 게 더 불효일 것 같았다.

이사를 하자마자 건너편 아파트 단지의 재개발이 시작되었다. 낡은 아파트 단지엔 독특한 아름다움이 있었다. 이제는 좀처럼 바르지 않는 짙은 살구색 페인트, 바깥으로 나와 있는 나선형 철제 화재 대피 계단, 왕관 모양의 증기 배출구, 둥근 발코니의 외부 차양…… 눈길을 끄는 구석은 끝이 없었다. 왜 요새 짓는 아파트들이 더 멋이 없는 걸까 알 수 없는 일이다. 디자인의 문제가 아니라 쌓인 시간의 문제일지도 모르지만 말이다. 아파트들은 곧 폭파될 참이었다.

그전에 나무들이 이사를 갔다. 안 그래도 저 오층 넘게 자란 나무들을 다 어쩌려나 싶었다. 그 아파트 단지에는 동네 사람들이 좋아하는 벚꽃길이 있었다. 재개발이 되느니 마느니 했던 것에는 그 벚꽃길도 어느 정도 영향을 끼치지 않았을까 가끔 생각했다. 짧지만 풍성한 벚꽃길로, 동네 사람들은 철이 되면 청사초롱을 달고 부침개를 구워 팔았다. 봄에는 차마 공사를 시작하지도 못했을 것이다. 그 사랑받던 나무들을 이사시키기 위해 오래된 보도블록이 파헤쳐지고 굴착기가 동원되었다. 뿌리를 제대로 다 보존하지는 못할 것이었다. 다른 데로 팔려가는 나무도 있지만 들어보니 대개는 판교와 그 주변으로 간다고 했다. 보랏빛 젖은 담요로 뿌리가 덮였다. 얼마나 살아남을지 알 수 없었고, 같은 염려를 하는지 구경을 나온 다른 사람들도 가는 신음을 흘렸다.

"궁금한 적 없어?"

"뭐가?"

"사람은 어릴 때 죽으면 더 안타까워하면서, 나무는 늙은 나무가 죽는 걸 마음 아파하잖아? 화분은 그렇게들 죽이면서. 어째서지?"

남자친구는 마땅하고 명쾌한 대답을 찾으려고 애썼지만 실패했다. 나 역시 그런 것을 원하지 않았다.

우리는 천천히 걸었다가 빨리 걸었다가 하면서 단지를 벗어났다. 우리처럼 낮에 자고 밤에 생활하는 이들에게 재개발 공사는 엄청난 소음이 될 것이었다.

송이가 잠시 귀국해서 시끄러운 낮 시간에는 송이를 만나러 다녔다.

"얼마 만에 들어온 거지? 너 너무 자주 들어오니까 약간 덜 반가워."

마음에도 없는 말로 송이를 약 올리자 송이가 웃었다. 웃는 얼굴에는 아직 요괴다운 면이 좀 남아 있었다.

송이는 들어올 때마다 로드숍 화장품이니 홍삼이니 잔뜩 쇼핑을 했다. 홍삼을 먹고 삼년간 감기에 걸리지 않았다는데, 타고난 건강 체질이 아닌가 속으로 생각했다. 그 전에도 감기에 걸린 건 별로 못 봤으니 말이다.

곧 주연이 생일이었기 때문에, 둘이 만난 김에 생일선물을 사기로 했다. 주연이에게 뭐가 갖고 싶은지 문자를 보내자 금방 답장이 왔다.

─문서 세단기가 가지고 싶어.

송이에게 전달했지만 송이가 믿지 않아 문자를 직접 보여줘야 했다. 송이가 캑, 소리를 냈다. 문서 세단기라니 뭐 그런 게 가지고 싶나 싶었다. 어떤 문서 세단기냐고 다시 물었다.

─안 예뻐도 돼. 전기로 한꺼번에 갈아버리는 거. 사무용 대용량. 중고도 괜찮아.

뭘 그렇게 없애고 싶은 건가. 송이도 나도 문서 세단기는 별로 쇼핑하고 싶지 않았으므로 인터넷으로 사기로 했다. 길거리 가게에서 송이가 구두를 신어보았다. 신발은 역시 한국이 예쁘다고 좋아라 했다. 나는 카메라를 꺼내 송이가 한 발로 균형을 잡고, 손목에 여러개 걸린 쇼핑백들을 떨어뜨리지 않는 모습을 찍었다. 송이가 손가락으로 톡톡 렌즈 옆 부분을 건드렸다.

"안 보여줘?"

민웅이에 이어 송이까지 보여달라 하다니, 정말 보여줄

때가 되고 말았다.

*

0042. MPEG

목요일 10시, 합정. 방금 산 고로케를 깨무는 남자친구. 고로케에서 김이 난다.

남자친구　걸어서 건널래, 양화대교?

나　　　싫어.

남자친구　왜, 뽀뽀하려는 커플들 방해하자. 바짝 뒤에서 걸으면서.

나　　　심보는.

남자친구　바람도 좋고, 응?

나　　　난간이 너무 낮아. 인도도 너무 좁고. 빠질 것 같아.

남자친구　무슨 소리야. 괜찮지, 그 정도면. 빠지면 내가 건져줄게.

나　　　자만하지 마. 둘 다 죽어.

*

    조그만 손수레에 문서 세단기를 싣고 하주네로 갔다. 집
이 나갔다고 했으니 아마 마지막 방문일 것이다. 생일파티
이자 송별회인 셈이었다. 문을 열어주는 주연이는 생일을
기념해서인지 버건디 립스틱을 바르고 있었다. 먼저 도착
해 있던 남자애들이 한마디씩 촌스러운 말을 하지 않았는
지 궁금했다. 붉은 기보다 보라 기가 더 많은 진짜 버건디
였는데 얇은 입술에 아무렇지도 않게 어울렸다.

    찬겸이는 『GQ』에나 나올 법한 멋진 조끼를 입고 앉아
있었다. 팔꿈치 아래로 보풀이 일어난 나일론 추리닝을 입
고 온 민웅이는 약간 부러웠던 모양이다.

    "이야, 나도 이런 바스트 하나 장만해야겠는데?"

    "베스트야, 베스트."

    찬겸이가 얼른 정정했다. 민웅이가 낄낄 웃으며 바비큐
통에 숯을 넣으러 갔다. 민망할 순간에 민망해하지 않는
게 여전히 민웅이다웠다. 열린 문틈으로 저녁 공기가 시원
하게 흘러들었다.

    주연이가 문서 세단기의 코드를 꽂고 종이 뭉치를 가져
왔다. 시원하게 갈렸다. 좋아하는 게 역력해서 이상한 선
물이지만 하길 잘했다는 생각이 들었다.

"뭐 넣는 거야?"

"남의 글."

"이건 글이 아닌데?"

"그건 남의 정보."

회사를 그만두고 가지고 있어서는 안 되는 종이들을 다 없애버리려는 듯했다. 세단기는 힘차게 돌아갔다. 없애야 할 종이가 얼마나 쌓여 있는 건지 궁금했다.

"좋지 않은 종이선 말야, 먼지가 엄청 나와. A4용지 뭉치 같은 걸 가만히 둬봐. 주변에 하얗게 먼지 테두리가 생겨. 폐에 나빠. 좋은 종이는 안 그러거든. 끌어안고 있을 게 아니라 얼른 갈아서 재활용하는 게 나을 거 같았어."

불판 위에는 고기보다 채소가 더 많았다. 주연이뿐 아니라 나머지들도 이제 채소 위주로 먹었다. 감자를 굽고 옥수수를 굽고 양파와 토마토를 구웠다. 고기를 줄여선지 친구들의 목소리도 안정된 음역으로 들어서고 있었다. 말하는 내용보다 편안한 음역에 마음이 기울었다. 삼십대에 들어선 성대는 좋구나 싶었다.

우리 다 같이 여기를 떠나는 때인가보다. 그런 시기가 몇번 있었지. 대학 때도 그렇고. 민웅, 취직한 거 축하해. 너희 집은 장단콩도 아니고 사과를 왜 그렇게 오래 고집하는 거야? 너 몰라서 그렇지, 파주 사과가 은근히 인기 있어. 작아도 달아. 조경 일은 어때? 돌아다니는 게 좋아. 과수원에 애정이 없는 건 아니지만 나는 좀 돌아다니는 게 성격에 맞아서. 필립은 잘 지내? 응, 같이 못 와서 섭섭해했어. 뉴욕에 허리케인 불었을 때 무섭지 않았어? 집 한면이 뜯겨나가고 그러던데. 전기가 없는 게 힘들었어. 돈 많은 동네만 전기 들어오더라. 캄캄한 거리를 손전등 들고 다녔어. 회사에서 모조리 충전했지, 뭐. 런던은 기대되지? 뭐, 삼개월이니까 금방 지나가버릴 거야. 가기 전에 치아 상태 좀 보자. 아냐, 동네에서 스케일링이고 뭐고 다 했어. 왜 나한테 안 오고? 미안해서. 집은 제값에 판 거야? 무슨, 헐값에 팔았지. 속 쓰리겠네. 나보다는 부모님이 속 쓰리실 거야. 계속 외국서 생활하시는 것도 힘드시겠다. 바깥 생활은 어디나 외로워. 어느 나라에 있어도 아무리 익숙해져도 외로워. 겁이 나. 재난 같은 게 일어나면 나만 버려질 것 같은 기분이 들어. 송이는 안 그래? 나도 그래.

친구들의 대화가 이어지는 걸 들으면서 프로젝터를 가지러 갔다. 불을 끄고 수평을 맞출 때쯤엔 식사가 끝나 있었다. 영화를 틀어주려나보다 했을 것이다. 어떤 부드러운 인트로도 없이 본인들의 얼굴이 뜨자 잠시 충격에들 빠졌다. 찬겸이가 '어머'를 찬겸이 어머니 톤으로 외쳤기 때문에 웃음이 일었다. 송이는 민웅이가 안고 있던 나초 그릇을 빼앗았다. 그렇게 집중해주지 않아도 될 텐데. 나는 친구들 앞에서 발가벗고 춤을 추는 기분이 들었다. 화면에 비친 건 친구들이었지만 발가벗은 건 나였다.

점처럼 멀리 찍은 것도 있고 점이 보일 때까지 클로즈업한 것도 있었다. 머리카락이 길었다가 다시 짧아졌다가 했다. 아침에 걸었고 밤에 비스듬히 누웠다. 웃었다가 가라앉았다. 얼굴에 흰 테두리를 만들며 햇빛을 받았다가 밤에 내가 잘못 찍어서 눈이 빨개졌다. 카메라는 기울었고 가끔 너무 아래에서 찍어서 턱살이 늘어진 것처럼 나왔다. 깜짝 놀란 송이가 손등으로 찰박찰박 턱살 마사지를 시작했다. 대화는 아주 짧을 때도 있었고 길 때도 있었다. 실제로 찍은 건 최근의 몇년이지만 이야기 속에서 더 멀리 다녀왔다. 서로를 놀렸다가 위로했다. 전국에 흩어진 찬겸이의 집, 찬겸이도 잊었던 벽지들이 배경으로 나왔다. 사과가 자라고 익었다가 떨어지기도 했다. 갈대가 흥했다가 눈이 다시 갈대를 점령했다. 짚을 정리한 마시멜로 모양 비닐들이 마른 논 위를 굴러다닌다. 신도시가 세워졌고 까만 창문들이 사람들을 기다렸다. 송이가 떠났다가 돌아왔다가를 반복한다. 어째선지 우리 할머니가 제일 인기가 좋다. 남자친구가 나왔을 땐 가벼운 야유가 일었다. 국수가 나오면 침을 삼킨다. 헤이리의 「씬 시티」를 연상시키는 무지개 네온 모텔촌과 자동차극장의 스크린이 잠시 빛난다. 내가 저런 말을 했나? 사악한 편집이네. 저런 의미가 아니었다고. 건성의 항의도 들어온다. 주완이의 흔적들은 아마 주연이만 알아볼 것이었다. 그런 부분들에서 나도 모르게 주연이를 의식했다. 버건디색이 약간 지워진 입술을 벌리는지 다무는지. 주연이는 물처럼 그대로였다. 가장 집중해서 보고 있었다. 편집본은 갑자기 시작된 것처럼 갑자기 끝났다.

*

0043. MPEG

남자친구	무슨 생각 해?
나	고래 고환.
남자친구	고환? 불알?
나	응.
남자친구	고래도 불알이 달려 있구나. 크겠네.
나	몸속에 있어.
남자친구	어쩐지 본 적 없더라니.
나	몸속이라 뜨거워질까봐, 지느러미 쪽의 차가

운 정맥과 이어져 있어. 식혀주는 거야.

남자친구   신기하다. 그런데 고래 불알은 왜 생각해?

나   머리가 뜨거워질 때 생각하면 다시 시원해져.

남자친구   넌 이상해.

나   이상해서 싫어?

남자친구   싫은 거랑은 달라. 하지만 이상해.

*

다시 파란 화면이다. 나는 얼른 불을 켜고 프로젝터를 껐다. 친구들은 상기된 얼굴이었고 뭔가 말을 해주고 싶은 표정들이었으나 내가 도망치고 싶었다. 보여줘야만 할 것 같았다. 보여달라고도 했고 보여주지 않으면 도둑이니까. 친구들의 이미지를 훔쳐 제멋대로 이어붙였으니까. 놀이 치고는 괴로운 놀이였지만.

"재밌는데, 줄거리는 모르겠다야."

민웅이가 말했다가 구박을 받았다. 아마 가장 솔직한 평일 것이다. 나도 줄거리를 모르는데 민웅이가 어떻게 알 수 있을까.

"나는 좀 감상을 정리한 다음에 메일로 보내줄게."

"아냐, 찬겸아. 괜찮아. 그럴 것까진."

송이 얼굴이 달아올라 있었다.

"많이 나와서 기뻐. 여기 없었는데 많이 나와서."

"그건 네가 들어올 때마다 다 같이 모였으니까. 네가 와야 재밌어."

"하주연, 좀 말해봐. 우리 중에서 제일 전문적으로 말해줄 수 있는 게 너 아냐?"

재촉을 받자 주연이는 내 팔을 서늘한 손가락으로 잡았다.

"좋네."

이번에는 가볍지 않은 야유가 따라왔다. 그게 뭐야, 그 말을 누가 못해, 성의 없어! 하지만 나는 알고 있었다. 언젠가 주연이가 말해준 적이 있다. 출판사에서 '예뻐'는 디자이너들의 궁극의 평가라 예쁜지 예쁘지 않은지로 몇번이나 표지가 엎어지고, '좋아'는 편집자들의 궁극의 평가라 '괜찮아'는 자주 있어도 '좋아'는 웬만해선 입에 올려지지 않는다는 걸. 주연이가 진심이든 아니든 기뻤다. 노출된 몸에 부드러운 가운 같은 걸 덮어준 거나 다름없었다.

모두가 금방 피로해졌다. 내가 피로한 걸 만들어서일 듯했다. 찬겸이와 송이가 나란히, 부모님들이 여전히 사시는 아파트로 돌아갔다. 한동짜리 아파트의 주민들은 어디가 만족스러운지 떠나지 않았다. 아파트를 지은 건설사는 부도가 난 지 오래라 자잘한 수리와 개선은 주민들이 개미와 벌, 제비처럼 했다. 그때그때 임시로 고쳐나갔고 그게 또 신기할 정도로 유기적이었다. 외지 생활을 하는 두 사람은 그 아파트를 바라보며 천천히 걷는 걸 좋아했다.

민웅이도 바바박, 하고 낡은 스쿠터의 시동을 걸었다. 술이 다 깼어도 길이 어둡다고 걱정을 하자 길 밖으로 떨어져도 죽지 않는다며 호쾌하게 웃었다.

나와 주연이만 남아 소파에 서로 기대앉았다. 좌석이 지나치게 깊어 오히려 불편한 소파였다.

"프로젝터 너 줄게. 가져가."

내가 고개를 끄덕였다.

"또 가져가고 싶은 거 없어?"

"……방에서 가져가도 돼?"

이번엔 주연이가 고개를 끄덕였고 주완이 방엔 따라 들어오지 않았다. 나는 문을 닫고 서랍을 열었다. 다행히 아직 버려지지 않은 회색 티셔츠들이 가득했다. 두벌을 집었다가 한벌 더 챙겼다. 남자친구의 서랍에 넣어둘 계획이었다. 아마 모르고 입어줄 것이다. 누구에게나 있는 무늬 없는 회색 티셔츠니까. 알아도 입어줄 것이다. 그러다 어느 순간 나도 그게 어느 티셔츠였는지 잊을 것이고, 버릴 수 있게 될 것이었다.

주머니에서 운동화 끈으로 만든 팔찌를 꺼내 서랍에 넣었다. 설명할 수는 없지만 그건 두고 가야 할 것 같았다. 주연이가 맘 아프지 않게 가방 안에 티셔츠들을 얼른 갈무리했다. 그러곤 이번에는 주연이의 발밑에 가서 앉았다.

"왜 언더, 선더, 텐더였을까?"

주연이가 파란 화면 위에 작게 뜬 파일명을 알아보았었나 보다.

"어떤 나이, 아닐까?"

"나이?"

"언더에이지, 선더에이지, 텐더에이지."

아, 하고 주연이가 손을 내 머리 위로 떨어뜨렸다. 쓰다듬기보다는 정말 툭 떨어뜨렸다.

"내 생각에, 별로 좋은 나이라는 건 없는 것 같아. 어릴 때는 언제 어디에 있고 싶어도 결정권이 없고, 나이가 들면 지금이 언제인지 어디에 있는지 파악을 못하니까."

"언제, 어디에."

내가 반복했다.

"시공이야. 그게 무엇보다 중요한 정보야."

주연이의 고개가 천천히 내려왔다. 내 앞머리와 옆머리가 섞이는 지점쯤에 입술을 댔다. 머리카락이 눌리면서 살짝 간지러웠다.

"이제 하주라고 부르지 마. 그거 내가 아니잖아."

이번에도 수긍했다. 주연이를 하주라고 부르는 건 부르는 나나 불리는 주연이나 둘 모두에게 잔인하다는 걸 알면서도 멈출 수 없었다. 이제 그만할 수 있을 것 같았다. 주연이가 내 양 귀를 잡고, 냄비를 들듯 끌어당겼다. 한 손을 옆으로 뉘어 눈을 가리더니, 일부러 큰 소리를 내며 입을 맞췄다. 놀라서 크르륵, 거품 끓는 소리를 내고 말았다.

"나랑 입술이 똑같았으니까. 얇고 모양 없고."

그건 석달 후면 아무렇지 않아질 작별인사였다. 하주의 작별인사였다.

*

0044. MPEG

멀리 학교에서 돌아오는 길에 해변에 발을 담그는 제주도 학생들의 뒷모습.

투명한 물에는 종종 새끼 복어나 조그만 해파리가 보인다.

해변에서 익어가는 녹색 귤.

휴대용 라디오는 주파수가 다르다.

학생 중 하나가 가방에서 조그만 양산을 꺼낸다. 붉은 체크 교복과 어울리는 체리 무늬가 다다다닥 박힌 양산이다.

나 　　　　여기 살면 해변도 질릴까?

남자친구 　안 질릴 것 같은데.

나 　　　　학교 근처에 이런 해변이 있으면 공부하는
　　　　　데는 방해되겠지만 조금 덜 힘들지 않을까?

남자친구 　뭐가?

나 　　　　저 나이가.

남자친구 　똑같이 힘들걸.

*

제주도에 가고 싶다고 하자, 남자친구는 주말을 끼고 앞뒤로 하루씩 더 쉬기로 했다. 한번도 가보지 않았다는 말에 놀라며 자신은 몇번이나 다녀왔단다. 머릿속에서 제주가 점점 환상의 장소가 되어가고 있었다. 파주의 정반대 쪽으로 끝까지 간 곳이 아닐까 했다. 곧 10월인데도 해수욕이 가능한 곳, 해수욕장이 닫히고도 모두 해수욕을 하는 곳이라 들었기 때문이다.

시사회를 마치고 감독들이 뻗어버리는 걸 이해할 수 있

을 것 같았다. 나의 조잡한 동영상을 친구들에게 보여준다는 게 예상보다 심적으로 힘들었다. 휴가가 필요했고 제주도였으면 했다. 제주도를 가보고 "별거 없잖아" 하고 실망하고 싶었다. 물론 그렇게는 되지 않았지만.

렌터카 안에서 수영복을 갈아입었고, 샤워장이 문을 닫아서 그냥 햇볕에 말릴 작정으로 몸을 담갔다. 젖었을 때는 곤란하지만 마르면 간단한 모래처럼, 다른 문제들도 다 떨어져나갈 것 같은 기분이었다.

평소에는 잘 챙겨 먹지도 않으면서 세끼도 아니고 네끼, 다섯끼씩 먹었다. 감귤이 들어간 과자란 과자는 모조리 샀고, 추천받은 당근 케이크집에도 갔다. 뭐라 말할 수 없이 순정한 맛이 나는 케이크였다. 나는 흥분해서 친구들에게 택배로 당근 케이크와 당근 머핀을 보냈다. 항공우편료가 들었지만 하나도 아깝지 않았다. 혼자 케이크 반판을 먹은 것 같다. 나의 과도한 식욕에 남자친구는 기뻐하기도 하고 우려하기도 했다. 어린 날로 돌아간 것처럼 소화는 잘도 되었다.

음식점을 한군데도 실패하지 않은 것은 몇년 전부터 제주도에 정착해 살고 있는 남자친구의 친구 덕분이었다. 민박 겸 카페를 하고 있어서 숙소도 편했다.

"여기 살면 좋죠?"

"대개는 좋아요. 가끔 외롭고, 태풍 때는 좀 무서워요. 장사가 잘되면 지붕이랑 새시 새로 하고 싶어요."

그 외롭다는 말은 알 것 같았다. 파주의 반대 이미지일 줄 알았는데, 풀과 꽃과 나무들이 다를 뿐 사람이 적고 교통이 불편한 동네들이 가지는 공통의 분위기가 있었다. 눈이 오는 파주에 대해 내가 가지는 두려움을, 제주 사람들은 바람이 부는 날에 느낄지도 모른다. 어떤 땅은 살아도 살아도 설다. 풍경이 아름다운 것과는 별개로 설다. 설어서 아름다울 때도 있다. 아이고, 설어라. 나는 할머니를 흉내 내며 속으로 말했다. 설어서 서러운가.

돌아오는 비행기는 가을 태풍을 만나 롤러코스터처럼 떨어졌다 다시 오르곤 했다.

송이의 비행기도 태풍 때문에 뜨지 못했다. 중부지방까지 열심히 따라 올라온 태풍에 송이는 공항까지 갔다가 돌아와야 했다. 재차 공항에 나갈 때는 내가 따라 나갔다. 송이네 부모님은 딸들이 외국에 오락가락하는 것쯤은 아무 일도 아니라고 여기기 때문에 마중도 배웅도 하지 않으신다. 대수롭지 않아하는 태도, 적절한 거리감 같은 게 송이네 건강함의 원천일지도 모른다. 송이는 형광 트렁크를 달달 끌고 나왔다. 형광이 반가워서 웃고 말았다.

"수미 만났어."

내가 제주도에 갔을 때 만났다고 했다. 뭐라 대답해야 할지 그 많은 시간이 지나서도 입이 떨어지지 않았다. 나와 주연이는 수미를 만날 수 없다. 우리 둘은 수미를 만나면, 정다운 구석이라고는 하나도 없는 겨울 산에 주완이가 묻힐 뻔한 날을 떠올릴 수밖에 없다. 그 모든 일이 수미 탓은 아니었지만 수호와 수미네 삼촌 없이 수미를 생각할 수가 없다. 수미를 내친 게 아니다. 끊어낸 게 아니다. 다만 더이상 볼 수 없었을 뿐이다. 수미 얘기를 들으면 나는 균열이 생기고 주연이는 폭발한다. 폭발 쪽이 더 무서웠는지 송이는 주연이가 없을 때만 수미 얘기를 꺼냈다.

수미는 서울 서북부의 여성센터에서 사회복지사로 일하고 있다고 했다. 갑자기 길거리로 밀려난 여성들의 쉼터라고 했다. 가정폭력 피해자들이 가장 많고, 몸이 아파서 일할 수 없는데 돌봐줄 이가 없는 사람들이 있고, 청소년 홈리스들이 종종 머물고, 파산으로 집을 잃은 가정의 여자 구성원들만 남자들과 헤어져 오는 경우도 드물지 않다고 한다. 수미가 쉼터에서 다른 사람을 돕는 일을 하고 있다는 소식이 안도감을 주었다.

송이도 수미가 자기 경험을 깨고 나와 잘해나가고 있는 게 기쁘다고 했다. 물론 제대로 말한 건 아니고 띄엄띄

엄 말했지만 종합하자면 그랬다. 나는 수미의 경험도 경험이지만 민웅이의 말이 결국 수미를 구했다고 판단했다. 끔찍한 가족에서 태어났다면, 사랑하지 않아도 괜찮아. 굳이 그런 끝이 나쁠 노력 같은 거 하지 않아도 괜찮아. 가족이 아닌 다른 걸 찾으면 돼. 수미는 여전히 그 말을 따라 살고 있는 것이다. 어쩌면 그 말을 전파하고 있는지도 모른다.

민웅이가 알면 마음 편하겠지만 민웅이에게는 이야기할 수 없다. 서툴게 상처 입혔어도, 그래도 네가 구했다고 말할 수는 없다. 이야기할 수 없는 게 계속 쌓여가서 나는 결국 건강해질 수 없을 것 같다.

"언제 또 올 거야? 길게 있으면 안 돼? 언제쯤 길게 있을 수 있어?"

여기가 싫어, 하고 분명히 말하고 떠난 송이인데도 출국 게이트 앞에만 서면 나는 끈끈이주걱처럼 굴었다.

"할머니가 되면."

그럼 꼭 돌아와서 살 거라고 했다. 나랑 주연이랑 셋이 함께 같은 실버타운에 들어가자고. 필립은 어쩌고? 내 남자친구는? 나는 그때까지 그들이 우리 곁에 있지 않을 걸 알면서도 물었다.

"우리보다 일찍 죽어."

확실히 남자 수명이 육칠년은 짧으니까, 난 송이 말에 수긍했다. 주연이는 분명 최고급 시설을 고를 터였다. 서재가 있고 좋은 스피커가 있고 골프 코스와 댄스 교실이 있는, 잔디밭이 정갈한 그런 데가 아니면 만족 못할 것이다. 주연이가 만족할 만한 곳에 가려면 역시 돈을 부지런히 모아둬야겠네, 하며 송이와 나는 주연이 없이 계획을 짰다.

셋이 골프를 치는 건 상상이 되지 않았지만, 게이트볼 정도는 분명 칠 수 있을 듯했다. 각자의 기호에 맞는 챙모자까지 상상할 수 있었다. 쓸데없는 상상일수록 디테일을 가지고 자라난다.

*

0045. MPEG

거실. 할머니가 빨래를 개신다. TV엔 백상아리에 대한 다큐멘터리가 나오고 있다. 할머니는 별로 열심히 보고 계신 것 같지 않다.

TV   백상아리의 턱은 두개골과 분리되어 있어 악어보다 무는 힘은 약하지만, 먹이를 만나면 앞으로 빠르게 돌출되며 크기가 늘어납니다……

거의 온몸이 연골로 되어 있으며 꼬리 부분은 90퍼센트가량이 근육입니다…… 소화기관은 직선에 가깝고 세개의 간 중 가장 큰 것은 성인 여성만 한 크기입니다…… 멈춘 상태로는 호흡을 할 수 없으므로 헤엄치지 않으면 죽습니다…… 평생 삼만개의 이빨이 나며, 하나가 나는 데는 하루면 충분합니다…… 사고를 담당하는 뇌는 아주 작지만 감각을 담당하는 뇌는 비대합니다…… 몸 측면의 촉선과 전면의 전자기장 탐지기관으로 정보를 수집합니다……

나　　　(내레이션) 정말 멋진 동물이라는 생각이 들었다. 다시 태어난다면 저렇게 강하고 감각만 있는 동물이면 좋겠다고도 생각했을 때였다.

할머니　(제대로 쳐다보지도 않고) 저거 포 떠서 지짐이 만들면 맛있다.

*

할머니는 내가 어디에서 누구와 살고 있는지 뒤늦게 알

고 무시무시하게 화를 냈다. 나한테 화를 내고 싶은데 내가 없으니 엄마 아빠에게 화를 냈다. 애가 '신세를 망치고' 있는데 부모가 되어 희희낙락 뭐 하는 거냐고, 할아버지가 돌아가시기 전에 화냈던 것처럼 타올랐다. 용암과도 같은 할머니의 분노를 피해 엄마는 이주일간 동창들과 해외여행을 가버렸고, 아빠는 찜질방에서 밤을 해결했다. 주방 직원분들은 그 주간이 정말 일하기 힘들었다고 나중에 토로했고, 국수가 이상스레 매워졌다고도 증언했다.

"아이, 개가 어디 내 맘대로 한번 된 적 있었나."

아빠가 말했다가 반죽 밀대로 된통 맞았단다. 할머니가 기력이 있으셔서 기쁘네, 하기에는 나도 무서워서 한동안 파주 근처에 얼씬거리지도 못했다. 반죽 밀대는 흉기다.

결국 '토란국 해놨다'는 할머니의 소환에 귀가했다. 할머니가 끓인 토란국은 나만 좋아했다. 엄마도 아빠도 그다지 좋아하지 않았다. 친손녀가 할머니를 가장 많이 닮는다는 연구 결과가 있다는데 정말인지도 모르겠다. 분노 양념 때문인지 맛이 진했다.

"나도 할아버지랑 조금 살다가 결혼했다. 하기만 하면 된다."

할머니가 비장하게 말했을 때, 거기서 그렇게 웃으면 안 됐는데 순식간에 배꼽부터 올라오는 폭소를 참지 못했다.

엄마 아빠는 할머니한테 먼저 시달린 게 있어놓으니 웃을 힘도 없는 것 같았다. 어떻게 안 웃기지? 아니, 옛날 사람들도 결국 비슷하게 살아놓고는 그럼 뭐 화낼 게 있느냐 말이다. 할머니는 다행히 나에게 분노의 반죽 밀대를 휘두르지 않고, 다시 설득에 들어갔다.

"응, 그 친구, 응, 애살 있게 생겼어. 집안 식구한테도 잘하고 딴짓 안 하게 생겼어. 집에 잘하는 남자는 척 보면 안다. 할머니가 척 보면 다 알아."

그때 토란국을 건성으로 먹던 엄마가, 아무렇지도 않게 물었다.

"그렇게 척 보면 아시면서 왜 하필 아버님을 고르셨어요?"

엄마는 진심으로 궁금했던 모양이다. 할머니한테 덤빈 것도 아니었고 놀린 것도 아니었고 그 질문에는 순수한 호기심만이 있었지만, 할머니는 기세가 팍 꺾이고 말았다. 이번엔 아빠가 엄청 하이톤으로 웃음이 터져버렸다. 아빠는 속도 없지.

"아니, 그렇잖아? 내가 다른 말을 하려는 게 아니라, 척 보면 아신다니까 궁금해서 묻는 거지."

뒤늦게 당황한 엄마가 수습하려 했지만 될 리가 없었다. 나이가 들수록 엄마랑 할머니 사이는 편해지는 듯싶다.

"그럼 뭐가 좋으셨어요?"

아빠가 이어 물었다.

"똑똑해서. 느이 아버지 똑똑했다. 못하는 계산이 없고 못 외우는 시구도 없고."

할머니가 기운 빠진 목소리로 답했다. 할아버지는 늘 외로움을 계산하고 있었고 외우던 글줄도 할머니를 향한 것은 아니었을 것이다. 어리고 사람 보는 눈 없던 할머니를 내가 그 시대에 만났다면 친해질 수 있었을까. 아니, 역시 그때도 무서웠을 것 같다. 불같은 성격은 마찬가지였을 테고 나는 그 남자랑 헤어져, 했다가 호되게 절교당했을 게 뻔하다.

속도 없는 아빠가 활짝 웃으며 말했다.

"거봐, 똑똑한 거 하나 소용없어. 나처럼 집에 잘하는 남자가 최고야."

당신도 별로야, 엄마가 반박했다. 결국 엄마 아빠 할머니 모두 침울해졌다.

축구를 보는 아빠 옆에서 과일을 깎았다.

"안 싸워?"

"응, 안 싸워."

"싸워도 여기 오지 마."

"오믄 안 돼? 아빠 삐쳤어?"

"몰라, 오지 마."

그러더니 아빠가 나를 쳐다봤다. 마치 '지금 내가 하는 말은 강조야' 하는 것과 같았다.

"의미 없는 패스는 없대."

"뭐?"

"줄창 하다보면 뭔가로 연결돼. 놓치거나 떨구지 말고 하다보면 하는 사람도 모르게 뭐가 되는 거야. 그러니까 의미 없는 패스는 없다고."

작은 공 전문인 아빠가 큰 공에 대해 이야기하고 있었다. 이럴 때는 '아빠의 강조를 잘 캐치했어' 하고 나도 얼굴로 말해주는 쪽이 좋다.

아빠랑 분위기도 괜찮고 해서 엄마랑 할머니가 안 보는 틈을 타 집에서 먹을 걸 잔뜩 훔쳤다. 비싼 갑 티슈와 키친타월, 칫솔과 치약, 건전지, 면봉도 배낭에 넣었다.

"북소군 같은 딸이네."

아빠가 뒤에서 혀를 찼다. 나는 그게 뭐야, 하고 물었다.

"북한에 진주한 소련군. 있는 거 없는 거 다 가져가라, 아주."

무거운 가방을 메고 돌아오며 얼마큼 돈을 벌면 엄마 아빠 집에서 도둑질을 하지 않을 수 있을까 고민했다. 부모님은 무슨 복이 없어 나 같은 딸을 뒀을까. 부모한테 훔쳐야 생활이 유지가 된다면 나도 다른 직업을 찾아야 하는 게 아닐까. 다음 일은 언제쯤 들어올까.

울적해 있는데 연락이 왔다.

웬 단편영화제에서 가작을 받았다고 시상식에 오라고 그랬다. 낸 적도 없는데 이게 무슨 얘긴가, 전화한 사람을 당황하게 하는 말들만 하다가 깨달았다.

하주연이 친 사고였다. 내가 주완이의 회색 티셔츠들을 챙길 때 내 USB에서 동영상을 훔쳤다. 친구들과 가족들에겐 말하고 나만 속인 것이다.

*

0046. MPEG

서촌을 걷고 있다. 주연이는 트렌치코트를 입고 있다. 제대로 허리끈을 묶지 않고 양 끝을 주머니에 대충 넣었다.

주연 너 워프의 원리를 알아?

나 워프?

주연 왜, SF에서 우주선들이 하는 거. 쑹, 하고 뛰어넘는 거 말야.

나　몰라.

주연　여러가지 버전의 설정이 있지만 대개는 그거 차
　　　원을 찢는 거야. 그래서 하고 나면 우주선에 탄
　　　사람들은 성공한 워프만 기억하지만, 셀 수 없이
　　　많은 다른 차원에서는 실패해서 우주선도 사람
　　　들도 산산조각 난 거지.

나　기분이 이상하겠네.

주연　그래도 하고 또 하고 또 해. 끔찍한 차원들을 무한
　　　히 남기면서도 별로 신경 쓰지 않아. 사람들은 대
　　　단해. 자기가 어느 차원에서는 찢겨 죽었다 해도
　　　괜찮은 거야.

트렌치의 한쪽 끈이 빠졌다.

*

　"주연 씨, 외국에 있다며? 제대로 칼 갈고 갔다며?"

　소문의 양상은 특이했다. 주연이가 떠난 것은 널리 소문
이 났으나 삼개월 연수를 끝내고 돌아온 것은 별로 소문이
나지 않았다. 그래서 길게 유학이라도 다녀온 것처럼 되어

버렸다. 주연이는 오해를 방치해두고 풀지 않았다. 해외파를 선호하는 풍조를 비웃으면서 부정은 하지 않은 채, 갯벌의 게처럼 거품을 끼고 살기로 결심했다.

주연이는 선배들이 시작한 기획 협동조합에 들어갔다. 다소 알 수 없는 회사였다. 문화계 전반의 이런저런 기획에 발을 걸친 채 이 분야 사람을 저기다 갖다 꽂고 저 분야 사람을 엉뚱한 데다 소개하고, 출판사가 하는 일들을 다 하면서 막상 출판사는 아니고, 어찌 돈이 되는지 모르겠는데 일단 굶지는 않고 있었다. 한번 더 설명해달라는 요구에 그때그때 유연하게 이것저것 갈아 끼우는 일이라고 대답이 돌아왔다. 더 알 수 없게 되어버렸다. 호락호락하지 않은 사람들이 각자 책상을 차지하고 앉아서 시끄럽고 평등하게 일하고 있다는 말에 풍경은 대충 그려졌다. 주연이는 거기서 누구의 지시도 받지 않으며 번역을 하고, 프로젝트를 굴리고, 근사한 팸플릿과 포스터를 만들고, 행사 대본을 쓰고, 아는 사람들을 굴비처럼 엮어 돈을 대줄 회사에 판다고 했다. 이해할 수 있는 건 여전히 굴비뿐이었다.

"책 만드는 거 안 그리워?"

"가끔 책의 물성이 그리워. 하지만 이젠 집이 좁아서 전자책 보니까 그게 그거지. 뭘로 읽든 좋아하는 작가들 책 읽으면 여전히 그 사람들 목소리가 재생돼. 목소리를 알고 있다는 것만으로 됐어. 만족해. 무엇보다 사대문 안에 사는 게 좋네."

회사도 집도 광화문 근처였다. 이중 미음 자 형태의 오피스텔 건물 안쪽 네모에 살아서 햇빛도 잘 들지 않고 밤이 되면 소음이 콜로세움 효과를 내는데도 만족한다고 그랬다.

처음에는 주연이한테 화를 내려고 했다. 아무리 나랑 자기 사이라 해도 그렇지 어떻게 그렇게 과감하게 잘라냈느냐고 말이다. 한시간이 넘어가던 내 편집본은 이십오분으로 줄어 있었다. 나는 단편영화제 사이트에 올라온 그 버전을 보며 기가 막혔다. 어찌나 뭉텅뭉텅 끊어냈던지.

그런데 보고 나니 좋았다.

내가 결코 하지 못했을 방식으로 「언더, 선더, 텐더」를 픽션으로 바꾼 것이다. 어떻게 잘라내는 것만으로 픽션을 만들었을까.

"그건 내가 특 A급 편집자이기 때문이지."

주연이는 뻔뻔스럽게 대답했다. 자기는 과교열이라면 치를 떠는 정중한 편집자이지만, 작품의 압축률에는 또 민감하다고 했다. 주로 '요기서 요기까지를 삼분의 일로 줄여주세요' 하고 부탁하는 게 업무의 대부분이었다고 웃었다. 덧붙여 이미 죽고 없는 대가들의 작품들 중에도 자기가 편집자였다면 한층 좋았을 책들이 있다고까지 했다.

'단 몇분에 걸쳐 말로 완벽하게 표현해낼 수 있는 어떤 생각을 오백여 페이지에 걸쳐 길게 늘어뜨리는 짓은 낭비'라는 보르헤스의 말을 지침으로 삼으라고 오히려 나에게 충고했다. 따지려 한 쪽은 난데 말을 잃고 말았다.

내가 주연이의 굴비 중 한마리였다는 건 조금 더 나중에 깨달았다. 여기저기 묶여서 팔리고 난 다음에. 영화미술가로도 몇번 팔리고 단편영화 감독으로도 몇번 팔렸다.

단편영화 제작이라고는 해도 대개는 예의 그 알 수 없는 프로젝트들의 영상 기록을 담당하는 일이었다. 여기저기 따라다니며 사람들을 만나 찍고 편집했다. 처음 몇번은 주연이 손에 분량이 오분의 일쯤으로 줄었지만 이내 나도 과감한 편집을 할 수 있게 되었다. 흡수하고 복사하고 자르는 일만큼은 잘할 수 있었다.

아무도 깨어 있지 않은 시간에 나만 깨어서 영상들을 돌려 보면, 영상 속의 사람들은 알고 있는 것 같았다. '나 언젠가 이 순간을 그리워하게 될 거야' 하고 일찍 예감한 것 같은 표정들을 지었다. 현재를 살면서 채 오지 않은 그리움을 먼저 아는 종자들이 특이하게 느껴졌지만, 내 주변엔 그런 이들이 많았다.

있는 듯 없는 듯 살다 간 사람, 있다가 없어진 사람, 있어도 없어도 좋을 사람, 없어도 있는 것 같은 사람, 있다가 없다가 하는 사람, 있어줬으면 하는 사람, 없어져버렸으면 하는 사람, 없느니만도 못한 사람, 있을 땐 있는 사람, 없는 줄 알았는데 있었던 사람, 모든 곳에 있었던 사람, 아무 데도 없었던 사람, 있는 동시에 없는 사람, 오로지 있는 사람, 도무지 없는 사람, 있다는 걸 확인시켜주는 사람, 없다는 걸 확인시켜주지 않는 사람, 있어야 할 데 없는 사람, 없어야 할 데 있는 사람…… 우리는 언제고 그중 하나, 혹은 둘에 해당되었다.

지난주에 파주에 갔을 때는 비가 왔다. 납작해졌거나 아직 살아 있는 달팽이들을 밟지 않으려 조심하면서 정류장으로 향했다. 동네에서 나가는 버스는 세대. 그중에 어느 것을 타도 상관없었다. 오래 기다리지 않아도 될 것이었다.

사람 없는 정류장엔 풍선껌 향기만 남아 있었다. 익숙하면서도 이름을 알 수 없었다. 풍선껌 향기만 남겨놓은 사람이 누구일지 궁금했다. 어쩐지 아는 사람일 것만 같았다.

참고도서

• 게이 로빈스 『이집트의 예술』, 강승일 옮김, 민음사 2008.
• 와드 프레스톤 『영화 미술감독의 세계』, 박재현 옮김, 책과길 2009.
• 박효엽 『불온한 신화 읽기』, 글항아리 2011.
• 홍성민 『취향의 정치학』, 현암사 2012.

．

이 이야기를 고치면서, 오랜만에 친구들을 만난 것 같은 기분이 들어 오래도록 빠져나오고 싶지 않았습니다. 한번도 존재한 적 없는 가장 가까운 친구들이라니, 어긋날 대로 어긋난 셈이지만 익숙한 팔 안에 안긴 듯했습니다. 지금껏 쓴 다른 소설 속 인물들보다 『이만큼 가까이』의 인물들과 한층 자주 대화를 나누곤 합니다. 어떤 해에 가까이 여겼던 이가 다음 해에는 멀어지기도 하고, 이해하지 못했던 인물이 어느날에는 훌쩍 다가오기도 합니다. 저의 이 부족한 친구들이 읽어주시는 분들 곁에도 잠시 앉을 수 있으면 좋겠습니다.

얼마 전에 한 독자분이 학생 때 이 책을 읽었지만 사회인이 된 지금까지도 저를 원망하고 있다고 리뷰를 쓰신 것을 보았습니다. 아픈 이야기를 써서 죄송합니다. 변명하자면 많은 작가들이 가상의 유년을 공들여 조형한 다음 완전히 파괴하면서 작가가 되지 않나 합니다. 다시 한번 태어나는 과정이기에 딱 한번만 쓸 수 있는 소설이기도 한 것 같습니다. 덜 아픈 이야기들로 보상해드리고 싶습니다. 세상이 불가해하게 난폭하다고 여기기에 상실 이후에 대해, 이어지는 삶에 대해 끝까지 쓰고자 합니다. 더딜지라도 확실한 회복 속에 함께 있고 싶습니다.

2021년 여름
정세랑 드림

좋아하는 작가들을 만나면 악수를 수집했습니다. 선생님 같은 작가가 되고 싶어요, 악수를 해주시면 정말로 그럴 수 있을 것만 같아요, 하고 고백하곤 했습니다. 소심해져서 못한 적도 간혹 있지만 대개는 성공했습니다. 간절한 미신 비슷한 것이었습니다. 한여름 가로수도 없는 길에 멈춰 서서 웃지도 않으시고 진지하게, 꽉, 오래 악수를 해준 분이 기억납니다. 여럿 있는 자리에서 잠시 다른 사람들이 흩어진 사이에 기분 좋게 깔깔깔 웃으면서 악수를 해준 분도 있습니다. 그 악수들의 효력을 믿고 있었습니다. 손을 내밀어 잡아주는 사람이 없으면 뛰어넘지 못하는 넓은 틈이 분명 있는 것 같습니다. 아직 건너편에 다다르진 못했지만, 한참 남았지만, 그래도 조금 겁이 덜 납니다.

투고를 하고 할아버지 꿈을 오랜만에 꾸었습니다. 할아버지께서 탁자 위의 동전들을 좀 가지고 오라고 하셨습니다. 동전들을 손안 가득 쥐고 돌아서는데 잠이 깼습니다. 아무래도 그게 이 상이었던 것 같습니다. 동전이라서가 아니라 쌓여서 빛나던 모양과 묵직했던 감각이 기분 좋았습니다. 무엇보다 제가 할아버지께 받은 언어야말로 가장 큰 혜택임을 알고 있습니다.

경계에서, 문학 바깥에서 문학을 해왔다는 것이 그동안의 긍지였습니다. 공그르기를 할 수 있는 작가가 되고 싶습니다. 공그르기는 아주 간단하고 자주 쓰이는 바느질법입니다. 경계면을 기준으로 이쪽 한번 저쪽 한번 나아갑니다. 주로 실이 보이지 않도록 접합면을 말끔하게 이어붙일 때 쓰는데, 반복하다보면 웬만한 무게는 이겨낼 만큼 단단해집니다. 농담과 비명을, 견고하지만 추악한 것과 한시적으로 아름다운 것을, 모두의 상처와 한 사람의 회복을, 도발과 포옹을, 찬란한 단어들과 그 그림자들을, 차가운 세계와 차갑지 않은 우정을, 티 없이 순정한 것과 건강하게 잡스러운 것을 — 온갖 것들을 이어보고 싶습니다. 이어진 솔기가 잔디처럼 부드러운 곳을 걷고 싶습니다. 그렇게 번져나가고 확산하는 지점에 서 있고 싶습니다.

며칠 전에는 석조 기념관 뒤에 붙어 선 작고 빨간 음료수 자판기를 보았습니다. 어째서인지 그 풍경이 잊히지 않습니다. 저와 제 동료들이 하는 작업들이 결국 그렇게 거

대한 것과 등을 맞대고 서서 이질적으로 눈길을 사로잡고, 갈증을 해소해주고, 밤에는 작고 하얀 창으로 빛나며, 기포와 향미를 더하는 일이 아닌가 하는 생각이 들었습니다. 그 안쪽 어두운 선반에 누운 서늘한 캔처럼 차례를 기다려왔던 것 같습니다. 경쾌한 소리를 내며 미끄러질 저를 받아주세요.

2014년 3월
정세랑

어" 정도의 말을 하듯 가볍게 말했다. 민웅이가 아니면 누구도 그렇게 말하지 못했을 거다. 그런 말을, 사람을 구하는 말을 아무렇지도 않게 하는 민웅이었다.

여하튼 사랑할 수 없는 가족들을 사랑할 필요 없다는 새로운 지침은 수미에게 꽤 충격이었던 것 같다. 어떤 해방감을 느낀 수미는 해방된 모든 사랑을 다 민웅이에게 쏟기 시작했다. 부담스러울 만도 했을 텐데, 민웅이는 전혀 부담스러워하지 않았다. 그도 그랬을 것이, 그 무렵엔 누구나 민웅이를 사랑했다. 민웅이는 아무 방어도 하지 않고 누구에게나 곁을 쉽게 주었고, 그래서 그 곁은 360도 사람들로 가득 찼다. 모두의 골든 보이였다. 나나 송이조차도 가끔 민웅이랑 같이 버스를 타고 다닌다는 걸 좀 과시하고 싶어질 때가 있었다. 때 탄 초록 줄 버스가 파주 왕자의 마차였다.

*

0004.MPEG

찬겸   어, 민웅이 왔다.

민웅   늦어서 미안.

찬겸   경기는 좋고?

민웅   늙은이처럼 무슨 경기를 물어.

주연   태풍 피해는 안 봤어? 심했잖아, 추석 전에.

민웅   그럴 줄 알고 사과를 반쯤 조생종으로 바꿨어. 이
        미 다 땄지. 나머지 반은 좀 상하긴 했지만, 뭐.

나   좀 마른 것 같애.

민웅   턱선 좀 살지?

송이   치워.

                            *

일찍 어른이 되는 남자애들이 있다. 민웅이가 딱 그랬다.
시끌벅적한 사촌형들을 따라다니다 그렇게 되기도 했겠
지만, 이미 초등학교를 졸업할 때 틀이 잡힌 얼굴이었다.

입이 컸다. 입안 공간이 남아돌아서, 웃으면 양쪽 끝에
깊고 검은 삼각형 동굴이 생길 정도였다. 온 얼굴로 웃으
면 한쪽 뺨에만 세로로 길게 보조개가 생겼다. 얼굴이 길
었다. 눈썹이 처졌고 짝눈이었다. 따져보면 잘생긴 얼굴이
아닌데 모두 잘생겼다고 생각했다. 목이 굵었고 일찍이 중
저음이란 강력한 무기를 얻었다. 학교 대표 높이뛰기 선수
였고, 도 대회에서 4등을 했다. 어릴 때부터 과수원에서 일

을 도왔기 때문에 원래 피부색은 알 수 없으나 늘 타 있었다. 엉덩이 색은 하얗다고 주장하나 확인할 길이 없다.

"쟨 참 균일하게, 부자같이 타네."

나중에 주연이가 말했을 때 다들 동의했다. 축복받은 존재는 타도 빈티 나게 타지 않는다. 돈 주고 태닝한 것처럼 탄다.

초등학교 3학년 때였을 거다. 민웅이의 사촌형들이 동네 애들을 봉고에 몽땅 태우고 막 들어서기 시작한 신도시로 나갔다. 사촌형들이라 해봐야 고등학생이었고, 무면허였다. 봉고는 과수원 안에서만 쓰는 거여서 번호판도 없고, 녹슨 레일 문도 본래 달려 있던 게 아니라 어디선가 짜맞춘 것이었다. 열고 닫을 때마다 손가락이 날아가고 파상풍까지 걸릴 것 같았다. 나는 괜히 따라왔다 싶어 조마조마했다. 시트 아래 스프링이 자꾸 등허리를 찔러 왔다. 그렇게 많은 애들이, 그렇게 위험하게 신도시까지 갔다 왔는데 들키지 않았다니 아직도 믿을 수 없다. 아마 신도시가 텅 비어 있었기 때문에 가능했을 것이다.

새로 세운 신호등에는 불이 하나도 들어오지 않았다. 파란 비닐이 높은 신호등에 친친 감겨 있었다. 차도 거의 없었다. 우리는 개통되지 않은 8차선 도로 가운데에 봉고를 세우고 우르르 내렸다. 이상한 광경이었다. 익숙하지 않은 큰 도로가 그렇게 비어 있는 것은. 민웅이는 아주 신나 있었다. 그 나이 남자애들에겐 모험이었을 거다.

해가 진 후 돌아올 때는 온통 깊이 땅을 파놓은 공사장들 사이로 다른 단지보다 먼저 들어선 아파트에 반쯤 불이 들어와 있었다. 좁은 길 양편으로는 깊은 구덩이인 경우가 허다해서, 마치 절벽 사이에 길이 난 것 같았다. 아파트 단지는 그 길 끝의 마왕성과도 같은 모습이었다. 나중에 입주가 완료되고 나서도 신도시를 생각하면 그 기이하고 황량한 풍경이 떠오른다. 신도시에 사는 친구들은 파주가 기이하고 황량하다고 했지만 말이다.

민웅이는 파주의 아이돌로 자랐다. 답답하면 밤늦게 혼자 막 트랙을 달렸는데 달리고 나면 일찍 배운 담배를 피웠다. 종합해서 건강에 좋았을지 나빴을지 모르겠다. 당시 유행하던 굵은 흰 선이 들어간 추리닝을 입고 민웅이가 트랙에 있는 걸 누가 보면, 여자애들 사이에서 쫙 퍼졌다. 열정적인 애들은 포카리스웨트 같은 걸 사들고 나갔다고 하는데, 아마 민웅인 잘 받아 마셨을 거다.

파주는 언뜻 보이는 것과는 달리 질릴 정도로 생명력이 있는 땅이다. 조경 예산이 부족해서 더 그렇겠지만 초목은 아슬아슬하게 도로를 침범하고 건물을 위협한다. 비가 오면 수천수만마리의 달팽이가 크고 작은 길에 올라와 사람